竜馬が
春日みかげ
イラスト／森沢晴行

夫の死を弔う未亡人として生き、
そして死んでいくつもりです――。
マリー・アントワネット
フランス国王ルイ16世の王妃。隣国オーストリアより嫁いだ。フランス革命の混乱によって監獄に囚われの身になる。処刑の対象になっている。
全ヨーロッパに『自由と平等』の時代が
来たことを知らしめるぜよおおお！
坂本竜馬
京都にて暗殺されたが18世紀のフランスに転生する。ナポレオンの腑抜けぶりに驚愕するも、手助けをし彼を英雄にするため奮闘する。

ナポレオン・ボナパルト
フランス革命の英雄で初代皇帝だが、今はしがない恋愛小説家志望の軍人。革命に興味がない。彼のやる気にフランスの命運がかかる!!
『真実の愛』は金では手に入らないんだよ?
ルイズ・アントワーヌ・フォヴレ・ド・ブーリエンヌ
ナポレオンの幼馴染み。男装の麗人で女性ながらパリで弁護士を目指す。ナポレオンに下宿先に転がり込まれ何かと面倒をみている。
リョーマ。
あなたってフランスの男より話がわかるのね!

竜馬は瞬時に腰の陸奥守吉行《むつのかみよしゆき》を抜き、
拳銃を構えたエベールの手を打ち据えていた。
エベールには、竜馬の日本刀の軌道が見えない。
「こちらの二人に手を出すちゅうなら——
次は、真剣で斬る」

ジャック・ルネ・エベール

フランス革命家の過激派のひとり。『デュシェーヌ親父』という新聞を発行する。王妃を処刑しようと画策する。

「勇気ある者、愛する人を護りたい者は、
この私についてこい。ともに戦え！
明日の朝、諸君は
伝説になれるぞ！」
フランス絶体絶命の戦場にて！
ナポレオンの覚醒の大演説！

フランスにて
「海援隊」蘇る——!?
「ナポレオン。わしゃあ再び海援隊を得たぜよ。
待っちょれ。必ず、おまんを勝たせるきに!
おまんが、世界を変えるがじゃ」

竜馬がくる

Ryoma is coming.

目次

Ryoma is coming. Contents

ダッシュエックス文庫

竜馬がくる

春日みかげ

第一話

竜馬暗殺

時は、幕末。

慶応《けいおう》三年十一月十五日の夜。

場所は、京都河原町《かわらまち》の近江屋《おうみや》二階。

二人の若いサムライが、顔を突き合わせて火鉢《ひばち》を囲んでいた――。

「峰吉《みねきち》はまだかのう。わしゃ、はよう軍鶏鍋《しゃもなべ》が食いたいぜよ」

一人は、土佐《とさ》脱藩浪士《ろうし》、風邪を引いて熱を出していた色黒縮《ちぢ》れ毛の大男、坂本竜馬《さかもとりょうま》。

言わずと知れたこの男は、薩摩《さつま》・長州《ちょうしゅう》・土佐を股《また》に掛けて倒幕活動に奔走《ほんそう》している私設海軍・海援隊《かいえんたい》の隊長である――と言えば聞こえはいいが、要は一介《いっかい》の浪人だ。ただし、浪人でありながら口八丁手八丁《くちはっちょうてはっちょう》で幕末の政局を動かし、徳川《とくがわ》幕府から朝廷への「大政奉還《たいせいほうかん》」（政権返上）を実現させたばかりだった。

竜馬は鳥目なので、夜になると視界がきかず、手許《てもと》に開いた書籍の文字がよく見えない。大きな背中を丸めて、必死で目を細めている。

「いかん。どうも読めんちや。風邪のせいか、いつもより鳥目が具合悪いきに」

「こら竜馬。お前の誕生日祝いにわざわざ那波列翁《ナポレオン》の伝記を差し入れてやったのだから、僕に礼のひとつでも言ったらどうか。京の書店中を捜し歩いたのだぞ」

もう一人は、中岡慎太郎《なかおかしんたろう》。竜馬と同じ土佐脱藩浪士。竜馬が浪人海軍部隊・海援隊の隊長なら、中岡は浪人陸軍部隊・陸援隊《りくえんたい》の隊長である。

「おお。おおきにどすえ～。軍鶏肉も持ってきてほしかったのう」

「なにがおおきにだ。そもそも那波列翁は幕府を援助している敵国・フランス帝国の初代皇帝ではないか。なぜ革命の英雄扱いされているのだ」

竜馬が適当でざっくばらんな性格なのに対し、中岡は生真面目《きまじめ》で冗談が通じない。

水と油のような二人だったが、同じ土佐の郷士《ごうし》（下級武士）出身。故郷の土佐では、上士《じょうし》たちに徹底的に差別されてきた者同士だ。

武市半平太《たけちはんぺいた》（瑞山《ずいざん》）、岡田以蔵《おかだいぞう》たち土佐出身の郷士の多くが、土佐藩の上士（上級武士）たちに処刑されるか、あるいは身ひとつで脱藩浪人となって幕末の風雲の中で非業の死を遂《と》げた。

そんな中、奇跡的に生き延《の》びてきた竜馬と中岡は、犬猿の仲だった薩摩と長州に倒幕同盟を結ばせるべく協力して奔走した。以来、無二の盟友となっている。

「そう堅いことを言いな、中岡。一握りの世襲《せしゅう》貴族が人民を支配する封建制度《ほうけんせいど》に抑圧されちょったヨーロッパに自由をもたらしたフランス革命は、名もなきコルシカ島出身の那波列翁の大暴れがあったればこそ、まことの革命になったぜよ」

「そりゃあ竜馬。僕だって、土佐の上士と郷士との身分階級をぶっ潰《つぶ》したい、そのためには幕府を倒さねばならない、という革命の志《こころざし》を抱いて志士になった男だが」

「わしに那波列翁を教えてくれたがは勝海舟《かつかいしゅう》先生じゃが、長州の吉田松陰《よしだしょういん》先生も、薩摩の西《さい》郷《ごう》さんも、那波列翁に男として惚《ほ》れ抜いちょった。西郷さんは、島津《しまづ》の殿さまの逆鱗《げきりん》に触れて島流しにされた苦難の時期に、那波列翁の伝記を読みふけっちょったとか。那波列翁なくして、吉田松陰先生も西郷さんもなかった。つまり長州も薩摩も維新回天《いしんかいてん》の志に目覚めんかったちゅうことじゃき。それでわしも、那波列翁にちくと詳《くわ》しくなろうと思うたぜよ」

倒幕はもう目の前じゃき、わしは時代のびっぐうぇーぶに乗るぜよ、と竜馬。

「しかし竜馬。そのフランスでは今、皇帝那波列翁三世が幕府に加勢し維新回天の邪魔をしている。フランス仕込みの幕府歩兵隊は最新鋭のシャスポー銃を大量に導入して、今や薩長《さっちょう》軍以上に強力らしい。海軍力に至《いた》っては比べるべくもない。フランスから買い入れた多数の軍艦を所持している幕府海軍のほうがはるかに強い」

一方の海援隊は、紀州《きしゅう》藩の船との衝突事故で虎《とら》の子の船を一艘《そう》失っている。竜馬はどこか抜けていて、次々と自分の船を沈める「逆名人」でもあった。

「中岡。今の三世は一世の甥《おい》じゃき。別人ぜよ。おんしはまっこと、生真面目じゃのう～」

「三世でも一世でもどっちでもいい。大国フランスの軍事援助を得ている幕府に、われらは勝てるのか？」

「わからんが、いざとなったら薩摩・長州・土佐の諸藩連合軍で幕軍と戦うしかないぜよ。じゃが、戦《いくさ》が長引くのはいかんちゃ。わしは今、戦をせずに幕府を潰す方法を考えちょる。そうじゃ！　幕府海軍と正面からやりあって勝てる算段はないきに、開戦となったら海援隊はしばらく蝦夷地《えぞち》にでも逃げるかのう」

「待ちたまえ！　君はすぐにそういう蝙蝠《こうもり》みたいなことを言うから、胡散臭《うさんくさ》がられるのだ。維新とは革命であり、革命とは戦争だ、竜馬。自由は、戦って勝ち取るしかないぞ⁉」

「わしゃあ交易で銭《ぜに》を稼《かせ》ぎたいだけじゃき。交易のために自由が欲しいんじゃ。これ以上船を沈められたら、海援隊は破産じゃき」

「それは、君の操艦技術に問題があるのではないか」

「まあ、まあ。しかし、日本に入ってきちょる那波列翁伝の情報だけでは、フランス革命の実情はようわからんきに。革命戦争の混乱の中から軍人那波列翁が台頭してくるまでの経緯《いきさつ》をもっと知りたいぜよ。ずいぶん大勢のフランス人が処刑されたそうじゃが」

「初期の革命政府は国王も王妃もギロチンで処刑したそうだからな。真の革命は、そこまでやってこそだろう」

「ちゃ、ちゃ。いかんちや中岡。たとえ倒幕が成ったとして、江戸《えど》の徳川慶喜《よしのぶ》将軍や、徳川家に嫁《とつ》いじょる皇女和宮《かずのみや》さまを処刑していいがか？　薩摩から徳川家に嫁いだ天璋院《てんしょういん》さまも処刑するがか？」

「……む……和宮さまや天璋院さまを処刑するのは、やりすぎだな……日本の武士はそこまでやらない。将軍を切腹させれば、そこで革命戦争は終わる」

「将軍切腹も、いかん。那波列翁は、自由のために反革命のヨーロッパ諸国と戦うたが、フランスの国王も王妃も処刑しちょらん。だからこそ革命の英雄と呼ばれるぜよ」

「しかし、那波列翁は革命の英雄でありながら、フランス皇帝に成り上がったではないか」

「それを言われると、確かにそうじゃの」

人間、長生きすると欲が出るらしい、乱世の英雄は、仕事をやり遂げたらさっさと隠居《いんきょ》するか死ぬのがいちばんかもしれんにゃあ、と竜馬は鼻をほじりながら笑った。

たとえば奇兵隊《きへいたい》を創設して幕府軍を破った長州きっての革命志士・高杉晋作《たかすぎしんさく》も、もしも病《やまい》に倒れず長生きしていたら、竜馬ですら想像ができない無茶苦茶をやったに違いない。高杉は、海外へ留学するために藩から貰《もら》った大金をすべて遊郭《ゆうかく》での女遊びに使い込んでしまうような風狂の徒だった。

だが。

竜馬自身もそうだが、革命だの維新だのは、どこか底が抜けたような人間でなければ遂行《すいこう》できないものらしい。那波列翁も、善《よ》くも悪くも常識外れの男だったのだろう。フランス革命戦争の渦中《かちゅう》で立身出世を極《きわ》めたあげく、史上はじめての「フランス皇帝」に即位してしまったのだから。

「なあ竜馬。皇帝になった那波列翁は無謀《むぼう》な戦争を繰り返して、最後は第一次帝政フランスを滅ぼした。西郷が、島津の殿さまから警戒《けいかい》されているのは、彼が野心家の那波列翁に私淑《ししゅく》しているからではないのか」

「まあ、まあ。中岡。那波列翁は確かに最後は敗《やぶ》れたが、彼が大暴れしてくれたおかげで革命の志はヨーロッパ全土に染《し》み渡ったぜよ。自由、平等、博愛……そして商売。そう。自由なくして、商売はできんがじゃ！」

「竜馬。お前は銭の話ばかりで、まったく志士らしくない」

中岡は呆《あき》れ顔で、緊張感がない竜馬の顔を眺《なが》めている。

この男は何度も幕府方に襲撃《しゅうげき》されて命を落としかけているのに、今夜もこんな醤油《しょうゆ》屋の二階でのんびり構えている。自分の命に対して危機感がないのか、と文句も言いたくなる。

かつて竜馬は「薩長同盟」を成立させた直後、伏見《ふしみ》の寺田屋《てらだや》に泊まっていたところを幕府の役人たちに襲撃されて危うく殺されかけた。その時は高杉晋作から貰ったリボルバー銃を放ちながらかろうじて逃げ延びたが、本来、寺田屋で死んでいて当然だったのだ。

今夜もそうだ。薩長は「王政復古」の密勅《みっちょく》を手に入れ、幕府を朝敵《ちょうてき》として討伐《とうばつ》する予定だった。それが今、竜馬が戦争を回避しようと土佐を引き込んで主導した将軍徳川慶喜公による「大政奉還」の一手によって、開戦の口実を見失って中断させられた。薩長同盟の立役者《たてやくしゃ》の竜馬がこんどは幕閣《ばっかく》をそそのかして政権を朝廷へ返上させた、と知った幕府方の会津《あいづ》藩や新選組《しんせんぐみ》も激怒している。

今や、幕府にも薩長にも竜馬の命を狙《ねら》う「敵」がいる。

しかも竜馬は北辰一刀流免許皆伝《ほくしんいっとうりゅうめんきょかいでん》の「剣の達人《たつじん》」だが、寺田屋で襲《おそ》われた際に両手の指を深く斬《き》られており、この時に神経まで切断されたらしく、いまだに左手の人差し指がうまく動かない。頼みはリボルバー銃だけだ。

「船の衝突事故を起こした際に、君にいいようにやり込められて海援隊に七万両を支払う羽目《はめ》になった紀州藩も、ずいぶんと君を恨《うら》んで狙っているらしい。あの船、ほんとうにそんな大量の金塊《きんかい》や鉄砲を積んでいたのか？」

「もちろん法螺《ほら》じゃき。実はたいした荷物は積んじょらんかった。あっはははは」

それでは詐欺《さぎ》師ではないか、露見《ろけん》したらおおごとだぞと中岡は呆れた。

「なに。大藩に浪人如《ごと》きが歯向《はむ》かうか、と紀州藩の役人どもが舐《な》めきった態度をとりよるから、『万国公法』を盾《たて》にして吹っかけちゃっただけのことぜよ。これからの日本を治めるものは身分ではない、法律じゃきのう」

「……なあ竜馬。やはり僕は、君が心配でならない。向かいの土佐藩邸に移らないか。君は、自分の命に無頓着《むとんちゃく》すぎる。土佐藩家老の後藤象二郎《ごとうしょうじろう》も心配している」

「そう言いな。わしはわしの生きたいように生きるだけじゃき、中岡。本音では船を失うのも海援隊士を死なせるのも惜《お》しいが、いざ戦争になったら、根性を据《す》えてとことん戦う。ただわしゃあ、できるだけ人死《ひとじ》にを避けたいだけぜよ。今、同じ日本人同士で本格的に戦争をやれば、イギリスとフランスの代理戦争になるきに。幕閣には、蝦夷地をフランスに割譲《かつじょう》して軍資金を借りようとしちょる者までおる。将軍さまもそれはならぬとわかっていて、大政奉還の一手に応じたぜよ」

「しかし戦争になれば、海援隊はグラバーから武器を買って稼げるのではないか。戦争は君にとって商機ではないのか？」

「中岡。海援隊は商社であると同時に、海軍《まるやま》ぜよ？　戦で船が沈んだら、商売道具の武器も運べん。それに、船がないと長崎へ行って丸山遊郭で遊ぶのに不便じゃき。はああ、誕生日は長崎花月《かげつ》で過ごしたかったのう」

「……はあ。竜馬。お前と話していると、わけがわからなくなる。君は真面目なのかふざけているのか、さっぱりわからん。女遊びもいいが、新妻のおりょうさんを泣かせるなよ」

おりょうは、奇《く》しくも「お竜」と書く。寺田屋で竜馬を救った女性で、以来、竜馬の妻となった。西郷の勧《すす》めで、竜馬とおりょうは薩摩で新婚旅行を満喫《まんきつ》したこともあった。そのおりょうは今、京にはいない。さしもの竜馬も、おりょうの身だけは心配らしく、遠隔地に匿《かくま》っている。

「おりょうか。維新倒幕の大仕事を終えたら、はよう迎えに行きたいのう。あと少しじゃ。将軍さまが政権に続いて官位と徳川家の所領を朝廷に返還してくれれば、戦争は回避できる。さしもの西郷さんも武力討幕を諦《あきら》めるがじゃ。その分、わしの仕事もはよう終わる。おりょうと会える」

「いいから竜馬。これ以上無駄に怪《あや》しい動きを続けて薩長の恨みを買うな。このままでは日本に、君の味方はいなくなるぞ」

「なにを言うがか。おまんがおるじゃろ、中岡」

きききき君は急に真顔《まがお》になってそういうことを言うからいかん、僕を泣かせるな、ずるいではないか、と中岡はなぜか怒った。竜馬を説得しようにも、こうしてふっと心を掴《つか》まれてしまう。気がつくと、丸め込まれている。

「まあ、日本に居場所がのうなったら、海援隊を率《ひき》いて海の向こうの世界へでも行くぜよ。上海《シャンハイ》帰りの高杉さんも、もしも長州征伐《せいばつ》戦に負けたら毛利《もうり》の殿さまを連れて朝鮮へ逃げるつもりじゃった。わが恩師の勝先生も若い頃、アメリカへ行った。わしゃあ、ヨーロッパへ行きたいにゃあ」

「イギリスへなら、グラバーの斡旋《あっせん》で簡単に行けるさ」

「イギリスもいいが、フランスを見てみたいのう。なにしろ、フランス革命の発祥《はっしょう》の地じゃき。那波列翁の墓参りもしてみたいし、パリのおなごはべっぴん揃《ぞろ》いらしいぜよ？　きっと、とびきりのオー・デ・コロンを使うちょるんじゃろうにゃあ〜」

「おいおい竜馬。おりょうさんに聞かれたら叱《しか》られるぞ」

「問題ないきに。おりょうも、連れて行く。日本を洗濯する大仕事が終わったら、こんどは海の向こうで新婚旅行の続きをやる。そういう約束じゃき」

もしかしたら竜馬は、早くおりょうさんと二人で海外へ渡航したいばかりに戦争を回避しようと奔走しているのかもしれない、自由すぎる、呆れた男だ、と中岡は思った。

「そろそろ峰吉が戻ってくる時分だろう。軍鶏鍋を食べ終わったら僕とともに土佐藩邸へ入ろう、竜馬」

「くどいちや中岡。わしゃあ土佐藩邸は嫌いじゃ。後藤のような話のわかる男もおるが、なにもわかっちょらん大半《たいはん》の上士どもは相変わらず威張《いば》りくさっちょる。あいつら、倒幕が成った暁《あかつき》にはわしがすべての藩に『版籍《はんせき》奉還』をやらせて土佐藩も武士階級も全部ぶっ潰すつもりだと知ったら、地団駄《じだんだ》を踏むぜよ」

「な、なんだって？　竜馬？　そ、そいつは過激すぎる。しばし秘しておけ。確かにヨーロッパ列強のような近代国家を築くためには、幕藩体制は完全に破壊すべきだ。中途半端ではダメだ。だが、武士階級そのものを潰すだなんて……君は、確実に殺されるぞ」

「中岡よ。いずれ実現する。これからの日本には武士も上士も郷士も商人も百姓もなくなる。みな、等しく『日本人』になる。それが自由――『ふれいへいど』っちゅうことじゃき！」

　坂本竜馬。この男は、少しばかり生まれてくるのが早すぎたのかもしれない、と中岡は思った。まるで未来人のようだ。それとも、根っからの革命家なのだろうか。一介の浪人が、私設海軍を率いて薩摩、長州、土佐、幕府を引きずり回して「倒幕」という革命の偉業を達成しようとしている。日本史上、このような人間がいただろうか。やっていることはまるで大山師《やまし》だが、竜馬自身には軍人皇帝になった那波列翁のような軍事的野心も立身出世への欲望もない。なにしろ竜馬には、新政府に入閣するつもりがないのだ。竜馬が作成した入閣予定者名簿の中に竜馬自身の名がないことをいぶかしんだ西郷の前で、「わしゃあ世界の海援隊でもやりますかいのう」と言い放った男だ。

あるいは、ただ己《おのれ》の心から湧《わ》いてくる想いのままに生きられる天性の持ち主なのか。

わからない。僕にはこの型破りの男の頭の中がどうなっているのかさっぱりわからない、と中岡は思った。だが、これだけはわかる。今ここで竜馬を死なせてはならない、と。この男を維新回天の途上で失えば、おそらく日本は、そして世界は――。

「しかし、軍鶏はまだかのう。わしゃ、腹が減ったきに。ますます寒うなってきたぜよ」

風邪を引いている竜馬が身震いした、この時。

近江屋の一階から、物音が聞こえてきた。

中岡が、「おや、峰吉が帰ってきたらしい」と呟《つぶや》いていた。

だが、その音は、軍鶏肉を買って戻って来た小僧《こぞう》の峰吉が立てたものではなかった――。

それは、近江屋に侵入した刺客《しかく》団の足音であり、刺客団に斬られた竜馬の用心棒《ようじんぼう》・藤吉《とうきち》の巨体が崩《くず》れ落ちていく音であった。

が、竜馬も中岡も、気づかない。

熱で頭がぼうっとしていた上、もともと不用心で自分の命に執着が薄い竜馬はともかく、長州藩士と行動をともにし続けた歴戦の経歴を持ちながら奇跡的に生き延びてきた中岡慎太郎が「暗殺者が来た」ことに即時に思い当たらなかったことが、不幸のはじまりだった。

自《みず》らの「死」が、目前に迫っていたその時。

「藤吉さん、ほたえなや」

竜馬は、腰を丸めて那波列翁の伝記にかじりつきながら、そんなのんびりした言葉を口にしていた。

直後、竜馬と中岡が歓談《かんだん》していた八畳間の襖《ふすま》が蹴破《けやぶ》られ、二人の刺客が無言で突進する。

坂本竜馬と、中岡慎太郎。幕末の嵐の中でほぼ壊滅した土佐《とさ》勤王党《きんのうとう》の生き残りで、ともに「薩長同盟」「大政奉還」という維新回天の大業《たいぎょう》を成し遂げた莫逆《ばくぎゃく》の友同士である。故《ゆえ》にこの時、二人は足下に日本刀を置いていない。背後に置いていた。しかも、竜馬の回転式リボルバーも、彼の懐《ふところ》には入っていない。荷物として部屋の片隅《かたすみ》に仕舞われていた。

中岡は素早く振り返って背後の日本刀を手に取ろうとしたが、これが致命的となった。振り返りざまに後頭部へ刺客の一撃を浴びた。

鳥目の竜馬は、中岡よりも反応が鈍《にぶ》い。折からの熱で身体《からだ》の力が抜けていたことも災《わざわ》いしたのだろうか。振り返って背後の愛刀「陸奥守吉行《むつのかみよしゆき》」に手を伸ばすよりも早く、真正面から額《ひたい》に斬撃《ざんげき》を受けた。

刺客の顔を正面から見たはずだが、室内は暗い。竜馬の鳥目では、刺客の顔が見えない。

（よう見えん。誰じゃ。誰が刺客じゃ。狙いはわしか、それとも中岡か。いかん、わからん）

竜馬は背中を向けて自らの日本刀に手を伸ばしながら、ほとんど無意識のうちに中岡を庇《かば》おうとした。

「石川《いしかわ》⁉　刀《かたな》は……石川⁉」

肩を斬られながら、中岡の変名を叫んでいた。

止《とど》めの一撃が、竜馬の脳天へと振り下ろされる。凄《すさ》まじい膂力《りょりょく》だった。

竜馬は刀を握ると再び刺客へと向き直った。が、鞘《さや》から刀を抜けない。左手の人差し指が思うように動かないためだった。鞘ごと、刺客の一撃を受けた。熱のために竜馬の体力は消耗《しょうもう》している。防ぎきれず、押し切られた。

竜馬の額に、致命傷となる一撃が入った。

血煙《ちけむり》がのぼり、竜馬は昏倒《こんとう》した。

倒れ際、部屋の向こうで中岡の身体がもう一人の刺客に切り刻《きざ》まれているさまが、ぼんやりと見えた。

すべては、ほんの一瞬の出来事だった。

せめて護身用のスミス・アンド・ウェッソン、五連発リボルバー銃を懐に入れておけば、と竜馬はわずかに悔《く》いた。

刺客たちが、無言で去っていく。

「……もう、いかんちや……わしゃあ、脳をやられた……中岡……無事か……？」

竜馬の意識が薄れていく。もう、動くことができない。

「……生きて、いる……待って……いろ……医者を……呼んでくる……竜馬……」

中岡は、奇跡的にもまだ生きていた。

ならば、刺客の狙いはわしじゃったか。

（今わしを殺せば、西郷さんは武力討幕に奔《はし》る。将軍や幕府の高官がわしを暗殺するはずはないきに。じゃが、長州の不倶戴天《ふぐたいてん》の敵・会津藩は「大政奉還」とはなんたる弱腰、と激怒しちょった。ならば、今宵《こよい》の刺客は会津藩預かりの新選組か、それとも幕府見廻組《みまわりぐみ》か）

中岡にも注意されていたばかりだが、竜馬には思い当たる節《ふし》が多すぎる。

（今、薩摩藩におけるわしのいちばんの理解者じゃった西郷さんは京におらん。「王政復古」の密勅を盾に幕府を武力で倒そうとしちょった薩摩藩の連中が、西郷さんの留守を狙ってわしを邪魔に思うて殺しに来たか……それを言えば、吉田松陰先生をはじめ幾多《いくた》の草莽《そうもう》の志士たちを幕府に殺され、薩摩以上に幕府への恨みが深い長州藩の刺客ということも……）

さらには。

（紀州藩のお偉方たちも、まっこと怒っちょったのう。わしは長崎でイギリスの商売仲間を味方につけて、海援隊の船に紀州藩船が衝突して沈めた海難事故の賠償金《ばいしょうきん》を搾《しぼ》り取ったきに。実は沈んだ船には金塊も鉄砲も積んじょらんかったことが漏《も》れたんじゃろうか？）

まだある。

（土佐藩では、わしのような郷士は斬り捨て御免《ごめん》の対象じゃ。まさか、上士の誰かが「大政奉還」の手柄《てがら》と海援隊を横取りするために……郷士出身の脱藩浪人でありながら家老の後藤とつるんで土佐藩をしきっちょったわしを殺しに来たのかもしれん)

まだまだある。もう死のうとしているのに、心当たりが多すぎる。

(長崎のグラバーが刺客を放ったのかもしれん。イギリス商人たちは薩長と幕府に戦争をやらせることで、大量の武器を売りつけて大儲《おおもう》けするつもりじゃったぜよ。「大政奉還」から無血革命への流れが確定すれば、グラバーたちはアテが外れて大損《おおぞん》ぜよ……)

いかん。どうせ鳥目で、討《う》ち手の顔は見えんかった。考えるだけ、残された命の無駄使いじゃ、と竜馬は「竜馬暗殺」の犯人を考えることを止《や》めた。その代わりに。

中岡、どうか命を取り留めてほしい、と竜馬は願った。

これ以上、友の死を見るのは嫌じゃき、と心から願った。

土佐以来の同志たち。

中岡慎太郎と並ぶ堅物《かたぶつ》だった土佐勤王党の盟主・武市半平太。竜馬はいつも彼のことを「アゴ」と呼んでおちょくっていた。妻以外の女人《にょにん》を知らないという糞《くそ》真面目な秀才は、幕府に阿《おもね》った土佐藩侯《はんこう》・山内容堂《やまうちようどう》に弾圧されて切腹した。

武市に子犬のように懐《なつ》いていた「人斬り」岡田以蔵。天誅《てんちゅう》ばかり繰り返しているので、心配した竜馬が師匠《ししょう》・勝海舟の護衛《ごえい》役の仕事を任せたこともあったが、最後は人斬りらしく荒れ果てた境遇に落ちて、土佐で刑死した。

吉村寅太郎《よしむらとらたろう》。長州藩に呼応《こおう》して天誅組を率いて大和《やまと》で挙兵するが、敗死。

池内蔵太《いけくらた》。竜馬が結成した亀山社中《かめやましゃちゅう》（後の海援隊）に参加して船を出航させた際、難破して溺死《できし》。

近藤長次郎《こんどうちょうじろう》。竜馬が「まんじゅう屋」と呼んで愛した商人出身の才子。長崎の亀山社中でグラバーたちを相手に交渉人《こうしょうにん》として活躍したが、竜馬不在の折に海外密航を企《くわだ》て、同志たちから隊則違反の罪を問われて切腹。

さらに勤王討幕運動をともに戦った、長州の同志たち。吉田稔麿《よしだとしまろ》。久坂玄瑞《くさかげんずい》。高杉晋作。みな、維新回天の成就《じょうじゅ》を見ることなく、その多くは二十代から三十代の若さで死んだ。

竜馬も、まもなく死ぬ。

西郷は軍人皇帝那波列翁の熱烈な信奉者《しんぽうしゃ》だから、竜馬が夢想していた「無血革命」はならず、新政府は「武力討幕」路線に突き進むだろう。それだけが心配だが、江戸にはまだ勝海舟がいる。勝海舟ならば、西郷と談判《だんぱん》して将軍の命と江戸の町をきっと救ってくれるだろう。

（わしも、向こうへ呼ばれちょるのかのう。武市さん。以蔵さん。人間は脳をやられれば終わりじゃ。すぐに、そっちへ行くき……）

ただ、下関《しものせき》に残してきたおりょうの行く末が、心配だった。

（おりょうは気性が激しい。唄《うた》はうまいが、家事もできん。わし抜きで、一人で生きていける女じゃろうか。同じく気が強い乙女《おとめ》姉さんとは、馬が合わんのではないか）

どうやら自分は乙女姉さんに似た男勝りのおなごばかりを追いかけちょった、と竜馬は死に臨《のぞ》んではじめて気づいた。我ながら、（姉っ子ぜよ）とおかしくなった。

（長次郎さん。すまんかったのう。わしが長崎におったら、おまんに腹を切らせることはなかった。イギリスに、行きたかったんじゃのう。このわしも、上海どころか異国に行ったことがないまま死ぬがか。日本の洗濯を終えた後は、おりょうとともに「世界の海援隊」を率いて思う存分《ぞんぶん》好奇心の赴《おもむ》くままに船で世界を冒険するというのが、わしのまことの夢じゃったき……日本人が、自由に世界を航海し冒険できる時代を作る。そのための世直し、そのための倒幕じゃったき……）

幕末の志士・坂本竜馬は、見事に使命を果たした。一介の浪人が、よくぞこれだけの仕事を成した、と乙女姉さんも褒《ほ》めてくれゆう。しかし、人間・坂本竜馬としてはげにまっこと無念じゃ。

竜馬は「死」を前にしてはじめて、「死にとうない」と思った。

鎖国《さこく》という「鉄の壁」を乗り越えようと吉田松陰が黒船に乗り込んで密航を図《はか》り、果たせずに幕府に捕らわれた時の無念。ついに生涯《しょうがい》、海の外へ出ることなく処刑された時の無念。やっと、竜馬にも理解できた。

わしはただ、世界へ、行きたかった。世界を、生きたかった――。

この島国の外の世界がどうなっちょるのかを、ただただ知りたかった。

どんな人間が生きているのか。どんな男が。どんなおなごが。いろいろな出会いを、果たしたかった。きっと、面白《おもしろ》き世じゃったはずじゃ。のう、高杉さん。

だから、わしはひとえに、海軍に……船に……こだわり……。

……

……

……

慶応三年十一月十五日。京都近江屋にて、坂本竜馬、死亡。ほぼ即死であった。

奇しくもこの日は、竜馬三十一歳の誕生日だった。

※

そして。

坂本竜馬は、再び目覚めていた。

……

……

……

（なんぜよ？　わしゃあ、死んだはずじゃき。ここは、極楽《ごくらく》かえ？　それとも……？）

近江屋の室内ではなかった。青空が視界に飛び込んできた。

屋外だ。どうやら、街の往来《おうらい》に倒れているらしい。

慌《あわ》てて起き上がる。右手には、近江屋でついに鞘から抜くことのなかった陸奥守吉行。もう片方の手で、額に触れてみた。おかしい。頭に受けたはずの刀傷がない。脳をやられたはずなのに、完全に治っている。肩に受けた傷もない。

「おっ……おっ？　寺田屋で斬られた左手の人差し指が……動いちょる？　いったい、なにがどうなっているぜよ？」

懐には、スミス&ウェッソンの五連発リボルバーが入っていた。いつ拾い上げて懐に入れたのか、思いだせない。つい先刻、刺客に脳を割られて、そのままぶっ倒れたはずだ。

なにがなんだかさっぱりわからんがじゃ、とさしもの竜馬もしばし立ち尽くしていた。

すぐに気づいた。

そこは、見覚えがある幕末の京の街ではなかった。

異国人だらけの街だった。至るところに、フランス語の看板《かんばん》。交わされている言葉も、フランス語。明らかに、日本の街ではない。横浜ではなく、長崎ですらない。

わからん。さっぱりわからん。

「ここは……いったい、どこなんじゃあああ～っ!?」

ぼさぼさの頭をかきむしる竜馬に、瘦《や》せた西洋人の小男が声をかけてきた。

「……だ、だいじょうぶかい？　君は、誰だい？　妙な格好《かっこう》だね」

大男の竜馬よりもずっと背が低い。小汚い服を着ているが、どうやら軍人らしい。黒い髪は伸び放題だし、顔色が酷《ひど》く悪い。栄養失調気味だった。だが、顔つきも身体も貧相だが、その瞳《ひとみ》だけは強烈《なま》な光を放っていた。

言葉は酷く訛りの強いフランス語で、生粋《きっすい》のフランス人の発音ではなかった。竜馬は、英語は少々使えるが、フランス語には疎《うと》い。会話などできないはずだったが、なぜか聞き取れた。

「訛り」があることすら、わかった。

もうさっぱりわやじゃ、と居直った竜馬は、刀を鞘に収めながら「ここはどこぜよ？」と青白い顔の小男に尋《たず》ねていた。

「君は、青空に突然開いた『穴』から落ちてきたんだよ。君こそどこから来たんだい？」

「空から落ちてきたがか？　わしが？　わしゃあ、ついさっきまで京の近江屋に――」

無意識のうちに、竜馬の指が陸奥守吉行の柄《つか》にかかっていた。

しもた、つい新選組に追い回されちょった頃の癖《くせ》が、と竜馬が気づくよりも早く。

顔色の悪い若いフランス軍人が、反射的にサーベルを抜き放っていた。

「うわあっ？　そ、その刀は、日本刀だねっ？　君はジャポンのサムライか!?　まさかオランダに雇《やと》われたスパイなのかっ？　それとも、コルシカ島から僕を追いかけてきた刺客なのか？

だとしたら、見過ごせないなっ！」

「誤解ぜよ、誤解！　ん？　コルシカ島？　どこかで聞いたような……」

「やっぱり僕を殺しに来た刺客じゃないか！　先手必勝！」

首を傾《かし》げていると、青ざめたフランス軍人にいきなり斬りかかられた。

フランス軍人のサーベルの扱いは、日本の武士が剣を用いる流儀《りゅうぎ》とは異なる。その分、竜馬は不利だった。だが幸運にも、相手は命を捨てて初太刀《しょだち》での一撃必殺を期する薩摩武士ではなかった。それに、この若い軍人はサーベルを扱う技術には長《た》けていても、実際に人を斬ることに慣れていない。先手を打ったとはいえ、躊躇《ためら》いがあった。

竜馬は一歩前へと踏み込み、初太刀を躱《かわ》しながら陸奥守吉行を再び抜いていた。鞘に入った刀を電光石火《でんこうせっか》の早業《はやわざ》で抜き放つ「居合術《いあいじゅつ》」である。

サーベルと陸奥守吉行の剣先が、空中で激突する。

「……ええっ？　い、今の剣捌《さば》きは、いったい!?　いつの間に抜刀《ばっとう》したのか、見えなかった!?　ああっ、僕は大砲が専門なんだよ！　僕のもとに大砲さえあれば！　僕ぁここで散るのかあ～！　かっ、母さぁ～ん！」

「ま、待つがじゃ。わしゃあコルシカ島の刺客でもオランダのスパイでもないきに！　おまんの敵ではないぜよ！　そもそも、おまんが誰かも知らん！　落ち着くがじゃ！」

「え？　刺客じゃないのかい？」

違う違う、と竜馬は陸奥守吉行を鞘に収めた。殺意はないぜよ、と放胆《ほうたん》にもサーベルを抜いたままのフランス軍人を前に無防備になってみせたのだ。

軍人の側も、竜馬に敵意がないことを肌《はだ》で感じたのだろう。

「……君ほどの剣の達人なら、僕を一刀で切り倒せていたよね。そうか。どうやら僕の早とちりだったようだ、悪かったよ」

静かにサーベルを鞘へと収めていた。

「わしゃあ、ジャポンから来たローニンの坂本竜馬ぜよ！　ローニンちゅうのは、誰にも仕《つか》えちょらん自由なサムライのことじゃき！　そもそも、ここはどこじゃ？」

「ね、寝ぼけているのかな？　ここはフランスの都パリだよ」

「なんじゃとおお？　ここが？　革命の都、パリ？」

「ロシアに遭難《そうなん》してきたサムライの話は時々聞くけれど、君はどうやってジャポンからフランスまで来たんだい？　そもそも君が落ちてきたあの『穴』はなんだったんだ？」

「ちゃ、ちゃ、ちゃ……？　ちくとも覚えちょらん。ますますもって、わやじゃ⁉」

「……聞き取りにくいなあ。妙な訛りのフランス語だね。僕も、人のことは言えないけれど」

「え？　なんでわしはフランス語を喋《しゃべ》っちょるんじゃあ？　お、おまんは誰ぜよ？」

「僕？　僕は。ナポレオーネ・ブオナパルテ。大勢の家族を食わせるために、革命フランスで軍人をやっている。僕もコルシカ島から亡命してきたばかりの移民だから、本来、外国人には甘いんだよ」

　刺客と間違えて悪かったね、と「ナポレオーネ・ブオナパルテ」が微笑《ほほえ》む。

「ちゃ、ちゃ。待ちいや。その名前、どこかで聞いたことが？　コルシカ島から来たおまんは、まさか……その名前、ちくと訛っちょるの？」

「えらくフランス語に堪能《たんのう》なんだね、君は……そうさ、僕のフランス語は訛ってるよ。軍でも笑いものだ……フランス式に発音すれば、僕の名前は『ナポレオン・ボナパルト』さ。フランス人たちも、僕をそう呼ぶ。でも僕は、まだ自分がフランス人になってしまったことに慣れていないいんだ」

「な、ナポレオン⁉」

「うっ、あいたたた……また、腹が……命からがらフランスに逃げてきてから、しょっちゅう腹痛が……真剣を交えるなんて無茶をやったからかなあ」

「そ、そりゃいかん！　おんしの身になにかあったら大変じゃ！　どこかで休むぜよ」

「ありがとう、サムライくん。親切者なんだね、君は」

「竜馬じゃき」

「それじゃカフェにでも入ろうか。リョーマも来るかい？　東洋人が革命中のパリを一人でうろつくのは危険だよ。僕が言うのもなんだけれど、オランダのスパイ扱いされて断頭台に送られちゃうよ。今、フランスは全ヨーロッパを相手に戦争中だからね」

竜馬は、しばし目の前の現実が信じられなかった。

間違えるはずがない。暗殺される直前に、竜馬は彼の「伝記」を読んでいたのだから。幕末日本の志士たちにとって、ナポレオンは「革命の英雄」だ。勝海舟からも、西郷吉之助《きちのすけ》からも、さんざん彼の「生涯」について聞かされてきた。

（コルシカ島から革命フランスに亡命してきた若き軍人。若い頃は痩せていた小男。他人を魅了する鋭い眼光。反革命を掲《かか》げる諸国と戦い、イタリアを解放し、ヨーロッパ全土に革命精神を吹き込んだ英雄。その名は、ナポレオン・ボナパルト。間違いないきに。この男は、若き日の那波列翁ぜよ――！）

彼こそは、やがて皇帝ナポレオン一世となる男。幕末志士たちにとっての革命の英雄。

だが、竜馬の生前にナポレオンはセントヘレナ島で死んでいるはずだ。

つまりここは、過去のフランス――⁉

「えっ？　今が何年かって？　一七九三年に決まっているだろう。フランスではもうじき『革命暦《こよみ》』を採用するらしいけどね。なんで千年以上続いた暦をゼロに戻すのかなあ。ジャポンでは西暦は使っていないのかい？」

わしはついさっきまで、慶応三年の京におったぜよ。慶応三年は確か西暦一八六七年。

時間が、七十年以上も巻き戻っちょる！

竜馬は、全身の震えが止まらなくなった。

「フランス革命」まっただ中の激動の時代に、わしゃあ、来てしもうたちゅうがか？
それに——このナポレオン。伝記やらグラバーに聞いちょった話やらと大違いじゃ。刺客と見るや立ち向かってくる勇敢《ゆうかん》な面もあるが、なんとのう……土佐で小便垂《た》れと笑われちょった子供時代のわしみたいに頼りないぜよ〜!?　まっこと革命の英雄になる男がか？

第二話

竜馬とナポレオン

「リョーマ。今の僕は貧乏《びんぼう》で生活かつかつなんだけれど、カフェくらいならおごってあげられるよ。コルシカ島の財産は、全部没収されてしまってね。家族も多いし大変だよ、はあ……渋々《しぶしぶ》革命フランス軍に復隊したけれど、コルシカ島に居着いていたために干《ほ》されちゃって。いい仕事はないかな、とパリに上ってきたんだ……でも、働きたくない……お腹《なか》が痛いよ……ううう」

「おごってもろうて、まっことすまんのう。じゃが、空《す》きっ腹にカフェは、胃に悪いきに」

「ああ。だいじょうぶだよ。僕はカフェ・オ・レを飲むから。カフェと牛乳を混ぜた飲み物さ。お腹に優しいんだよ」

「おおお。そがいなものが、パリにはあるがか？　さっすがはカフェの本場じゃのう！　わしが長崎で飲んだカフェは、まっことのブラックコーヒーじゃったきに。そりゃもう苦うてかなわなんだ！」

「へえ。ジャポンにもカフェがあるのかい？　ああ、そうか。オランダ商人が暮らしているというものね」

　革命パリはカフェの街だ。街の至《いた》るところにカフェが乱立していて、かつて「第三身分」＝「平民」と呼ばれていた人々でごった返している。ただし平民にもいろいろあって、身なりがいい連中は資産家のブルジョア。幕末日本でいえば商人階級だ。赤い帽子を被《かぶ》っている連中は、労働者階級や貧困層のサンキュロット。いわば長屋暮らしの町人である。

ナポレオンが選んだカフェは、サンキュロットの溜《た》まり場だった。

政治の話、革命の話、戦争に関する噂《うわさ》話などなど、あらゆる情報がカフェに飛び交《か》っている。

幕末日本からやってきた竜馬は、フランス革命の詳細《しょうさい》を知らない。王政が打倒されたこと、最終的に軍人ナポレオンが政権を取って皇帝になったこと、ヨーロッパ中の反革命諸国との戦争を続けて勝ち続け、「自由と平等」の革命精神をヨーロッパに普及させながら、ついにはロシアの冬将軍に敗《やぶ》れてセントヘレナ島で死んだこと、くらいである。

それにしても……この顔色の悪い痩《や》せた小男が、ほんとうにあの西郷《さいごう》さんが崇拝《すうはい》していた大英傑《えいけつ》ナポレオンになるんじゃろうか？

「……リョーマ。僕はね、ほんとうはフランス軍人として働きたくないんだよ」

「そりゃまた、なんでぜよ？」

「僕にはフランス人だという意識もないしね。フランスに占領されてしまったコルシカ島で革命を起こして独立を果たす、それが少し前までの僕の夢だったんだ」

「それが、どうしてフランスに亡命してきたがじゃ？」

「コルシカ島の連中がね、単独じゃフランスには勝てないと、イギリスと手を結んだんだよ。イギリスはフランスの仇敵《きゅうてき》だからね。僕は子供の頃からフランスの士官学校に通っていた上に、フランス軍人になっていたから、故郷で売国奴《ばいこくど》呼ばわりされて殺されかけてね。危なかったよ……もうコルシカ島には戻れない……ぶる、ぶる……」

文字通り故郷を追い出されて、フランスで働くしか道がない、ということらしい。

「あっはっは！　つまりナポレオン。おまんも、わしと同じローニンになったちゅうことじゃな！　ものは考えようじゃ。おまんは、自由じゃき！　狭い故郷にこだわる必要はないぜよ。今の革命フランスでは、おまんのような移民にも活躍の場は与えられるがじゃろ？」

「……まあね……南仏に逃げてきた家族を食わせないといけないしね……ああ、でも、僕はフランスには愛着がないんだよ……士官学校時代から訛《なま》りが酷《ひど》くて、コルシカ島の田舎者《いなかもの》と虐《いじ》められてきたしさ……うっ、お腹が」

「おまんならば、出世できるぜよ。いずれはフランス皇帝にもなれる男じゃ！」

頼りないが、なってもらわにゃ困る、と竜馬《りょうま》は思った。

「……フランスに皇帝なんているわけないだろう？　だいたい、どうして人民の平等を目指す革命の行き着く先が共和制ではなく帝政になるのさ」

「ちゃ、ちゃ、ちゃ。そがいな古臭いしきたりを無視してコルシカ島出身のおまんが皇帝になってこそ、ヨーロッパの封建制度はどーんと崩壊《ほうかい》し、全ヨーロッパに革命精神が行き渡るがじゃ！　フランスだけで革命を終わらせたらいかんきに。わしの暮らすジャポンに革命がやってこなくなるきに」

「ええ？　そんな海の彼方《かなた》の話をされても、僕なんかには関《かか》わりがないことだよ……」

「人間、血筋や身分に関係なく、能力のある者ならば皇帝にだってなれる！　おまんがそれを証明するがじゃ！　これぞ、まことの革命ぜよ！」

「……やめてくれよ、考えただけで胃が痛くなる……僕みたいな田舎者が畏《おそ》れ多くも皇帝を僭《せん》称《しょう》したら、最後は処刑されるか島流しじゃないかあ」

「まあ、島流しじゃにゃあ〜。じゃき、歴史がおまんを必要としちょるぜよ！」

「ううう……リョーマ。君はヘンな男だなあ。君の国ジャポンにも皇帝がいるんじゃなかったか？」

「おお、天朝《てんちょう》さまがおる。天朝さまのもとで議会制度をこしらえ、すべての日本人がサムライも町人も百姓もない自由な国民となる。それがジャポン式の革命ぜよ。わしゃあ、そうじゃな、ジャポンの革命を成功させるために、革命の本場フランスへ渡ってきたぜよ」

「……イギリス流の立憲君主制だよ、それは。フランス革命はもっと過激だよ。王政を廃止して、国王を処刑してしまったんだから。それで全ヨーロッパを敵に回してしまって……うっ、お腹が」

ナポレオンが言うには、革命フランス政府は国外逃亡を図《はか》った国王ルイ十六世を告発し、ギロチンで処刑。以来、国内では王党派が続々と反乱の火の手をあげ、国外ではプロイセン、オーストリア、イギリスといった諸国との反革命戦争が拡大中。革命フランスは孤立無援《こりつむえん》の状態だという。しかも、有能な貴族や将軍の多くが革命を恐れて亡命したため、革命政府も革命軍も人材不足で混乱の極致にある。

　だから、食い詰めたナポレオンが「パリに行けば仕事にありつける」と思いついたのは正しかったのだが……。

「……所詮《しょせん》僕はフランスと関係ない人間だしね。田舎者だし。チビだし。貧乏だし。家系的にも、若ハゲになる運命だ。女性方にもモテない。どうも、やる気が出ないんだ……」

「そ、それは困るぜよ。やる気を出すちゃ～！　おまんは戦争の天才じゃき！」

「まあ、陸戦には自信あるよ。僕の専門は大砲だからね。これからの戦争の主役は大砲だよ。高度な数学知識を理解していないと、正確な大砲の弾道計算はできない。数学が得意な僕は、これができる」

「ほれみい！　わしの目の付け所は正しかったぜよ！」

「いや、実は僕は陸兵しか動かせないんだ。島出身のくせに、海が苦手なんだよ。船に乗ると酔うんだよね。だから、イギリス海軍には勝てっこない。軍のトップまで上り詰める野心は、ないね」

　土佐《とさ》にも、山っ子と海っ子がおったのう。海っ子の代表が海援隊《かいえんたい》を率《ひき》いちょったわしなら、山っ子の代表は陸援隊《りくえんたい》を率いちょった中岡慎太郎《なかおかしんたろう》じゃった、と竜馬はふと懐《なつ》かしくなって涙ぐんでいた。

　中岡は無事かのう。あの後、幕末の日本はどうなったがじゃ。おりょうは。西郷《さいごう》さんは。

桂《かつら》さんは。どうなったがじゃ。こがいな過去に飛ばされては、もう知ることもできん。

「だからあまり革命戦争に深入りしたくはないんだ。張り切って武功《ぶこう》を立てても、最後はイギリス海軍に負けるのが見えているからね。家族を食べさせるために働くだけさ」

「いやいやいや。おまんが頑張らにゃ、フランス革命は頓挫《とんざ》するがじゃ。わしは人を見る目があるぜよ。わしを信じるがじゃ！」

「……そんな、未来から来た人間みたいなことを言われてもなあ。僕は、人相見《にんそうみ》とか占星術はいっさい信じないんだよ」

いかんちや。ナポレオンがフランス革命を完遂《かんすい》させない限り、「維新回天《いしんかいてん》」もない。ヨーロッパに「自由」の精神が行き渡らなければ、おそらく黒船が日本に来ることもない。いつまでも徳川《とくがわ》幕府の封建社会が続き、鎖国《さこく》体制が続く。土佐の郷士《ごうし》はいつまでも郷士じゃ。土佐から脱藩するのも命懸《いのちが》けで、ヨーロッパを訪れることなんぞ絶対にできん。密航を見とがめられたら吉田松陰《よしだしょういん》先生のように斬首《ざんしゅ》じゃ。

そがいな未来、たまらんぜよ。

そうじゃ。まだ頼りない若きナポレオンの尻《しり》を叩《たた》いて、革命の英雄にする！　フランス革命がここでぶっ潰《つぶ》されんように！　乙女《おとめ》姉さんが、小便垂《た》れじゃったわしを鍛《きた》えて「坂本《さかもと》竜馬」に育ててくれたように。それが、わしの使命じゃ。天がわしに与えたとしか思えんきに。わしは天によって革命フランスの時代に呼ばれたぜよ、と竜馬はそう信じることに決めた。

「海戦なら、任せるがじゃ！　わしが、海援隊を率いておまんを海から支援しちゃる！」

「ジャポンのローニンの君が？　どうやって海軍を調達する？　さすがの革命フランス軍も、君には職を与えないぞ」

「口八丁手八丁《くちはっちょうてはっちょう》でなんとかするぜよ！　わしゃあその手で、薩摩《さつま》藩や土佐藩から船や軍資金を引っ張り出しちょったぜよ！　片っ端から船を沈めてしもうて大赤字じゃったがの！　あっはっは！」

「サツマとかトサってなんだい？　まあいいや。君が口がうまいのはよくわかったが、実戦経験はあるのかい？」

「おう。あるある。長州《ちょうしゅう》の高杉《たかすぎ》さんを支援して、下関《しものせき》海峡で軍艦に乗って幕軍と戦うたぜよ！　高杉さんは海戦でも陸戦でも天才的な指揮官じゃった。まさしく、動けば雷電《らいでん》の如《ごと》く、発すれば風雨の如し！　あん人はたった三千人で、十五万の幕軍を撃ち破ったまことの革命児じゃった！　懐かしいのう」

「……ジャポンの内戦経験あり、か。僕はジャポンのことをよく知らないが……君がフランス人か、せめてヨーロッパ人ならなあ。いくら革命フランスでもジャポンのサムライには、軍艦なんて手に入らないさ」

　対するナポレオンは、えらくネガティブだった。故郷から追放されたことが、相当にトラウマになっているらしい。わしなんて浮かれ気分で土佐を脱藩したのにのう、と天性陽気で図太い竜馬にはいまいちナポレオンの繊細《せんさい》な心はわかりにくい。

　カフェ・オ・レを飲み干したナポレオンは、よほど竜馬が気に入ったのだろう。竜馬の想像力を越えたことを言いだした。

「……実はねリョーマ。僕は、職業こそ軍人だけれど、ほんとうは……文豪ゲーテのような作家になりたいんだ……愛読書は『若きウェルテルの悩み』なんだ。疾風怒濤《しっぷうどとう》の大恋愛小説が大好物なんだ……せ、せっかくパリに来たんだし、しゅ、出版社に僕が書いた原稿を持ち込もうと思うんだ。軍隊のほうで仕事にありつけなくても、僕の恋愛小説がベストセラーになれば、家族を食わせることもできるし、僕はパリの社交界でご婦人たちからモテモテだ！　そうしない手はないと思わないか？」

　ナポレオンが、恋愛小説作家志望⁉

　竜馬は「ぶはっ」と口にしていたカフェを吹いていた。

「な、な、なにを言うがか〜⁉　今は戦争中ぜよ？　軍人のおまんが、そがいなことをしゅう場合ではないぜよ？」

「おいおいリョーマ？　ジャポンでは、恋愛小説は流行《はや》っていないのかい？　いいかい？　革命と恋はふたつでひとつなんだぜ。ヨーロッパの若い男たちは、みな心の中に自分だけの理想の貴婦人像を抱いているものさ」

「そりゃあまあ、わしも長崎花月《かげつ》でさんざん遊んじょったし、おりょうと薩摩でハネムーンを満喫《まんきつ》しちょったから、わかる。革命に燃える志士はみな、惚《ほ》れたおなごに夢中じゃった。明日死ぬかもしれん運命じゃからこそ、恋に燃えるぜよ」

革命と恋はふたつでひとつ。そうじゃのう。

高杉さんには、おうのさん。桂さんには、幾松《いくまつ》。わしには、おりょう。西郷さんは、三度も結婚しちょったが、実は乙女姉さんのような太った大女が好きでたまらん、ちゅうとった。わしに「どうか乙女さんを紹介してたもせ。おいの理想の女性でごわす」としつこかったのう。

「おりょうって誰だい？」

「わしの妻じゃき。今はジャポンにおるので、もう会えん」

「妻か。いいね。妻……人生の落伍者《らくごしゃ》の僕には、生涯無縁《しょうがいむえん》の言葉だあああ……！　せいぜい、兄貴のお下がりを紹介してもらうくらいしか……でも、いいんだよ。現実で満たされないからこそ、僕の小説家としての筆が鳴るのさ！　どうだい、僕の渾身《こんしん》の恋愛小説を読んでみてくれないか？」

こがいなことをしゆう場合じゃないぜよと愚痴《ぐち》りながらも、竜馬はナポレオンから原稿を渡された。なぜかフランス語が読める。しかし――その原稿は、暗い。モテない貧乏な青年将校が、前線で戦っている間に愛する嫁を間男《まおとこ》に寝取られ、あげくの果てには戦死してしまう。救いのないストーリーだった。なんじゃあこりゃあ、酷い話ぜよ。

「ああ。主人公が失恋して死ぬというオチは『若きウェルテルの悩み』の剽窃《ひょうせつ》だよ。恋愛こそが人生のすべて！　だからこそ失恋・即・死！　これが当世の若者の流行なんだ！」

「なんじゃ、二番煎《にばんせん》じじゃの～」

ふむ。この小説、心のほとばしるままに情熱的な「恋」を書き殴っている点は評価できるが、「妻」側の心理描写がおざなりぜよ。女心ちゅうものがようわかっちょらんきに。あー。いかにも、おなごにモテん男が書きそうな話ぜよ。以蔵《いぞう》さんが若い頃、こういうモノを書いちょったような……。

「こりゃ売れん。わしが版元じゃったら、ボツじゃき。ええか。ジャポンでは、読本《よみほん》が盛んなんじゃ。町人の識字率が高いからのう。一言で言えば、こいつは楽しうないぜよ」

「ああああああ!?　僕はコルシカのゲーテにはなれないというのかいっ？」

「まあ、おまんが恋愛大好き、おなご大好き、ちゅうことだけは伝わった。あとは、ちくと恋愛経験を積むことじゃの」

「あのさ、リョーマ。ご婦人にモテるのなら、そもそも恋愛小説なんて書いていないよ、僕は」

「仕方ないにゃあ～。ほいたら、長崎花月や島原《しまばら》みたいな色街《いろまち》に繰り出すぜよ！」

「色街かい？　僕はああいうところはあまり好きじゃないよ。『真実の愛』は金では手に入らないんだよ？」

「助平《すけべえ》なくせに、ヘンに生真面目《きまじめ》じゃの～。なにごとも経験ぜよ、経験。おまんはおなごに怯《おび》えちょるぜよ。こういうのは、慣れじゃき」

「そうか、創作のための取材だと思えば……ああでも、そんなあぶく銭《ぜに》はないなあ……」

「って、いかん！　なぜ、わしはナポレオンの作家修業を手伝っちょるんじゃ？　おまんには革命の英雄になってくれにゃ困るぜよ～！」

軍人仕事を探す話はどうなったがじゃ。竜馬が頭を抱えていると――。

「あなた、東洋人？　ボナパルトには小説家の才能なんてこれっぽっちもないから。余計な知恵を付けないで頂戴《ちょうだい》。なにが、色街に繰り出す、よ。パリでのボナパルトの生活費は私が立て替えてあげているんだからね？」

ナポレオンの背後に、美しい男装の女性がやってきて、「そんな金は貸さないから。それよりも部屋代を支払ってくれる？」とナポレオンの髪の毛を摑《つか》んで引っ張っていた。

「わかった、わかったよ。行かないよ、ブーリエンヌ。こちらはジャポンのローニンのリョーマさんだ。彼女は僕の幼《おさな》なじみのブーリエンヌ。見ての通り男装しているけれど、実は女性だ……僕がいちばん苦手なタイプでね……女は女らしくないとね……」

「あなたは考えが古いのよ、ボナパルト。革命フランスでは、男も女も平等なんだから。これからは法曹《ほうそう》界も女の時代なのよ！」

「……うう。母さんみたいに叱《しか》るのはやめてくれ……腹が痛くなる……ああ。母さんといい妹たちといい、どうして僕の周囲はこういうおっかない女性ばかりなんだろう……妻にするなら、身分の高い貴族のお姫さまじゃないとね」

「はあ？　身分？　貴族？　革命中のパリでそんなこと言ってたら、王党派の疑いをかけられて逮捕されちゃうわよ？　相変わらず小説と現実の区別がついていないわね。いいから、あなたは働きなさい」

おお。めんこいおなごじゃ！　と竜馬は目を見張っていた。

まことのパリジェンヌが動いちょる。喋《しゃべ》っちょる。しかも、男装の麗人《れいじん》とは！　男勝りで勝ち気な美人は、わしの好みぜよ！　千葉《ちば》道場のさな子《こ》さんにどこか似ちょる。ああ～男勝りのおなごがたまらんのは、乙女姉さんに躾《しつ》けられたせいじゃなあ～三つ子の魂《たましい》百までじゃなあ～とにやけながら、竜馬は思わずブーリエンヌにシェイクハンドを求めていた。

ナポレオンが「君はほんとうに女慣れしているなあ」と少々呆《あき》れている。

「わしゃジャポンのローニン、坂本竜馬じゃき！　ナポレオン・ボナパルトの友達ぜよ！」

「あ、あなた、ジャポンから来たサムライなの？　どうやってフランスに来たの？」

「そいつは秘密じゃき！　わしゃあ謎の多い男ぜよ、あっはっは！」

「……ヘンな人ね……私はルイズ・アントワーヌ・フォヴレ・ド・ブーリエンヌよ。革命フランスで弁護士になるためにパリに来たんだけど、幼なじみのボナパルトが腹を減らして道端で倒れていたから、つい拾ってしまって。それが間違いだったのよ。そのまま下宿先に居座られちゃったの」

ブーリエンヌの下宿先は本屋でね、好きなだけ恋愛小説が読めるんだ、本屋っていいよねぇ～、僕も本屋の店長になりたいなあ～とナポレオンはお気楽なことを言ってへらへらしている。ブーリエンヌに気があるとかそういう感じではない。猛烈な妹とダメな兄みたいなもんじゃな、と竜馬は了解した。

「まどもあぜる・ブーリエンヌ。その素敵《すてき》な男装の意味はなんぜよ？」

「革命中のパリは、治安が最悪なの。隙《すき》を見せたらサンキュロットに襲《おそ》われるのよ。革命だの平等だのって言っても、解放されるのは男だけだ、女は関係ない、って考えている身勝手な連中が多くて嫌になっちゃう。弁護士になるという夢も、実現するかどうか」

革命パリでは悪い意味での男女平等だけは実現していてねえ、女性でも反革命のレッテルを貼《は》られたら処刑されちゃうから、ブーリエンヌもあまり目立たないほうがいいと思うなあ、とナポレオン。

「あなたは黙ってなさい、ボナパルト！　見なさいよ。この『デュシェーヌ親父《おやじ》』の下品な中身を。タンプル塔に幽閉《ゆうへい》されている元王妃マリー・アントワネットが、夫を処刑されて失ったために、欲求不満に陥《おちい》って自分の息子と近親相姦《そうかん》している、だなんて酷い中傷を……！　なんなの、この新聞。女をなんだと思っているのかしら⁉」

パリのカフェには、新聞が置かれている。サンキュロットが愛読している大衆系の新聞が『デュシェーヌ親父』なのだが、好色本と見間違うようなわいせつな記事と挿絵《さしえ》が豊富に載《の》っていて、しかも元王妃マリー・アントワネットをはじめとする元王族・貴族を中傷する内容が大半だった。

　竜馬は「妙なたいとるの瓦版《かわらばん》じゃの〜」と好奇心に駆られて『デュシェーヌ親父』を一紙手に取ってちらちらと読んでみたが、あまりの過激さと下品さに辟易《へきえき》して、途中で投げ出してしまった。

　夫を処刑された囚《とら》われの元王妃が息子と近親相姦しちょるとか、ようもこがいなものを出版できるもんじゃ。自由とはいえこれはやりすぎじゃ、「義」がない、と思わず憤《いきどお》っていた。

「ナポレオンよ。フランス革命ちゅうのはもっと美しいものじゃと思うちょったが、『デュシェーヌ親父』はずいぶんと品がないのう。王家を貶《おとし》めるために、こがいな下劣なものを書いて配るとは。わしゃあフランスの王家とはなんの縁《えん》もない日本人じゃが、一人の人間として我慢《がまん》ならんぜよ！」

「そ、そうでしょう？　リョーマ。あなたってフランスの男より話がわかるのね！」

「しーっ、しーっ！　このカフェには、エベール派の連中が常連客として居着いているんだ……もしもエベールに見つかったら僕たち、王党派として逮捕されちゃうよ？」

「エベールとは誰ぜよ、ナポレオン？」

「この『デュシェーヌ親父』を発行している本人だよ。革命フランス政府を仕切っているジャコバン派三大革命家の一人で、過激左派・エベール派のリーダーだ。サンキュロットたちから

『人民の友』と呼ばれた左派のリーダー・マラーが暗殺されたあと、彼らからマラーの後継者として圧倒的な支持を得ている」

革命が起きてからのパリは党派争いが激化して混乱につぐ混乱を続け、とりわけ元国王ルイ十六世が処刑されてからは血に飢《う》えた街と化していて、いつ誰が処刑されても不思議ではないという。

幕末の京でも、尊皇攘夷《そんのうじょうい》の志士による「天誅《てんちゅう》」や新選組《しんせんぐみ》による不逞《ふてい》浪士狩りが日常茶飯事で、血を見ない日は一日もなく、竜馬自身も近江屋《おうみや》で暗殺されたわけだが、革命フランス時代のパリも似たような混乱に陥っているらしい。

（こりゃ酷いことになっちゅう、いかんちゃ。革命期には、清濁併《せいだくあわ》せ呑《の》んで混乱を収拾する力を持つリーダーが……「英雄」が必要じゃ。維新後の日本は、西郷さんがなんとかしてくれるじゃろ。革命フランスにも西郷さんのようなどでかい英雄が必要ぜよ。やはり、歴史がナポレオンを必要としちょる）

だがそのナポレオンは、革命にはあまり興味がなく、軍人をやっているのも家族を食わせるためにすぎず、あろうことか恋愛作家になることを夢見ている。このまま作家になられてしまっては、革命フランスの混乱はいつまでも終わらないだろう。

（わしと同じで、遅咲きの男なんじゃろう。どうすればナポレオンの目を覚ますことができるがじゃ？）

自身も遅咲きの男だった坂本竜馬が目を覚ましたのは、幕府海軍奉行並《かいぐんぶぎょうなみ》・勝海舟《かつかいしゅう》から「海軍」について教わった時だった。

竜馬もまた、尊皇とか攘夷といった当時流行の思想にはいまいち興味がなく、土佐を脱藩した後もぶらぶらとしていた。が、勝海舟と出会って現物の黒船に乗せてもらうや否《いな》や、「海軍」と「黒船」が欲しくてたまらなくなり、速攻で勤王《きんのう》の志士をやめて勝の海軍塾に入った。

ところが、幕府の保守派が勝海舟を失脚させて海軍塾を潰したので、竜馬は「わしの夢の邪魔をするな」と長州・薩摩の勤王志士たちとともに幕府を潰すことにした。

すべては、黒船のためである。

子供の夢想みたいな即物的で単純な動機だった。だが、その子供の夢想が、「薩長《さっちょう》同盟」と「大政奉還《たいせいほうかん》」を成し遂《と》げたのだ。

わしゃあ、頭は悪いが即物的で己《おのれ》の「夢」にまっすぐな男じゃき。だからこそ迷わず「行動」あるのみじゃった、と竜馬は自分自身の性質を知っている。

ナポレオンも、抽象的な革命思想を唱《とな》える思想家ではなく、よく言えば途方もない夢想家、悪く言えば自分の欲に正直に「行動」する男だ。下手な恋愛小説を読んで、その人柄《ひとがら》がわかった。自分とよう似ちょる。ただ、まだ目を覚ましていないだけじゃ。己の目指すものを見つけちょらんだけじゃ。

ナポレオンを「行動」させるもの、「目を覚まさせる」ものは、ナポレオン自身が欲しうてたまらん「なにか」じゃ。

（これが船とかだったら話は早いんじゃが。船は大嫌いらしいが、それでは——）

竜馬が（どうすればええがじゃ）と立ち上がったまま考え込んでいると——。

「おいこら、そこのうすらでかい東洋人。なんだあ、てめえ？　おらの『デュシェーヌ親父』が下品だとう？　なんだあ？　断頭台に送られてえのか、おい？　おめえ、反革命分子かあ？　アントワネットを擁護《ようご》するたぁ、王党派に雇《やと》われた傭兵《ようへい》かあ？」

あああ、まさかのエベール本人に見つかってしまった、もう僕たちはおしまいだ。うっ、お腹が、とナポレオンが脇腹《わきばら》を押さえてテーブルに突っ伏す。

竜馬のもとに、『デュシェーヌ親父』の発行人、革命パリのジャコバン派三巨頭の一人、ジャック・ルネ・エベールが血相《けっそう》を変えて突進してきたのだった。

しかも、エベールを信奉《しんぽう》するサンキュロットたちを大勢引き連れて。

「リョーマ！　に、逃げましょう！　その男がエベールよ！　逆らったら監獄送りよ！」

さしものブーリエンヌも青ざめている。なにしろエベールには信奉者が多い。パリ中のサンキュロットの大半が、彼を信奉している。彼は革命フランスのパリ政府における、貧乏人・庶《しょ》民《みん》の代表なのだ。

たちまち出口を大勢のサンキュロットたちに固められてしまった。

こいつはなんとも下卑《げび》た顔ぜよ、目が濁《にご》っちょる。ナポレオンの澄《す》んだ鋭い瞳《ひとみ》とはえらい違いぜよ。貧乏人の味方をきどっちょるが、裏でしこたま銭を稼《かせ》いで私腹をこやしちょる悪代官の目つきぜよ。フランス人にもいろいろな人間がおるにゃあ、と竜馬は目を細めてエベールを観察している。近眼なので、こうしないと相手の顔がよく見えない。

「えっ。おい。薄汚い東洋人。なんとか言ったらどうなんだ。だいたいなんで、革命中のパリに東洋人が交じっていやがる。清人《しんじん》か？」

「惜《お》しい。わしゃあ日本人じゃ。じゃき、日本刀の大小を腰に差しちょるぜよ」

「おらを見下ろすな！　ジャポンの人間が、なんでフランスにいるんだ？　ジャポンは鎖国してるんじゃねえのか？　怪《あや》しいぜえ。通行証はねえのか。パリは通行証なしで歩いちゃいけねえんだぜ。スパイだらけだからよう。持ってねえなら、逮捕だ、逮捕――！　おい、おめえら！　そこの二人と一緒に捕らえろ！」

　ど、どうして僕まで……うっ、お腹が……とナポレオンは動けない。ブーリエンヌが「しっかりしなさいよ、もう！」とナポレオンに肩を貸す。

「あー。わしはともかく、まどもあぜると、そして未来の英雄をおまんに逮捕させるわけにゃあいかんぜよ。それ以上に、エベール。わしゃあ、おまんに腹が立っちゅうぜよ」

「ひっ？」

　凄《すさ》まじい眼光で睨《にら》まれたエベールが慌《あわ》てて拳銃を抜き、竜馬に銃口を向けようとした。だが、竜馬は瞬時に腰の陸奥守吉行《むつのかみよしゆき》を抜き、拳銃を構えたエベールの手を打ち据《す》えていた。手から離れた拳銃が、エベールの足下に落ちる。

次の瞬間には、竜馬が抜いたはずの日本刀は再び鞘《さや》に収まっている。

エベールには、竜馬の日本刀の軌道がまるで見えない。

これだ。僕がさっき見た「早抜き」の術だ。やっぱりジャポンのサムライは噂《うわさ》以上にとんでもない、とナポレオンは息を呑んだ。

「ギャ――――ッ!? お、お、おめえ、おらの手を、き、き、斬《き》ったなあああああ～？」

「ジャポンの刀《かたな》は片刃じゃき。今のは峰打《みねう》ちじゃ。わしゃあ、人を斬るのが嫌いでにゃあ。しかし、こちらの二人に手を出すちゅうなら――次は、真剣で斬る」

「てめえらあああああ！　こいつを、ローニンを捕まえろおおおおお！　人海戦術だあああ！」

エベールの命令通りに動くサンキュロットが、このカフェには数十人、いや、もっと大勢いる。

ナポレオンが「ぼぼぼ僕は革命フランス軍の軍人だ、ええええエベールさん、かかか彼はパリに来たばかりでなにも知らない旅行者なんです、こここここは穏便《おんびん》に」とエベールをなだめようとするが、気が荒いサンキュロットたちはもう竜馬を殺す気になっている。ナポレオンがなにを言っても竜馬を見逃すつもりにはならないらしい。

そもそも、ナポレオン自身のフランス語が訛っていた。そしてブーリエンヌは男装の令嬢。

三人が三人とも、エベールとサンキュロットたちに「怪しい」と疑われる顔ぶれだった。

　サンキュロットの溜まり場だと知っていながらパリでいちばん安いカフェに入ったのが失敗だった、でもお金がなかったし、などとナポレオンが後悔する。

「だだだダメだリョーマ！　彼らは革命騒ぎで気が立っている。異国人を見ると、誰彼なしにスパイだと思い込む連中で……うっ、お腹が」

「ボナパルト。あなた軍人でしょう。機転を利《き》かせてこの包囲網《もう》を突破できないの？」

「……い、胃痛さえ治まれば……大砲さえあれば一発ぶっ放してすべて終わるんだけど……だ、ダメだ、腹が痛くて頭が回らない」

「んもう！　幼なじみの危機なのよ、もっと頑張りなさいよー！　だいたい街中《まちなか》で大砲なんて撃っちゃダメでしょ、あなたって大砲馬鹿《ばか》でしょ！」

「……そうやって母さんのような口ぶりで叱られると、ますますお腹が。僕はここで死ぬんだ、さようなら。ついに巡《めぐ》り会えなかった、愛する運命の女性よ……わが心の貴婦人よ」

「そんなものはあなたの頭の中にしかいないからっ！　目の前の私を護《まも》りなさいよっ！」

　ひひひ。そこの男装のお嬢さんはなかなかの美人だ、おらの部屋に連行する、あとの二人はてめえらの好きにやっちまいな、後で牢獄《ろうごく》へ送ればいい、死んじまったら「事故」ってことにしてやんよ、とエベール。

「仕方ないにゃあ〜。大人数で囲まれた時には、銃を撃つしか手がないぜよ。わしの銃は無限に弾を撃てる最新式ぜよ？　当たると死ぬちゃ。きばって躱《かわ》しいや？」

竜馬は、リボルバー銃を懐《ふところ》から出すと、バン、と天井へ向けて一発発砲した。

この時代にはまだ存在しない、誰も見たことのない奇妙な形状の拳銃だった。

次の弾を充填《じゅうてん》させるな！　とサンキュロットの一人が叫ぶ。

だが竜馬は、

「やめとき。こいつは、弾を無限に撃てる新兵器ぜよ。いくらでも撃てるぜよ」

と笑いながら、間髪《かんはつ》入れずに二発目を撃った。次は、サンキュロットたちが集まっている出口方面へ向けて。柱に弾が命中すると同時に、出口を固めていたサンキュロットたちは青ざめていっせいに店の外へと逃げだしていた。

「……連発銃だってえええぇ？」

「無限に弾を撃てるのか？　そんな馬鹿な？」

「なんでこんな武器が、極東のジャポンに？」

「こらーってめえらーっ、待てーっ勝手に逃げるなーっ！　おらを守れーっ！　てめえええぇ！　リョーマとか言ったな、絶対にそのつらは忘れねえからよう！　このパリには、もはやてめえの居場所はねえぜえ！　パリに居座る限り、おらが必ず裁判所送りにしてやんよおおお！　お仲間の二人もなーっ！」

実は撃てる弾はあと三発じゃき。しかしまんまと騙《だま》せたぜよ、この時代にはリボルバー銃はないきにうまくいったがじゃ、と竜馬は相変わらずの自分の詐欺師《さぎ》ぶりに苦笑しながら悠然《ゆうぜん》と出口へ向かい、まずは「なんだ、その銃は？　うう、耳が……」と頭を押さえているナポレオンと「急いで、ボナパルト。エベールは執拗《しつよう》だから！　すぐにここから逃げないと！」と気《き》丈《じょう》にナポレオンの首根っこを引っ張っているブーリエンヌを先にカフェから脱出させる。

そして、竜馬自《みず》からもカフェを出て、通りへと。

「いや～ナポレオン。まどもあぜる。すまんのう。元王妃を中傷する下品な記事が我慢ならんでにゃあ。ぼーっと通りに立っていたら、またすぐエベールたちに襲われるぜよ。これから、どこへ行けばいいがじゃ？」

「そうね、パリを脱出するのがいちばん安全だけれど……ボナパルトの職探しがあるし……」

「……囲みを脱出したら、腹痛が治まった。僕に任せてくれ。リョーマ、僕は恋愛小説ばかり書いていたわけじゃないんだよ。パリの政治家に多少顔が利く。そのツテを頼ろう」

「ちょっとボナパルト。今までそんな話、したことなかったでしょう？」

「ああ。迂闊《うかつ》に接近すると、あとあと面倒《めんどう》なことになりそうな相手なのでね。でもこの際、仕方がない。リョーマには、エベールから救ってもらったしね。あいつに逮捕されたらまず死刑だ。なにしろ、あんな酷い記事を捏造《ねつぞう》してまで元王妃の首をギロチンで刎《は》ねようとしている、血に飢えた男だからね……あいつは、パリの風紀と治安を血と中傷と暴言で乱すことに喜びを感じている異常者だよ」

「ちゃ。ちゃ。わしのために危ない橋を渡る、ちゅうがか？　そもそも、わしがカフェで暴れたのがいかんかったきに。すまんのう、ナポレオン～！」

「いや。君はパリへ来たばかりなんだから、仕方ないよ。僕はね、君のような強い男が好きなんだ。連発銃も驚いたけれど、なによりもその日本刀だ。今まで見たこともない、素晴らしい剣術だ――まるで魔法だ。僕自身は、剣も銃も苦手なんだよ。僕が得意としている武器は、運動神経とは無縁な大砲だけさ。だから、剣の達人《たつじん》に憧《あこが》れるのさ」

「いやいや。将に将たるものは、剣術なんぞ知らんでも構わんきに。薩摩の西郷さんは子供の頃に腕を怪我《けが》して、以来刀を振れんようになったが、見事立派《りっぱ》な大将になったきに！」

「サイゴーさんって誰だい？」

「ジャポンのおまんみたいな男じゃ。まあ、ちくと体格に差があるがにゃあ。おまんはやはり、未来の革命の英雄じゃき！」

それで、誰のもとに駆け込むの？　とブーリエンヌ。

リョーマがこれほど褒《ほ》めるだなんて、もしかしてボナパルトって意外とやり手なのかしら、とブーリエンヌは一瞬だけナポレオンを見直した。

だが、ナポレオンの次の一言を聞いて、たちまち青ざめることになった。

「ああ、ロベスピエールに庇護《ひご》してもらう」

最悪だわ、とブーリエンヌは天を仰《あお》いだ。

竜馬には、よくわからない。

ロベスピエールとは誰ぜよ？　という竜馬の疑問そっちのけで、パリの入り組んだ小道をブーリエンヌは急ぎ足で突き進んでいく。

「どわっ？　天から、なんか降ってきたぜよっ⁉」

「ああ。下宿の二階から、住人が糞尿《ふんにょう》を捨ててるんだよ。気をつけてね、リョーマ。パリは下水施設が整っていないからね。地域によっては下水溝が詰まっているので、こういう危険が待ち構えているんだ。ああ、風光明媚《ふうこうめいび》なコルシカ島が懐かしいよ……」

「なんじゃあああっ？　大楠公《だいなんこう》の籠城《ろうじょう》戦じゃあるまいし、ありえんちゃ！　そがいなもんを頭から被《かぶ》ったら、病気になるがぜよ？」

「あなたがエベールにケンカを売ったから、危険な裏道を通っているんでしょう？　次に『爆弾』が降ってきたら、私を護って頂戴」

「この革命騒動が落ち着けば、パリももっと美しい街に改造できるんだけれどね。僕が市長だったら、古代ローマの都のような整然とした街にしてみせるよ。そしてパリへの玄関口には、ローマ帝国がカエサルを讃《たた》えるために建てたような、立派な凱旋門《がいせんもん》を」

「ボナパルト。空想ばかりしていないで、まずは働きなさい、あなたは」

長崎で聞いちょったパリとはえらい違いじゃのう。七十年も昔とはいえ、革命フランスの花の都がなんちゅうことぜよ、と竜馬は頭を抱えた。

とはいえ、竜馬は礼儀が身につかない「所構わず」主義の男である。

「いかんちゃ。妙に意識していると、催《もよお》してきた。ちくと立ち小便していくきに……カフェの飲み過ぎかのう」

「ちょ。嘘《うそ》でしょう？　レディーがいるのに、最悪ねあなた⁉　下品よ⁉」

じょぼじょぼじょぼじょぼ……。

「ギャアアアア、信じられない！　あっ、あなたって最低の男だわ！」

「すぐ終わるきに。まどもあぜる、まっことすまんのう！　ちょいナポレオン。壁を作って、ブーリエンヌの視界からわしの身体《からだ》を隠すぜよ」

「チビのボナパルトに、大男のあなたの身体を隠せるわけないでしょーっ！」

「だいじな部分だけ隠れれば問題ないがじゃ。あっはっは！」

「あっはっは、じゃないでしょっ！」

「急いでくれよリョーマ。僕たちは、パレ・ロワイヤルのカフェから逃げてきた。エベールは今頃、サンキュロットを集め直して僕たちを追ってきているはずだ。大急ぎでサン・トノレ通りに出なくちゃいけないんだ」

「サン・トノレ通り？　おお、都の大通りじゃな？」

「そう。たくさんの馬車が行き交《か》う大通りだよ。そこまで出て、人混《ひとご》みに紛《まぎ》れ込めばまずは安全だ。サン・トノレ通りには、ジャコバンクラブの本部もあるし、ロベスピエールが暮らしている下宿もある。ロベスピエールはそのどちらかにいるはずだ。どちらにもいなければ、通りを南へ下って革命広場へ行こう。あまりないことだけれど、革命犯罪人の処刑に立ち合っているかもしれない」

そがいにぽんぽん地名を出されても、お上りさんのわしにはパリの地理はちくともわからんぜよ、出るもんも出んようになる、と竜馬はぼやいた。

「あまり広い街じゃないから、すぐに覚えるよ。街の中央を、南北にセーヌ川が流れている。セーヌ川の中州《なかす》がシテ島で、フランスを代表する建築物・ノートルダム大聖堂が建っている――あれさ。かつてパリ観光に来た外国人は、必ずノートルダム大聖堂を見物していったものだよ。あの大聖堂がパリの中心だと覚えておけば、道に迷う心配はなくなる」

ナポレオンが指さした先には、確かに絢爛《けんらん》たる大聖堂が聳《そび》え立っていた。思わず竜馬が「おおおおお?」と声をあげる。

「ありゃあ、長崎のふぉとぐらふぃで観《み》たことがあるぜよおおお！　あれがほんもののノートルダム大聖堂……ここはまっこと、パリなんじゃにゃあああ!?　しっかし、ずいぶんと傷《いた》んぢょるのう？　廃墟《はいきょ》寸前ぜよ」

「そりゃあ、革命騒ぎの真っ最中だからね。キリスト教系の建築物は、革命市民たちの攻撃対象になっているんだ」

「サンキュロットたちに略奪《りゃくだつ》されまくりで、内部はもっと酷い状態なのよ」

「おうおう。もったいないことぜよ。これほど貴重な建築物が、打ち壊しに遭《お》うちょるのか。革命パリ市民の狂奔《きょうほん》具合は、京の『ええじゃないか』よりも恐ろしいぜよ……観光名所として整備しておけば、がっぽり儲《もう》かるのにのう」

しかし竜馬の商売思案はそこで時間切れ。竜馬を見つけたサンキュロットたちが、通りを殺《さっ》到《とう》してきた。

「見つけたぞーっ！　あんにゃろう、悠長《ゆうちょう》に立ち小便していやがる！」

「捕まえて吊《つ》るしちまえ！」

「おいらたちの『デュシェーヌ親父』を斬りつけたジャポンのローニンを許すなああ！」

「んもう。見つかっちゃったわ！　急ぐわよリョーマ！　ボナパルトも早く！」

「逃走なら、お手の物じゃき。新選組からも幕府の捕り物方からも逃げおおせたこの健脚に任せちょれ！　近藤《こんどう》さんは元気にしちょるかのう？　今頃はわしを殺した容疑をかけられて難儀《なんぎ》しちょるかものう、あっはっは！」

「……新選組って、なんの話だいリョーマ？　なるほど、君はジャポンではお尋《たず》ね者だったんだね。革命の闘士なんだから当然か。それでヨーロッパまで逃げてきて……うっ。また、お腹が」

「ボナパルト。大通りまでもう少しよ。そっちの抜け道に入りましょう！」

「おお。さらなる抜け道があるがか？　こりゃあ曲がりくねっちょる。まっことパリは迷路じゃのう。碁盤《ごばん》の目になっちょった京の道のほうがわかりやすいぜよ」

　遠回りになるが、一行はさらなる裏道を突き進む。一人ずつしか通れない狭さだ。もしも「爆弾」が降ってきたら悲劇ぜよ、と竜馬は和服の袖《そで》をブーリエンヌの頭の上に被せながらカニ走りしていく。

「あ、あら。ありがとうリョーマ。品はないけれど、案外と気が利くのね、あなた」

「おうとも。わしゃあ、おなごには優しい男ぜよ。おなごを粗雑《そざつ》に扱うたら、鬼のようにおっかない乙女姉さんに叱られるきに。あっはっは！」

「……僕の母さんも悪鬼のように恐ろしいんだけれどもね……リョーマと僕はどこで差がついたんだろう？　身長？　たまにはご婦人のほうから僕に優しく接してほしいなあ、はあ……」

「ナポレオン。そがいなものは、慣れじゃ、慣れ。そんで、ロベスピエールちゅう男は誰ぜよ？　まっこと、エベールからわしらを庇護してくれるがか？」

「今の革命政府は、『ジャコバン派』を率いる三人の大立者《おおだてもの》が仕切っている。中道の山岳派《さんがくは》のリーダーが、ロベスピエール。ルソーの啓蒙《けいもう》思想を信奉する生真面目な男さ。生前のルソー本人に会いに行ったこともあるんだって。自称『革命と結婚した男』で、童貞《どうてい》らしいよ。くすりとも笑わないそうだ。筋金《すじがね》入りの堅物《かたぶつ》だよね。僕ですら色街に行ったことくらいあるのにね……おっと、なんでもないよブーリエンヌ。母さんには黙っていておくれよ⁉　もう二度と行かないよ、あそこはほんとうに恐ろしいところだった！」

「はいはい。泣かれるから黙っておいてあげる」

ロベスピエールちゅうのは、薩摩の大久保一蔵《おおくぼいちぞう》みたいな頭の固い切れ者らしいにゃあ、ブーリエンヌが言うようにあまり関わらないほうがいいかもしれんぜよ、と竜馬は竜馬なりに革命フランスの状況を類推《るいすい》していく。

「右派のリーダーが、ダントン。ロベスピエールとは対照的な、豪快な大男だよ。演説の迫力は凄《すご》い。敵味方に関係なく寛容な男で、ブルジョアたちと懇意《こんい》にしている上、王党派や貴族たちと革命派の和解を図っている。その分、汚職にも手を出しているけれどもね。真面目なロベスピエールや貴族嫌いのエベールとは反《そ》りが合わず、今は失脚している。どうやら前の奥さんを亡くしてから、急にやる気を失ったらしくてね。よほど愛していたんだなあ」

そりゃあ西郷さんみたいな情の深い大物じゃな、西郷さんは汚職はやらんが、ダントンもまた清濁併せ呑める器《うつわ》のでかい男らしいのう、と竜馬。

そして、三人のうちの左派のリーダーが、サンキュロットを率いるエベールだ。

「左派リーダーのエベールは、国王の処刑にいちばん熱心だった男だよ。革命前はパリを彷徨《さまよ》う浮浪者だったそうだけれど、『デュシェーヌ親父』で時流に乗ってサンキュロットの心を摑んで成り上がったのさ」

幕末には「瓦版屋の志士」はおらんかったのう。日本では、瓦版＝新聞こそあれ、民衆を突き動かすような大きな影響力はもっちょらんかった、維新運動はあくまでも「適塾《てきじゅく》」や「松《しょう》下村塾《かそんじゅく》」で学んだ志士が中心じゃった、と竜馬は思った。七十年もの時差がありながら、やはりこういう点では本場フランスのほうが進んじょる。じゃが――。

「エベールは徹底的に伝統文化を破壊したがっていてね、キリスト教も潰せ、神なんていない、と大騒ぎしている。革命的といえば誰よりも革命的だけれど、あれは壊し屋だよ。田舎者の僕にはとてもついていけないよ……で、リョーマも知っているように、今、エベールは元王妃のマリー・アントワネットを処刑しようと躍起《やっき》になっているのさ」

「革命を進めるのはいいけれど。元王妃が息子の王子と近親相姦していると新聞を使って言いふらすなんて、酷すぎるでしょうリョーマ。私、どうしてもあの男だけは許せないわ」

「確かに酷い。ジャポンのサムライにも、天誅ちゅうて武士の首をぽんぽん刎ねる者はおったが、ああいう手合いはおらんかったぜよ。傷心の元王妃に、なんちゅう非道な真似《まね》をするがじゃ」

「リョーマ。僕も、王妃の処刑には反対だよ。もう国王を処刑したんだから、王妃まで殺すことに意味なんてないし、マリー・アントワネットはオーストリアのハプスブルク家から嫁《とつ》いできた貴族の中の貴族、皇帝一家の血筋を引いたヨーロッパでもっとも高貴なお姫さまなんだよ。年齢的にも僕より一回り上で、子持ちで、未亡人――しかも、愛した夫は革命裁判所に送られて革命広場の断頭台で首を落とされてしまった――その夫の喪《も》を弔《とむら》うことも許されず、まもなく王妃自身が処刑される運命に。幼い王子や王女たちを残して――ああ。ああ。あまりにも悲劇的だとは思わないかい、リョーマ？」

うん？　いまいちやる気を見せなかったナポレオンの瞳が、ぎらりと輝いちょる、と竜馬は気づいた。

もしかして――ナポレオンが「求めちょるもの」とは――あの下手くそな恋愛小説に書いてあったことそのままなのではないだろうか？　すなわち！　疾風怒濤の恋！　つまりナポレオンは、革命への志《こころざし》よりも先に、恋の炎を必要とする男！　恋のために戦い、恋のために生き、恋のために死んでいく、そういう男！　日本のサムライとはちくと違うけんど、フランス軍人ちゅうのはそういうものかもしれんにゃあ。

ならば、ナポレオンにやる気を出させて「革命の英雄」として覚醒《かくせい》してもらうには、まずは「恋」の周旋《しゅうせん》じゃ、と竜馬は決めた。場合によっては戦争もやるが、周旋と交渉《こうしょう》こそが竜馬の十八番《おはこ》である。口八丁手八丁で、相手のやる気を引っ張り出して、乗せてしまう。

「あー。ナポレオンよ。おまん、太ったおなごは好きかえ？　おまんよりでかい大女は」

「え？　いや、別に……どうして？」

「おかしいのう。西郷さんとは違うみたいじゃ。おお、そうじゃった。西郷さんは、自分もでかいからのう。小柄なおなごが相手では、なにかとあれなんじゃな」

「僕は、貴族のお姫さまが好きだね。なんてったって、僕はコルシカ島の貧乏貴族の生まれで、しかも次男坊だからね……身分違いの高貴なお姫さまを妻に迎えるのが、僕の見果てぬ夢さ。

世が世ならありえない話だけれど、今、フランスの貴族は革命によって没落しているよね？　この革命のどさくさに、なんとかならないかなあと毎晩密《ひそ》かに妄想《もうそう》しているよ。さっきリョーマに読ませた恋愛小説も、その妄想の一環《いっかん》でね」

「リョーマ。ボナパルトが小説家頭に切り替わってこの話をしはじめたら長い上に全部無駄だから、やめましょうよ。今は、エベールから逃げ切らないと」

「まどもあぜる。もうちくとだけ、もうちくとだけ。すまんのう」

「最重要なのは『血筋』だよ血筋。革命政府の人間に聞かれたら逮捕されそうだから、日頃は言わないけれども。たぶん、生粋《きっすい》のフランス人には僕のこのこだわりはわからないよ」

「ちゃ、ちゃ、ちゃ。わしゃジャポンから来たきに、なんとのうわかる、わかる。足軽《あしがる》から天下人《てんかびと》にまで成り上がった太閤秀吉《たいこうひでよし》さんみたいなもんじゃな。太閤さんも、血筋家柄のいいお姫さまがえらく好きじゃったぜよ。最後は、自分の主君の血を引いたお姫さまにメロメロになってのう～」

　タイコーは知らないけれど、まあそんなところさ、とナポレオン。

「いつまでこんな無駄話を続けるのよ、あなたたち。ねえ、リョーマ？　ボナパルトは年上の女にしか興味がないのよ。彼は、おっかない母親に躾けられて頭があがらないでしょ？　だからよ。幼なじみの私は、妹扱いだから恋愛対象から除外なんだって。妹には甘えられないでしょ？　それで、できれば子持ちの未亡人を妻に迎えたいとか言っているわけ。どう思う？」

「だってブーリエンヌ。子持ちの未亡人って、母性に満ちあふれていそうじゃないか。いいなあ〜。憧れるなあ〜。膝枕《ひざまくら》とかしてもらいたいなあ、そして優しく頭を撫《な》でてもらうんだ……うっとりするねえ？　年下はダメだ。母性と優しさが足りないよ。妹たちはみんな、僕を虐めてきたからね！　僕の背中に虫の幼虫とか放り込んでね！」

「もう。ほんっとにダメ男なんだから。いいから、さっさと働きなさい！」

おっ？　待ちいや、と竜馬は閃《ひらめ》いた。「犬猿の仲の薩摩と長州を同盟させれば、倒幕は成る」と思いついた時と同じ、電光石火の閃きである。竜馬は、学問の秀才ではないが、「周旋の天才」と言っていい。繋《つな》がらないものを繋げてみようという着想力に優《すぐ》れている。

「ナポレオン。わしゃあ気づいたぜよ。現実に、おるがじゃ！　おまんの理想の貴婦人が、おまんが追い求めるべき高貴な年上の未亡人が、このパリにおるがじゃあああ！　おまんの恋の炎を激しく燃やしてくれる、運命の女性が！　小説を書いちゅう場合ではないぜよ!?」

ナポレオンには心当たりがない。なにしろ、竜馬はついさっきパリに「出現」したばかりだ。竜馬がパリで会話を交わした女性はまだブーリエンヌだけだが、ブーリエンヌは年下、未婚、幼なじみで妹扱い、とナポレオンの好みをことごとく外している。根は女好きだが恋愛に対して妙に律儀《りちぎ》でロマン主義者のナポレオンは、そのあたりきっちりとこだわっている。妹枠《わく》はあくまでも妹枠だ。

「うーん、思い当たらないなあ。その女性とは誰だい、リョーマ？」

「夫のルイ十六世を処刑されたばかりの、元王妃マリー・アントワネットぜよおおおお！　エベールが王妃を処刑しようと画策《かくさく》しちょるちゅうことは、今もパリのどこかに幽閉されちょるんじゃろ？　息子さんも娘さんもおるんじゃろう？　そして未亡人！　おまんより年上じゃろ？　しかも！　なんじゃ、ええと、ハプスブルク家の皇帝一家の血筋をひいちょる高貴なお姫さまぜよ？　わしゃ王妃の顔は知らんが、フランス国王に嫁ぐくらいじゃから、美人なんじゃろ？　すべて、おまんの理想そのものじゃき！　おまんこそ、なんで今まで気づかなかったぜよおおおお？」

ブーリエンヌが「ええっ？」と声を失い、ナポレオンがふいに立ち止まった。

カチリ、とナポレオンの心の中で歯車が嚙《か》み合った音が鳴った――ように、竜馬には思えた。

「……お、お、王妃だって……？　そ、そんな畏れ多いこと……コルシカ島から亡命してきた貧乏人の僕と、囚われの元フランス王妃……なんという悲恋……考えたこともなかったよ⁉　いやあ、リョーマ。僕よりも君のほうが、小説家の才能があるねえ？　ジャポンのゲーテと呼ばせてもらえるかな？」

「んにゃ。わしゃ小説なんぞ書かん！　即物的な男じゃきの！　行くぜよ、ナポレオン！　生きたおなごを、まっことの理想のおなごをゲットするがじゃあああ！　マリー・アントワネットを救出して、おまんの妻にするぜよおおおお！　おまんは王妃と結ばれるために自ら革命の英雄として立ち上がり、その身をもって全ヨーロッパに『自由と平等』の時代が来たことを知らしめるぜよおおお！」

　無茶言わないで頂戴！　王党派として処刑されちゃうでしょっ！　とブーリエンヌが竜馬を制止するが、この時、歴史が動いた。竜馬一世一代《いっせいちだい》の大風呂敷《おおぶろしき》を広げた弁舌《べんぜつ》が、コルシカ島を追放されて以来気落ちして半分眠っていたナポレオンの魂にいきなり火を付けたのだった。

「……あのマリー・アントワネットを、僕の妻に……凄い……凄《つ》いよ、リョーマ！　そうだ！今は革命のどさくさで、エベールみたいな男でも政府の要職に就ける動乱の時代なんだ。フランス人ですらない僕にだって、できるかもしれない！　西洋の騎士はね、心に決めた貴婦人に純愛を捧《ささ》げながら戦うんだよ！　そうかあ。今までの僕に欠けていたものは、実在する貴婦人だったんだ！　やっと僕の夢を見つけたぞ！　ありがとう、リョーマ！」

「おおおお！　ナポレオンの目が、げにまっこと野望の炎に燃えちょる！　一瞬で、英雄の顔になったぜよおお！　おっしゃあ、さっそく王妃を救いに行くぜよおおお！」

「ちょっと待ちなさいよ、二人とも一っ!?　あなたたち、どうかしているわ！　二人きりで革命政府を倒すつもりっ？」

「ブーリエンヌ。それについては、僕に考えがある。もちろん革命政府と戦うなんて無謀《むぼう》だ。政権のトップと話をつけて、王妃を助命してもらえばいい――なんという偶然だろう、リョーマ。僕たちは今、エベールの追っ手から匿《かくま》ってもらうために、ジャコバン派政府の中道トップ、ロベスピエールのもとへ向かっているんじゃないか！　そうだよ。ロベスピエールに直接頼んでみよう！　彼は冷酷非情と言われているが元来は穏健《おんけん》な性格で、かつては死刑廃止を訴えていた人道主義者だ。誰でも彼でも反革命分子として断頭台に送って殺してしまうパリの現状を良しとしていないはずだ。特に、女性を殺すことにはね！」

「……ロベスピエールはでも、『私は革命と結婚した』と宣言して人間の心を捨てている男よ？　まるで機械みたいだって……そんな話、通じないわよ？　それに……気になっていたんだけれど、ボナパルトあなた、いつからロベスピエールとツテができたの？」

「僕は本人とは会ったことがないけれど、ロベスピエールの弟と昵懇《じっこん》でね。職を求めて、ジャコバン派を支持するゴマすり書籍を印刷してばらまいていたら、幸運にも彼の目に留まったんだ。僕には文才があるからねえ、あっはっは」

「まあ、呆れた！　ボナパルトって、意外と抜け目ないのね」

「とはいえ、ロベスピエールは人を処刑しすぎているから、いつ破滅するかわかったものじゃない。だから、ほんとうはロベスピエールに頼らずに仕事を探すつもりだったけれど――今はなによりも、王妃マリー・アントワネットの救出が最優先だ！　僕は、囚われの王妃の『騎士』になってみせるぞーっ！　コルシカ島のドン・キホーテと笑わば笑え、ブーリエンヌ！　さあ、颯爽《さっそう》と行くぞーっ！」

「……私、もう、サンチョと改名したい気分なんだけれど……道を引き返したらエベールに捕まるし、付き合うしかないわね……リョーマ、あなたのせいよ。そもそもあなた、いったい何

者なの？」

「わしか？　わしゃあ、ただのジャポンのローニンじゃき。じゃが王妃処刑は、わしゃ絶対に認められん！　それにのう。ナポレオンには革命の英雄になってもらわにゃ、ジャポンが困るぜよ！」

ボナパルトとジャポンとになんの関係があるの、とブーリエンヌは顔をしかめた。とてつもない厄介者《やっかいもの》をボナパルトは引き入れてしまったみたい、と目眩《めまい》がする。

ともあれ事態は今、急転しようとしている。

竜馬とナポレオン、そしてブーリエンヌは、いざ、革命政府のトップに君臨《くんりん》するロベスピエールのもとへ――！

第三話

マリー・アントワネットを救出せよ

革命広場には、多数の見物人がごった返している。

みな、ギロチンによる処刑を観《み》たくて、集まっているのだ。

この時期のパリはまだ、公安委員会《こうあんいいんかい》による有無《うむ》を言わせない大量処刑の日々――「恐怖政治」が開始されたばかりだった。なので、パリ市民たちもまだ「終わらない大量処刑」に辟易《へきえき》しておらず、むしろ革命の敵の首が断頭台から落ちる瞬間を見物しながら熱狂していた。

革命フランス政府を率《ひき》いている「公安委員会」のリーダー・ロベスピエールは、珍《めずら》しく革命広場にいた。血生臭《ちなまぐさ》いことが苦手で、ギロチンで死刑囚《しけいしゅう》が斬首《ざんしゅ》される場面に立ち合うことを嫌うロベスピエールだが、この日は後輩でロベスピエールの忠実な片腕として働いている美青年革命家サン＝ジュストに連れられて広場を訪れていた。

「えらい人だかりじゃのう。あれが噂《うわさ》のギロチンかえ？　斬首機械とは、おっそろしいのう……ほんで、あの眼鏡《めがね》男が、ロベスピエールぜよ？　無表情な男じゃのう～」

「そうよリョーマ。冗談が通じない相手だから、リョーマ風のざっくばらんな態度で交渉《こうしょう》しちゃダメよ？」

広場に到着したブーリエンヌが、「わしゃフランス人いうたらナポレオンしか知らん」と首を捻《ひね》る竜馬《りょうま》をガイドする。

「逮捕されないようにね、リョーマ。コンシェルジュリー監獄へ送られたら終わりだよ。ロベスピエールは独裁を好まない性格なんだけれど……党派争いのごたごたで戦局が悪化する毎《ごと》に

パリの食糧《しょくりょう》事情も苦しくなる一方だったから、暴発したサンキュロットたちが議会を包囲して圧力をかけたんだよ。それでロベスピエールはやむを得ず公安委員会に権力を集中させて自《みずか》ら独裁者となり、難局を乗り越えることにしたんだ」

ロベスピエールは極度に陰気《いんき》臭い男で、特徴的な眼鏡をつけた上に「きっちり」しすぎた鬘《かつら》を被《かぶ》っているので、竜馬もすぐに覚えた。死刑執行中も、ほとんど顔の表情を動かさない。やっぱり実物も薩摩《さつま》の大久保一蔵《おおくぼいちぞう》によう似ちょる、と思った。

「ロベスピエールの隣に侍《はべ》っているあの若い美少年が、サン＝ジュスト。美女にしか見えないけれど、男よ。ロベスピエールの側近《そっきん》で、片っ端から反革命分子を処刑し続けている『革命の天使』にして『美しい殺人鬼』なの」

「はあー。あれが男ちゅうがか？　世界にはどえらい人間がおるもんじゃにゃあ」

「議会で得票差一票というぎりぎりのところで国王の処刑を決定させたのも、サン＝ジュストの演説の力だったのよ。議員の多くは国王処刑を躊躇《ためら》っていたわ。国王が革命を嫌って国外逃亡を図《はか》ったことは事実だけれど、殺してしまえば周辺諸国との戦争を終わらせることが不可能になるもの。でも、『国王であることそのものが罪なのです』ってサン＝ジュストがあの顔で訴えたものだから」

サン＝ジュスト。こりゃあべっぴんぜよ。見た目はげにまっこと美形じゃが、中身は以蔵《いぞう》さんや中村半次郎《なかむらはんじろう》に似ちょるかのう、生真面目《きまじめ》なロベスピエールの忠犬にして容赦《ようしゃ》のない人斬《ひとき》りちゅうとこじゃの、と竜馬は捉《とら》えた。

どうにも、いちいち土佐《とさ》の幼《おさな》なじみたちを思いだして、胸が痛む。

勤王《きんのう》の世が来れば、上士《じょうし》と郷士《ごうし》の差別は消えてなくなる。そんな美しい理想を抱いて「土佐勤王党」を結成した武市半平太《たけちはんぺいた》。この武市の夢を実現するために、武市を先生と仰《あお》いでいた「人斬り」岡田《おかだ》以蔵は次々と「天誅《てんちゅう》」を行い、佐幕派の人間を殺し続けた。

武市さんも以蔵さんも、「革命」と「天誅」を不可分《ふかぶん》のものと思い込んでしもうたがじゃ。避けられぬ戦争はまだしも、暗殺は絶対にいかんちや、土佐男児のやることではないきに、とやるせなくなった竜馬は土佐を脱藩し、浪人となって自らの道を進むことになったのだった。

彼らは土佐と京に「革命」を起こして、上士と郷士の身分差を乗り越えようとした。しかし、あまりにも血を流しすぎた。最後は、武市も以蔵も土佐藩公に弾圧されて殺された――。

そして今、竜馬の目の前で「ギロチン」が呻《うな》りをあげている。日本の維新《いしん》の雛形《ひながた》であり理想であったはずの「革命フランス」。憧《あこが》れの革命まっただ中のパリでも、独裁者ロベスピエールが恐怖政治を開始していたのだ。

ギロチンは画期《かっき》的な発明だった。死刑囚の首を台座に固定するだけ。後は簡単な操作で最上部に取り付けられた刃が落下し、死刑囚の首がころりと落ちる。「死刑囚に苦痛を味わわせることなく、人道的に処刑するために」作られたものだ。実際、死刑執行人が人力で首を落とすよりは、ずっと効率的だし失敗も少ないが――。

こがいに簡単に人間を殺せるとは、なんとも恐ろしいものを発明しよったにゃあ、と竜馬は怖気《おじけ》をふるった。異国人はサムライのハラキリを観て「残酷だ」と驚くが、あれはあれで手練《てだ》れの介錯人《かいしゃくにん》が必要じゃし手間暇《てまひま》がかかるので、そう容易《たやす》くは切腹できんちゅう利点もあるぜよ。機械仕掛けのギロチンは簡単なだけに恐ろしいきに。いったいどれほどの人間を処刑することになるがじゃ。

「他にもロベスピエールの同志には、車椅子《くるまいす》の革命家クートンや、弟のオーギュスタンがいるよ。僕がゴマをすってコネを作った相手は、オーギュスタンさ。兄と違って眼鏡をつけていないし、鬘を被っていないから、すぐに見分けられる。ほら、彼だ。やあやあ、オーギュスタン。僕だよ。ナポレオン・ボナパルトだよ。革命ばんざーい、ジャコバン派ばんざーい！」

ナポレオンが、オーギュスタンに走り寄って声をかけた。

もともと（僕はコルシカ人だ。フランス人じゃない）と考えているナポレオンは、ジャコバン派にもロベスピエールたちにもさほどの忠誠心はないが、故郷を追われてフランスで生きる以上、革命政府を指導しているロベスピエールたちの庇護《ひご》を受けなければおちおち生活もできない。家族、とりわけおっかない母親にどやされるので、彼も必死なのだ。

「やあ。ボナパルトじゃないか！　パリに来ていたのなら、もっと早く知らせてくれればよかったのに。革命フランスは連合軍との全面戦争中だ、君に行ってほしい戦場ならいくらでもある！　軍人の君には、断頭台の見学は似合わないぜ」

オーギュスタンは、兄のロベスピエールと違って快活な男らしい。

ナポレオンとも気が合うようだ。

「こちらが僕の幼なじみのブーリエンヌ。女性なんだけど、革命の時代だからね。弁護士志望なんだ。あと、性格が僕の母さん並みに激しいから、嚙《か》みつかれないように注意したほうがいいよ」

「いちいちあなたのお母さんと比べないで、ボナパルト」

「女性弁護士か。実に革命的だけれど、公安委員会も国民公会《こくみんこうかい》も最近は、女性の政治活動に厳しいんだ。ジャコバン派の長年の政敵だったジロンド派を仕切っていたリーダーが、ロラン夫人だからかな？　女性の政治活動を弾圧するなんて、革命的じゃないと俺は思うけどね。一応、注意したほうがいいよ。マドモアゼル」

「あらそう。でも問題ないわ、その時は男性弁護士として押し通すから。どうも、よろしく。ムッシュー」

「そしてこちらが、ジャポンから来たローニンのリョーマ。日本刀と銃の達人《たつじん》なんだ。フランス革命を実地で勉強するために、わざわざジャポンからやってきた偉大な革命のサムライなのさ。しかも船の操縦《そうじゅう》が得意で、海戦の経験もある。海軍は、われらフランスの弱点だろう？　傭兵《ようへい》として雇《やと》ってみないかい？」

竜馬も「口八丁《くちはっちょう》手《て》八丁《はっちょう》」の男だが、ナポレオンもその気になればハッタリを利《き》かせることができるらしい。革命の勉強とはよう言うたもんじゃ、と竜馬は苦笑した。

だがまあ、竜馬は幕末日本でヨーロッパの共和制やら自由・平等の革命精神やら「万国法」やらを学んで維新のために奔走《ほんそう》していたわけだから、あながち嘘《うそ》でもない。

「おお。ジャポンといえば、オランダとしか交易していない閉ざされた国だと聞いていたが……そうか！　フランスにも遠く離れたジャポンの革命の精神に揺り動かされたサムライが来ていたのか！　俺は感動したよ！　よく来てくれたねリョーマ。ジャポンにもぜひ、革命を輸入してくれたまえよ！　さっそく兄さんに紹介しなくちゃあ！」

彼はボナパルトの見え透いたお世辞《せじ》に騙《だま》されるくらいお人好《ひとよ》しみたいね、とブーリエンヌがこっそり竜馬に耳打ちした。

「ねえオーギュスタン。リョーマはまだパリに着いたばかりで、右も左もわからないんだ。ちょっとした誤解から、あのエベールに目をつけられてしまってね……兄さんに頼んで、リョーマの罪をもみ消してくれないか？」

「ああ。まだ告発状が出ていないのなら、簡単さ。スパイの嫌疑《けんぎ》でもかけられたんだろう？　実際、外国人のスパイが多数、パリに潜伏《せんぷく》しているからね」

これでもう安全だ、とナポレオンが頷《うなず》く。現金なもので、胃痛は治まったらしい。

「兄さん、ロベスピエール兄さん。彼が以前、俺がちらっと紹介した若き大砲の専門家、ボナパルトだ。熱烈なジャコバン派でね！　将来の将軍候補だと俺は見ている。コルシカ島出身の将軍なんて、革命的だとは思わないかい？　貴族でなければ将軍になれなかった王政フランスでは決してありえなかった人事だ！　そしてその隣が、ジャポンから革命を学びに来たサムライのリョーマくん。祖国では海軍に属していたそうだ。傭兵として雇ってみたらどうかな？」

「……コルシカ島のジャコバン派と、ジャポンから来た革命のサムライか……さらに、男装の女弁護士……確かに、エベールに見とがめられたら、即座にスパイ容疑で逮捕されそうな顔ぶれだな……諸君、はじめまして。私がマクシミリアン・ロベスピエールだ。革命遂行《すいこう》のために公安委員会を率いている。フランスは今、内憂外患《ないゆうがいかん》。とりわけ軍人がいない。兵士は国民総動員令を出すことで調達できたが、士官不足だ。私としては、猫の手でも借りたいところだよ」

眼鏡の奥から暗いまなざしを送りながら、ロベスピエールが竜馬たちの前に歩み出てきた。顔色が悪い。足下がふらついているのは、処刑現場を観ることが苦手だからだろう。

兄さんは寝る間も惜《お》しんで一日十五時間以上も革命政府を率いて働き続けているんだ、しかも決して汚職を許さない高潔な性格なので借金だらけだ。文字通り「革命と結婚した男」であり「決して腐敗しない政治家」なんだよ、「独裁者」だなんてとんでもない、とオーギュスタン。

「私も、平民出身でね。革命が起こらなければ、ルソーを信奉《しんぽう》する田舎《いなか》弁護士として生涯《しょうがい》を送るはずだった。まさか死刑廃止を願っていた私が、革命の指導者となって国王を処刑することになるとは……運命とは皮肉なものだ」

「兄さん。まだルイ・カペーを処刑したことを気に病《や》んでいるのかい？　仕方なかったんだよ。パリ中のサンキュロットたちが『革命を裏切った国王を殺せ』と暴れていたし、生かしておいたら、いつまたフランスから亡命しようとするかわかったもんじゃないし……」

「そうですとも、ロベスピエールさん。私が宣言したように、国王は国王であることそのものが罪なのですから。あなたには罪はありませんよ。国王を殺したのはあなたではなく、時代の革命精神そのものなのですから。どうか、勇気を出してください。そろそろ、未亡人カペーも——」

「しかし、サン＝ジュスト。ルソーは……ルソーが生涯を賭《と》して訴えた自由と平等の理想は……こんな血生臭い独裁ではなく……」

　国王処刑という「運命」の一手を打って、革命を後戻りのできないものにした「美しき殺人者」サン＝ジュストが、生真面目な性格と本来の人道主義精神のために悩み続けているロベスピエールを励《はげ》ます。と同時に、元王妃マリー・アントワネットを殺せ、とその美しい声でロベスピエールに囁《ささや》く。

「ロベスピエールさん。独裁は、あくまでも革命が完成するまでの暫定《ざんてい》的なものにすぎません。だからこそ公安委員会のリーダーは、高潔で無私な正義の人であるあなたでなければならないのです。国王の次は、王妃を処刑するべきです。王党派がすがる王政復古の芽《め》を徹底的に摘《つ》むのです。それで、革命はさらに一歩完成に近づきます」

「……王妃……王妃は……私は、女性を処刑することには……賛成しがたい。刑罰においても、男女平等の精神は遵守《じゅんしゅ》されるべきだが……」

「兄さんは、革命に熱心すぎる。そのうち精神を壊してしまうよ。男としての幸福をそろそろ手に入れるべきだ。下宿先のエレオノール嬢と結婚したらどうだい、兄さん？　エレオノール嬢だって、兄さんに気があるんだし。そうでなければ、あんなにまめまめしく兄さんの面倒《めんどう》を見たりはしないよ」

「オーギュスタン、馬鹿《ばか》なことを言うな。革命は終わってはいない。国王を処刑したために、むしろ危機的な状況に陥《おちい》っているんだぞ。フランスのすべての人民が幸福になるその時まで、私は決して幸福になってはならないのだ――私はフランスにおいて、最後の最後にやっと幸福を摑《つか》むことを許されている『列のいちばん後ろ』の人間なのだ。そうでなければ、公安委員会を率いて人々を処刑し戦場へ送ることなど決して許されない」

こりゃあまあ、どえらい真面目な男じゃのう、武市さんもびっくりぜよ、と竜馬は呆《あき》れながらもこのからくり人形のように不自然な雰囲気《ふんいき》を放つロベスピエールにはじめて好意を持った。超堅物《かたぶつ》の武市さんですら、嫁さんは娶《めと》っちょったきに。ああ。この男は革命に対して完全に「本気」ぜよ。「本気」だからこそ、国王を殺すちゅう無茶もやってしもうたんじゃ、とまた武市の末路を思いだして、胸が痛んだ。

武市さんも、執政の吉田東洋《よしだとうよう》を暗殺して、土佐藩の権力を掌握《しょうあく》したがじゃ。それから、「天誅」が止まらんようになってしもうた。武市さんのためならなんでもやる、と張り切った以蔵さんたち「人斬り」が次々と武市さんの政敵を暗殺して……武市さんの美しすぎる理想は、結局、血塗《ちぬ》られた悪夢になってしもうたがじゃ。そして、最後は。

（高潔で生真面目な理想主義者と、その崇拝者《すうはいしゃ》たち。ああ。フランスも日本も同じじゃ。捨て置いたら大量に人間を殺して、彼らも死ぬ。ナポレオンが皇帝になるちゅうことは、ジャコバン派政権はいずれ倒れる、ちゅうことじゃろ？　ロベスピエールもサン＝ジュストもオーギュスタンもみな殺される。武市さん、以蔵さんたち土佐勤王党員と同じことになるきに。それは嫌じゃのう。困ったもんじゃにゃあ）

西郷《さいごう》さんのような懐《ふところ》の大きい人間が側《そば》におればのう。生真面目なロベスピエールと人斬りのサン＝ジュストのコンビでは、歯止めがきかん。確実に大勢の人間を巻き込んで滅びることになるぜよ。

ところで未来の皇帝ナポレオンは、ロベスピエールとはかなり性格が違うらしい。

頭の中で熱狂的な恋愛について夢想する時には青臭い文学青年だが、恋愛以外のこととなると存外《ぞんがい》に図太い。

政治感覚については、ナポレオンは「バランス派」なのかもしれない。あるいは、故郷のコルシカ島に対しては独立と自由を実現したいという理想を持っていたが、馴染《なじ》めないフランスに対しては極端《きょくたん》な理想を持つほど愛着がないのかもしれない。

つまり、フランス革命に対してはニュートラルな距離感を保っているということだ。

そうでなければ、気弱だが自尊心が高いナポレオンが、ジャコバン派の面々に露骨《ろこつ》に媚《こ》びへつらったりはしないはずだ。

「まあまあ。国王処刑は仕方ありませんよ、ロベスピエールさん。ともかく、僕たち三人のパリ滞在を認めてくだされば、必ずやジャコバン派政府のお役に立ちます。僕は陸軍で。リョーマは海軍で。ブーリエンヌは、ロベスピエールさんの秘書かなにかで雇ってくだされば」

「あ、いや。私は公務において女性を近づけない主義《そこ》でね。独身と童貞を保つためだ。女人《にょにん》を近づけると、私の精神が揺らぎ、革命の純粋さを損ねることになる……」

「ええ。すでにこの私、サン＝ジュストがおりますので、ロベスピエールさんに秘書は無用ですよ、マドモアゼル」

「どうして女性と一緒に仕事をするだけで革命が不純になるんですか？　サン＝ジュストさんだってほとんど女みたいなものでしょう、童貞を保つってなんですか？　異性を意識しすぎだわ。ロベスピエールさんってほんとにヘンな男ね」とブーリエンヌが思わずぼやき、ナポレオンが「まあまあ。僕にはなんとなくわかるよ。ロベスピエールさんは……その……ご婦人が苦手なんだよ！　清らかな童貞男性だからね！」と慌《あわ》ててフォローする。

「ボナパルトくん。革命フランスにおいては、出自も身分もいっさい不問だ。人間は、その能力に応じて自由に生きる権利を持つ。エベールが諸君に対してなにか言ってきても、私が『証拠不十分』で却下しておこう。今でこそこうして反動諸国との戦争に明け暮れているが、全世界に革命精神を普及させることこそがそもそものフランス革命の理想だったのだよ……」

「じゃが、こいつはちと血生臭すぎるぜよ、ロベスピエールさん。ギロチンは一見、人道的な殺人機械じゃが、簡単に殺せすぎるきに。いかんちや。死刑執行人の手で首を刎《は》ねる昔の制度に戻すべきじゃき」

「こらこらリョーマ！　やっとロベスピエールさんのお許しが出たというのに、君はなにを言いだすんだ？　僕はこれから、王妃の助命をお願いしようと……うっ、お腹《なか》が……」

「死刑執行人サンソンによれば、手動では一日に数人しか執行できない。それに、手間がかかる従来のやり方では、死刑囚の恐怖と苦しみは相当なものだという。ギロチンなら、瞬時に、確実に、死なせることができる。私自身は、死刑制度そのものに反対だったのだがね。今は、革命を遂行するための処刑はやむを得ないと諦《あきら》めている」

　ギロチンの刃に角度を付けて確実に首を落とせるよう「改良」した張本人こそ、私が処刑した元国王ルイ・カペーだった、皮肉な運命だったよとロベスピエールが呟《つぶや》く。

「ちゃ、ちゃ、ちゃ。なにが運命じゃ。便利だからいいというわけではないぜよ。ギロチンはいかんちゃ。どんどん死刑囚の数が増える一方ぜよ！　わしゃあ、憧れのフランス革命がこがいに血生臭いものじゃとは知らんかったきに。ジャポンの徳川《とくがわ》幕府と変わらん！　死刑なんぞ嫌じゃと内心思うちょるなら、我慢《がまん》してまでやらんでもええきに。理想のためならばいくらでも血を

流してもええちゅうのは、理想家が陥りやすい誤謬《ごびゅう》ぜよ。もっと自分の本心に、感情に素直

に生きるがぜよ。思いとどまるぜよ、ロベスピエールさん！」

いや、もう無理だ。国王を殺した時点でもはや革命政府は後には引けない、とロベスピエー

ルは疲れ切った笑顔を見せた。笑顔と言っても、腹から笑っているわけではなかった。唇《くちびる》の端

が引きつっている。「人斬り」を続けて心が荒《すさ》んでいった以蔵さんも、早すぎる晩年にはこが

いな顔をしちょった。ロベスピエールはもうすぐ精神的に崩壊《ほうかい》する、と竜馬は直感した。

「まあまあ、リョーマ。ロベスピエールさんも仕事で大変なんだよ。革命後のパリでは、様々

な党派による派閥《はばつ》抗争がえんえんと続き、虐殺《ぎゃくさつ》事件まで起こる有様《ありさま》でね。それらの混乱に終《しゅう》

止符《しふ》を打って国家存続の危機を打開するためには、誰かが独裁を敷くしかなかったのさ。でも、

ロベスピエールさん。王妃マリー・アントワネットの処刑だけは、思いとどまってもらえませ

んか？　王妃は、ハプスブルク家の姫です。休戦のための有効な切り札になりますよ。彼女を

殺せば、この戦争はますます激化します」

「おお、ナポレオン。それがまことの用件じゃった！　国王はもう手遅れじゃ、死んでしもう

た以上は、諦めるしかないがじゃ。けんど、王妃殺しはやめてもらいたいぜよ！　ジャポンに

は王殺しや王妃殺しと一体化されちょる革命は物騒《ぶっそう》で輸入できんぜよ。まだ間に合うぜよ。頼

むき！」

「私からもお願いします。王妃は確かに、敵国オーストリアに通じていましたが……オースト

由はなにもないんです」

リアは彼女の実家なのですから、書簡で連絡を取ったことは責められません。国外逃亡を図った罪もありますが、これはすでに逃亡計画の責任者だった国王の処刑によって決着がついたはずです。エベールは出鱈目《でたらめ》な噂を流していますが、翻《ひるがえ》れば法的には彼女を死刑にする正当な理由はなにもないんです」

ブーリエンヌも懇願《こんがん》したが、ロベスピエールは「……」と視線を彷徨《さまよ》わせるだけだった。

サン＝ジュストが「なにを言っているのです、あなた方は。王妃は王妃であるが故《ゆえ》に死罪なのです。これ以上王妃を庇《かば》うのならば王党派として逮捕しますよ？」と怪《あや》しく微笑《ほほえ》む。

おお、怖。こりゃあ、理想のもとに思考停止して人間を平然と殺せるようになってしもうた「人斬り」の笑みぜよ。ロベスピエールはこの異形《いぎょう》の男に引きずられて死刑を遂行させられちょる、国王を殺した良心の呵責《かしやく》故《ゆえ》にもうギロチンを止められんようになっちょる、このままではこれからも大勢の人間を殺し続ける、と竜馬は胸を痛めた。

「すまないが私の『恐怖政治』は、マリー・アントワネットの処刑によって真の幕を開けることになるだろう。今日は、彼女をいずれ処刑する予定のギロチンを視察に来ていたのだ。今は、革命が頓挫《とんざ》するかどうかの瀬戸際《せとぎわ》なのだ。周辺諸国と王党派の抵抗を断固としてはねのけ、われわれの革命精神を見せつけるのだ。元王妃の首を掲《かか》げることによって」

「どうしても、王妃を死刑にするがか？」

「……いや。彼女に死刑判決を下すに値《あたい》する罪は今のところない。オーストリアが態度を軟化させてくれればと思っていたが……だが、連中は彼女を見放したらしい。処刑は時間の問題だろうな。諦めてくれたまえ」

ロベスピエールの説得は、困難だった。この種の無欲で生真面目な人間がいちど腹をくくると、そう簡単には翻意《ほんい》させられんぜよ、と竜馬は頭をかきむしった。「アゴ」こと武市さんと同じじゃ。わしゃあれほど、吉田東洋を殺すな、殺すちゅうならわしゃ脱藩すると言うたきに。

「オーギュスタン。話はこれで終わりだ。私は身体《からだ》が弱い。これ以上広場の風に当たっていると、また体調を崩《くず》す。彼らについてはお前に一任する。行くぞ。ジャコバンクラブへ」

「わかったよ兄さん。いやあすまないな、ボナパルト。君に向いている戦場を見繕《みつくろ》ってくるから、しばらく下宿先で待っていてくれよ。いいな?」

ロベスピエールたちジャコバン派の主要メンバーが、広場を去っていった。

閑散《かんさん》となった広場では、死刑執行人――パリの処刑人「ムッシュー・ド・パリ」ことシャルル＝アンリ・サンソンが、助手たちとともに無言でギロチンのメンテナンスにかかっていた。

処刑人サンソンの横顔も、酷《ひど》く疲れて哀《かな》しげに見える。この大量処刑はいったいいつ終わるのかと言いたげだ。

「おお。ギロチンを動かしちょった処刑人が、えらく哀しげな表情を浮かべちょる……今にも泣きだしそうじゃ。わしまで、もらい泣きしてしまいそうじゃ……ぐすっ」

エベールの追及からは逃れたが、王妃マリー・アントワネットの助命には失敗した。

人間ちゅうものは、フランス人も日本人も同じじゃなあ、哀しいのう、と竜馬はギロチンを眺《なが》めながら嘆《なげ》いた。わしら維新の志士たちが憧れたほんもののフランス革命が、こがいな血みどろのものじゃったなんて。戦《いくさ》を避けて血を流さん維新回天《かいてん》ちゅうのも、結局はわしのこしらえた夢にすぎんのかのう。

見かねたブーリエンヌが「リョーマ。泣かないで。異国の王妃のために、そこまで嘆いてくれるなんて。いい人ね、あなたは」と竜馬の肩を撫《な》でて慰《なぐさ》める。

「……世直しちゅうのは、どうしても血が流れるもんじゃ。じゃがわしは、大勢の人の命を犠《ぎ》牲《せい》にしての世直しはどうしても嫌なんじゃ。ジャポンでも、こがいな性格のせいで敵ばかり作っちょった。ええ歳《とし》をして、わしゃあ子供じみちょるのかのう」

「そんなことはないわ。あなたは、なにがあっても絶対に理想を諦めない人なのね。あのロベスピエールでさえ、もう諦めてその手を血で汚しているというのに。ちょ、ちょっとばかり下品なところが玉に瑕《きず》だけれど……元気を出して。まだ残された時間はあるわ。王妃を救う方法を考えましょう」

「そうじゃのう。ありがとう、まだむ。いやあ、男装が似合うちょるが、まどもあぜるはべっぴんじゃにゃあ～」

「……わ、私は別に……ど、どうして手を握っているのよっ？　ちょっと待って。あなた、さっきその手で、立ちしょ……いっ、いやあああああっ！」

「痛い痛い痛い。わしゃ友情の証《あかし》として、しぇいくはんどをじゃな……どうしてビンタするぜよ、まどもあぜるっ？」

そしてここに、覚醒《かくせい》しようとしている一人の風雲児《ふううんじ》がいた――王妃助命の嘆願《たんがん》を却下されたばかりの、半失業中の若き軍人にして文学青年。ナポレオン・ボナパルトである。

「……わかったよ、ブーリエンヌ。リョーマ。ロベスピエールは、恋をしたことがない男だ。恐怖政治が正しいだなんて、僕にはやっぱり思えない。恋のない革命なんて、ただの大量虐《ぎゃく》殺《さつ》、ただの忌《い》まわしい無秩序だよ……そうさ。恋に燃える男だけが、人間として情熱的に生きる者だけが、国を率い兵を率いて革命を遂行する資格を持つんだ！　それが！　僕がゲーテから教わった男のロマンだよ！」

王妃と会ったことはもちろんないが、今ついに彼の心の中で「疾風怒濤《しっぷうどとう》の大恋愛」へと突き進むゲーテ譲《ゆず》りのロマン主義のスイッチが完全に入ったようだった。

とにかく、ナポレオンにとっては「恋」が第一で「革命」は第二らしい。

げにまっこと変わった男じゃ、こがいに人間臭い男にははじめて出会《でお》うた、強《し》いて言えば高《たか》杉《すぎ》さんに似ちょるが、高杉さんとはまた違う方向に突き抜けちょると竜馬は思った。

「リョーマあああああ！　僕は、やるぞおおおおおっ！　ロベスピエールが王妃を救わないなら、僕が王妃を救うっ！　見たかい、このおぞましいギロチンを？　マリー・アントワネットの美しく高貴な首をあの刃に斬らせるだなんて、僕は嫌だねっ！　僕みたいなコルシカ島出身のよそ者でもその気になれば、軍で活躍できる。武功をあげれば将軍にだってなれる。今までの封建貴族社会ではありえない話だよ。だから革命には賛成だけどさ、それでも王妃の処刑には絶対に反対だーっ！　そもそも貴婦人を護《まも》らずして、なんのための革命なんだーっ!?　ロマンはどこへ行った？　ロマンなき革命なんて意味ないよねっ？」

「おお。そうじゃのう。やるか、ナポレオン！　それでは、わしら二人で王妃を救出するぜよ！　金打《きんちょう》じゃ！」

「金打？」

「互いの剣を打ち合わせるぜよ。これは、約束を誓《ちか》うジャポンのサムライに伝わる儀式ぜよ。約束を違《たが》えたらその時は、ハラキリぜよ？」

「おお、ジャポンの騎士道の習慣だね。よし、やろう！　金打だ。僕はもう、コルシカ島独立の夢はすっぱり諦めた。あいつらが僕を追い出したんだからな！　これからは、王妃を救う革命フランスの騎士となる！　いよいよ僕が本気を出す時が来たらしい！　さあ、ブーリエンヌも一緒に！」

「ちょっとボナパルト。私は、弁護士になるためにパリに……んもう。どうして私までっ？」

「頼むよ〜。王妃さまの前に出たら、僕は緊張してろくに喋《しゃべ》れないと思うんだよ〜お腹が痛く

なるからね～。助けてくれよ～ブーリエンヌ」

「呆れた……ほんっとにダメ男ね、あなたは。わかったわよ……幼い頃からの腐れ縁《えん》なんだし。私はどうやら、自分の運命を呪《のろ》うしかないみたいね……次に生まれてくる時は、ボナパルトと出会いませんように……」

「それでは、三人で金打じゃき！　ただちに計画を練って、囚《とら》われの王妃マリー・アントワネットを救いだすぜよ！」

竜馬。ナポレオン。その幼なじみのブーリエンヌ。三人が金打の誓いを立てた瞬間だった。

※

その日の夜、竜馬はナポレオンの下宿先で、ともに「王妃救出計画」に没頭した。

下宿先は、ブーリエンヌの親戚《しんせき》が経営している書店の二階の一室である。

竜馬の大目的はふたつ。

まず、ナポレオンとともに「王妃救出」という危険な仕事を成功させる。故郷を追われて以来、昼行灯《ひるあんどん》で憂鬱《ゆううつ》状態だったナポレオンに「やる気」を出してもらわなければ、革命が途中で潰《つい》える。そしてそのナポレオンは、「恋」に燃えなければやる気が起こらない男だということがわかった。王妃救出は、発覚すれば罪に問われる危ない橋だが、フランス革命が頓挫したら日本の維新もなくなる。

もうひとつの大目的は、竜馬自身の憤《いきどお》りから発していた。

ロベスピエールたちは革命のために、国王を処刑し、今また王妃まで処刑しようとしちょる。サン＝ジュストが語る「王であることが罪です」という屁理屈《へりくつ》は、「万人の自由と平等」を掲げる革命の理想に反しちょる。国王もまた、人間としての自由と平等の権利を持っちょるはずではないか。そも国王を殺してしまえば、もはや誰であろうが「反革命」の名の下《もと》に殺していいことになる。事実、今のパリはそうなっちょる。この上王妃まで殺せば、無数の死人が出る。

竜馬が生前、武力討幕を回避して「大政奉還《たいせいほうかん》」による無血革命を目論《もくろ》んでいたのも、新政府側に自分のような寛容派がいなければ、薩長《さっちょう》新政府が江戸を焼き払って将軍を殺しかねないからだった。「将軍殺し」が引き金となって「維新内戦」が拡大し、日本国内におびただしい死人が出ることを竜馬は危惧《きぐ》していたのだ。

結局は、討幕派からも幕府側からも蝙蝠《こうもり》扱いされて、竜馬自身が暗殺されてしまったのだが――。

土地勘《とちかん》も人脈もない竜馬には、王妃の救出は不可能に思われたが、ナポレオンは「僕は王妃の騎士になる」と誓ってから別人のように「できる男」に変貌《へんぼう》していた。

てきぱきと「この人間を味方に引き込めばいける」という王党派の候補リストを作り、竜馬とブーリエンヌとともにあちこちのカフェや集会所を周回して味方を増やすプランを考えだしていた。

だが、問題は王妃が囚われているコンシェルジュリー監獄である。

「のう、ナポレオンよ。コンシェルジュリー監獄にはそう簡単には乗り込めそうにないにゃあ～。ああ、軍鶏《しゃも》……軍鶏鍋《なべ》が食べたいにゃあ～」

安ベッドの上で堅いパンを齧《かじ》りながら、竜馬はぼやいた。大男の彼は、とにかく腹が減っていた。ロベスピエールは食料の価格を統制することでパリの飢饉《ききん》を乗り越えようとしているが、なにしろ全ヨーロッパを敵に回した革命戦争の真っ最中だ。物資が足りない。

「そうだね、リョーマ。せめて王妃がタンプル塔に幽閉《ゆうへい》されていたままだったら、なんとかなるんだけどね。タンプル塔に幽閉された国王一家の生き残りのうち、国王はすでに処刑。そして王妃一人が、コンシェルジュリー監獄に移送されてしまっているんだよ」

ナポレオンは空腹には慣れているらしく、鋭気《えいき》りんりん。夢中でノートにアイデアや情報を書き込みながら「救出作戦」の立案に没頭している。


……

……

……


近江屋《おうみや》での受難以来休息を取っていなかった竜馬は、壁に背中を預けながらうっかり眠ってしまい、再び目を覚ました時にはもう窓から朝日が射《さ》し込んでいた。

「あちゃ〜。しもうた！」

ブーリエンヌは竜馬の隣で「すうすう」と寝息を立てていたが、ナポレオンはなおも椅子に座ったまま不動の姿勢でノートに書き込みを続けていた。

こいつ、ちくとも眠らんのか、どうなっちょるんじゃ、と竜馬はナポレオンの異常な集中力に驚いていた。どうやら睡眠時間が極端に短い特異体質らしい。ちなみに竜馬は一日十時間は眠らないと目が覚めない。

「やありョーマ、目は覚めたかい？　打ち合わせの続きをしよう。コンシェルジュリー監獄は、シテ島の革命裁判所に隣接している『死刑囚御用達《ごようたし》』監獄でね。ここに入れられた者は確実に処刑される。しかもあのエベールが腹を空《す》かしたサンキュロットたちとともに、ロベスピエールに圧力をかけている。国王だけじゃ半端だ、王妃も早く処刑しろ、と。ロベスピエールは合法性を重んじる男だから『死刑に値する罪がない』と渋っているけれども、そろそろ時間切れだろうね。うーん、監獄の正確な見取り図が欲しいところだなあ」

「……その上、美貌《びぼう》の人斬りサン＝ジュストが、『王妃であることが罪です』とあの眼鏡男をそそのかしちょるわけじゃな……ふわあ……眠いぜよ」

「そういうことだね。ジャコバン派の連中は実に馬鹿だなあ。軍事というものを理解していない。国王はまだ『フランス人』の王だった。でも、オーストリアの姫を殺したら、フランスは文字通りヨーロッパの孤児《こじ》になる。この僕が革命軍の元帥《げんすい》にでも任命されない限り、フランスはもう終わりだよ」

「……おまんは元気じゃのう……わしゃあもう一眠りしたいぜよ……むにゃ……」

ダメだよそんな時間はもうない、そうだ僕がコルシカ島独立の歌を歌って目を覚まさせてあげよう、とナポレオンはギターを抱えて奇妙な歌を歌いはじめた。うげ、高杉さんとは大違いの音痴《おんち》じゃと竜馬は閉口したが、（故郷を想うナポレオンの気持ちを考えると止められん）と耐えた。必死で耐え続けた。が、これがよくなかった。ナポレオンは「ああリョーマ。君も故郷のジャポンを思い返して懐《なつ》かしんでいるんだねえ」と空気を読まずに、いよいよ調子に乗ってチューニングが狂ったギターをかき鳴らす。

ついには、耐えきれずに目を覚まして起き上がったブーリエンヌが「うるさーい！　この音痴っ！　ギターは禁止の約束でしょ！」と怒鳴りつけるまで、ナポレオンは早朝の独奏会を続けていたのだった。

二日目、一気に事態が動いた。

空腹の限界を迎えた竜馬は「わしゃ腹が空いて動けんきに」と目眩《めまい》がして足もふらふらだったが、ナポレオンとブーリエンヌに同行して、王党派が潜伏しているカフェへと潜り込んでいた。

王党派カフェでは、おお、ジャポンのローニン、と誰もが竜馬を奇異《きい》の目で見ながらも、友好的に出迎えてくれた。「食い物、食い物」と呟いているうちにたちまち取り囲まれて、ナポレオンとはぐれてしまった。

「ようこそローニン殿。東洋から王党派のために駆けつけてくれるとは！　ローニン殿は、オランダからおいでですか？」

「いや～それがまあ、秘密のルートを用いてこっそり入国したきに。まだ言えんぜよ」

「なるほど、なるほど。そのルートこそが、王妃さまを脱出させるルートなのですな！　これは頼もしい！」

「ジャポンのサムライは、恥辱《ちじょく》を受けるとほんとうにハラキリなされるので？」

「おうとも。しかし、首を刎ねる介錯人がおらにゃあ、そうそう一人では切腹できんぜよ」

「ほほう。ジャポンにもムッシュー・ド・パリのような死刑執行人がいるわけですか。しかし失礼ながらジャポン人は小柄だと伺《うかが》っておりましたが、いやいや、これは見事な体格の持ち主。フランス軍人にも珍しい大男ですなあ～。肌《はだ》が黒いのは、地ですかな？　ジャポン人は色白だと伺っておりましたが」

「わっはっは！　これは日焼けじゃき！　わしゃ南国土佐の生まれでにゃあ～。さらに、船に乗っちょるうちにますます日焼けしたぜよ。それと、わしよりも乙女《おとめ》姉さんのほうがさらにでかいぜよ？」

「なんと。ジャポンは巨人の国でしたか！　噂通り、腰にはカタナを二本差しておられるのですなあ。なぜカタナの長さに違いがあるのです?」

「長い刀は『打刀《うちがたな》』。サムライ同士で路上で斬り合うための刀ぜよ。短いほうは『脇差《わきざし》』。切腹に使うのは、もっぱらこっちじゃな。あと、狭い室内での斬り合いにも使うぜよ。わしゃあ部屋の中で刺客《しかく》の小太刀《こだち》に頭を割られたことがある、あっはははは!」

「そ、そのような刀傷は見えませんが……?」

「うふ。世の中、時には奇妙なことも起こるきに。じゃが……そ、そろそろ先へ通してくれんかの? あと、食い物……」

王党派の貴族の男たちから質問攻めを受けているうちに、ナポレオンの姿を完全に見失った。愛想笑《あいそ》いを浮かべながら彼らを掻《か》き分けて前へ進もうとすると、「なんて背が高くて強そうなお方」「ちょっと身なりがだらしないけれど」「あれがほんもののサムライなのね」と、こんどは竜馬に興味をそそられたご婦人たちまで集まってきた。

「ようこそ、サムライさん。まだお若いですけれど、独身ですの? 活動資金が足りないのでしたら、わたくしが愛人になってあげますわよ?」

「ちゃ、ちゃ。わしゃ女好きですき、ありがたい話ですが、まだむ。惜しいことに、わしゃあ既婚者ですきに。ジャポンに妻がおりますきに」

「ええ。ええ。わたくしたちも既婚者ですわ、あなたが妻帯者であろうとも問題ありません。フランスの貴族社会では、夫婦生活と恋愛とは別物ですの!」

「ほ、ほう〜⁉　それはその、ジャポンの武家で言うところの正妻と側室《そくしつ》のようなものですかのう？　お子を絶やさぬため、ジャポンの高級武士は側室を取ることを許されておりますがじゃ」

「いいえ。側室などではなく『愛人』ですわ。子を産むのはあくまでも妻の務《つと》め。愛人とは、子を産むための存在ではなく、大人の女として恋愛を満喫《まんきつ》する存在ですの。もっとも、革命を進めている第三身分の社会では、妻の『浮気』は禁止らしいですけれど。それって女を家庭内に押し込めて抑圧していると思いません？」

「あ、は、は……わしゃあサムライちゅうてもローニンですきに。とても側室なんぞ持てる身分じゃないですきに、なんとも……なるほど、結婚生活と恋愛は別物……いやはや、フランスはまっこと恋愛の国ですにゃあ〜」

「そうですのよ！　王妃さまにも、スウェーデン貴族のフェルセンという情熱的な愛人がおられましたのよ。革命の危機から王妃さまをお護りすべく、国王さまたちを国外へ亡命させようと奔走されたお方ですわ！」

　ご婦人方にモテるのはありがたいが、この格好《かっこう》では目立って敵《かな》わんぜよ、と竜馬は困惑《こんわく》していた。秘密行動をするには目立ちすぎる。いくらロベスピエールから「お目こぼし」してもらっているとはいえ、王党派との接触が漏《も》れたらまずい。

（ブーツと和服という今の格好も気にいっちょるが、フランスの軍服もいずれあつらえてもらうかのう。そういえば将軍徳川慶喜《よしのぶ》公は、ナポレオン三世から贈られたフランス軍服を着て幕軍を率いちょったのう～。格好よかったぜよ）

竜馬がパリジェンヌたちから質問攻めに遭《あ》っているうちに、ナポレオンは「協力者」候補を発見していた。

「おーい、リョーマ！　こちらの王党派の『騎士』ルージュヴィルさんが、僕たちの計画に協力してくれるそうだ！」

「……はあ、はあ……っ、疲れた……ボナパルト、あなたいつ寝てるの……？　どうしてこんなに鋭気りんりんなの。信じられない……」

ナポレオンは、飢えれば飢えるほどやる気が出るらしい。目を血走らせながら竜馬の手を握りしめて大はしゃぎしている。一方のブーリエンヌは、ナポレオンに「どうして眠りたがるんだい？　王妃さまを救うための時間は限られているんだよ？」と酷使《こくし》されてくたくただ。

ナポレオンに連れられて竜馬のもとに来た「騎士」ルージュヴィルは、見るからにいかつく朴訥《ぼくとつ》な男だった。貴族には見えない。

「あんたが、ジャポンから王妃を救いに来たサムライだべさ⁉　おお、フランス王家の威光《いこう》は極東のジャポンにまで――わしゃあ感激した、諸君を信じよう！　リョーマさん、はるばるようこそ！　おらは、『騎士』ルージュヴィル。かつてサンキュロットが暴徒化して宮殿を襲撃《しゅうげき》した時、この身を挺《てい》して王妃さまを護り抜いた忠義の士！　『聖ルイ騎士団』のメンバーだべ！　男装のお嬢さまとコルシカ訛《なま》りの軍人さんの二人だけじゃあ、公安委員会のスパイかもしれねえ。じゃけんど、サムライのあんたがわざわざ参加してくれるちゅうなら、一も二もなく信用すべえ。この計画、必ず成功するべさ！」

「『騎士ルージュヴィル』は自称で、彼の生まれは農民なんだけれどもね。王妃さまの熱烈な崇拝者なんだよ」

「ボナパルトに似ているかも。フランスには、ラ・マンチャの騎士が何人もいるみたい」

「リョーマさん。おらたち王妃さまに仕《つか》える『騎士』は、大金を投じてコンシェルジュリーの看守長《かんしゅ》を買収し、王妃さまを脱走させる計画を独自に練っていたべさ。ただ、おらたちの計画はずさんで、ナポレオンさんの計画に比べると大人と子供くらいの差があったべ」

「ああ。戦略家の僕に言わせれば、王妃を殺すためにむざむざ失敗しようとしているようなものだったよ」

「だからよう。申し訳ねえって言ってんだろ、計画はあんたらに引き継いでもらうべさ。ナポレオンさん」

「看守長はすでにルージュヴィルによって買収済みで、王妃さまの味方よ。ただ、王妃さまが捕らえられている監獄には二人の看守がいるの。この二人は王党派じゃないから、買収しても保身のために土壇場《どたんば》で寝返る恐れがある。計画に加担《かたん》したことが漏れたら、即座に死刑だもの」

「ジャポンのサムライは、西洋の騎士よりも強《つえ》えって聞いてるじえ。リョーマさんを擁《よう》しているあんた方を信じて賭《か》けるべさ！　資金も監獄の見取り図も、全部あんたらに委《ゆだ》ねるべ！」

ルージュヴィルは、よほど竜馬が気に入ったらしい。「ほおお、これが日本刀！」「ぬおおお、これでハラキリ！」と竜馬の大小の柄《つか》をぺたぺた触っては感激している。

「それでは、僕とリョーマとブーリエンヌとで、ルージュヴィルに代わって王妃救出計画の実行を請《う》け負うことにしよう。リョーマ、君のおかげだ。いやあ、君がいてくれると交渉がスムーズに進むなあ、ははははは」

「わしゃあ突っ立って、喋っちょっただけぜよ？　それより、軍鶏鍋……」

「ルージュヴィル。君たちはフランスから離れ、国外で王妃の受け入れ先を見つけてくれ。簡単さ。かつての王妃の愛人、スウェーデン貴族のフェルセンが今、王妃救出のために奔走している。そのフェルセンと話をつけてもらえばいい」

「おお！　おらはフェルセンさまとも顔見知りだべさ、承知《しょうち》したべ！　王妃に忠誠と純愛を捧《ささ》げる騎士と騎士同士、男と男の約束だべ！　いや、騎士とサムライの約束だべさ！」

「それでは、サムライ風に金打だ！　約束を違えた男は、ハラキリだぞ！」

騎士とサムライとの連携《れんけい》！　よほど感激したらしい。震えながら金打を済ませたルージュヴィルは喜々として「ちょっくらフェルセンのもとへ行ってくるべよ！」と飛び出していった。

素朴《そぼく》で直情型の男らしい。いい奴《やつ》じゃが、どえらく疎漏《そろう》じゃにゃあ。もしも救出計画を仕切らせていたらどうなっていたことか、と竜馬は思った。

「いやあ、めでたいきに。さ、さ。下宿に戻ったらゆっくりベッドで休みや、まどもあぜる。ところでまどもあぜる、わしゃあ今夜こそ軍鶏鍋が食いたいんじゃが」

「リョーマ。鶏肉《とりにく》を買うお金はないから！　資金はすべて、王妃救出作戦に使い切るわよ。ボナパルトは相変わらず女性相手だとへどもどするけれど、男が相手なら押し出しが強くて胡散《うさん》臭《くさ》い説得力に溢《あふ》れる若き軍人になったわ！　これも『貴婦人の騎士』効果ね。いけそうだわ！」

「……ああ……軍鶏……こがいに飢えたのは、土佐を脱藩した時以来ぜよ。革命は腹が減るのう……」

「バレたらボナパルトは軍から除籍《じょせき》の上に死罪だもの、慎重にやらないと。コンシェルジュリー監獄に潜入する機会は一度きりよ」

「計画書は明朝には完成させる。ルージュヴィルも、このノートを見て僕を信用してくれたんだ」

　ナポレオンが、ノートに細かく書き記したコンシェルジュリー監獄の見取り図を竜馬に見せた。入り込むルートも、王妃を連れて脱出するルートも、詳細《しょうさい》に想定されていた。これまで練っていた計画に、ルージュヴィルから提供された見取り図の情報を足して、即興で図面を書いてみせたという。

　文字はわしに似て悪筆じゃが、えらく細密な図面じゃの、こりゃあ超一流の軍人になるはずぜよと竜馬はいよいよ感心した。

「馬車の運転が得意なブーリエンヌには、シテ島の外で待機してもらう。フランス国外への王妃の手引き役さ。監獄に入り込む役は僕とリョーマだ。看守長とはもう話がついているから、監獄へ入るまでは問題なし。ただし、僕もリョーマも王妃と面会できるような大物じゃない。僕はコルシカ島から来た田舎者の下っ端軍人だし、リョーマはジャポンのローニンだ。そこで──さらなる王党派の大物に協力してもらい、僕たち二人は彼の『従者』として入り込む」

しかも、ルージュヴィルと違ってその王党派の人物は、看守たちに絶対に「疑われない」人間なんだ。僕は恐ろしく頭が切れるらしい、もしかして天才なのかなあ、ははは、とナポレオンは自分の計画の完璧《かんぺき》さに酔っていた。

「そがいな大物とは、いったい誰ぜよ？」

「はっはっは！　なにをとぼけているんだい、リョーマ。君が気づかせてくれたんじゃないか。彼の存在に」

「……わし？　わしが、なにか言うたかのう？」

「すぐにわかるさ。これから即、その大物の家に押しかけて、説得して計画に参加してもらう。彼の同意を得次第《しだい》、共にシテ島に向かい、王妃救出作戦を開始するからね」

「い、今から行くがか？　えらく急ぎじゃのう〜？　おまん、ぜんぜん寝ちょらんじゃろ？」

ボナパルトはいちど言いだしたら聞かない我《わ》が儘《まま》男だから反対しても無駄よ、リョーマ。私はお目当てのお屋敷に着いたら馬車内で少し仮眠させてもらうわね、とブーリエンヌ。

「リョーマ。エベールが王妃を裁判にかける準備を急ピッチで進めているんだ。革命裁判所に放り込まれれば、死刑確定だ。証拠も陳述《ちんじゅつ》もでたらめな、最初から死刑にするためだけのいんちき裁判だからね。大至急計画を進めるしかないんだよ！」

深夜のコンシェルジュリー監獄。

ナポレオンと竜馬を「従者」として従えて、堂々と王妃の監獄に繋《つな》がる廊下を進んでいく「主人」は、意外な人物だった。

黒髪に黒ずくめの老紳士。忌まわしき「ムッシュー・ド・パリ」。

ギロチンを操《あやつ》る「死刑執行人」のシャルル＝アンリ・サンソンだったのである。

「驚いたのう〜。おまん、革命広場でギロチンを使うちょったお人じゃったの？　国王の処刑にも立ち会《お》うたがじゃろ？　なぜ王妃救出に協力してくれるがか？」

「……サンソン家は、長年フランス王家に仕えてきた誇りある処刑人の家柄なのですよ。革命が『自由と平等』を与えてくれたとはいえ、血生臭い家業を続けてきたサンソン家の人間には、転職の自由などないのです。だから、革命政府でも処刑人の仕事を続けるしかなかったのです。しかし私は、ジャポンのお人よ、熱烈な王党派なのですよ……その上、人道上の理由で自分の仕事を忌《い》み嫌う死刑反対論者でもありました……私は、『主殺《あるじ》し』の罪を背負ったのです」

「そ、そうじゃったんか？　それで、広場であれほど哀しげな表情を……そりゃあ、辛《つら》かったじゃろうなあ……げにまっこと、わしの失礼なもの言い、すまんかったのう～！　フランスにも、首切り浅右衛門《あさえもん》がおったたんじゃなあ……うっ……いかんちや、涙が止まらんようになってしもうた。ちーんっ！」

こらリョーマ。借り物の服の袖《そで》で鼻をかむな、僕の服だぞ、と潔癖症《けつぺきしょう》のナポレオンが思わず顔をしかめる。

「いえ。自分自身の信念を貫《つらぬ》くか、サンソン家の人間としての使命を果たすか。その二択のうち、私は後者を選んでしまいました。長年お仕えしてきた国王陛下をこの手にかけたことを、今でも悔《く》やんでいます……せめて、王妃さまだけでもお救いしたいのです」

「リョーマ。これは騎士ルージュヴィルからこっそり教えてもらったんだけれどもね。ムッシュー・ド・パリは、反カトリックを貫く革命政府に忠誠を誓うことを拒否した『宣誓《せんせい》拒否僧』のもとに密《ひそ》かに通って、亡き国王を弔《とむら》うミサを行っていたんだ。もちろん命懸《いのちが》けの行為だよ」

「ええ。彼の口の軽さには少々驚きましたが、おかげであなた方に誘ってもらえたのですから、感謝しておりますよ」

ミサを開くのも命懸けとはまるで隠れキリシタンじゃ、と竜馬が呟く。

「王妃さまは、いちど国外逃亡に失敗したことから窮地《きゆうち》に追い詰められております。もはや生半可《なまはんか》な計画には乗れないと思って静観しておりましたが、ボナパルト殿の計画は実に緻密《ちみつ》で、これならば成功すると信じて賭《か》けに乗りました。それに」

「それに？」

「複雑で精妙なギロチンの扱いに精通している専門の職人は、わがサンソン家の人間しかおりませんから。大量の人間の死刑執行を求めている革命政府にしてみれば、この私は、他の王党派の人間よりも『殺しにくい』のです。生かしてムッシュー・ド・パリの仕事を続けさせたほうが『効率』がよいのです」

その分、私には行動の自由があります、公安委員会の監視対象から外れていますす、だから、かつてのフェルセンのような失敗はせずにすみます、とシャルル＝アンリ・サンソンは哀しげに微笑んでいた。

マリー・アントワネットの監獄の前へ、到着した。

二人の看守が入り口を見張っている。鍵《かぎ》は、この看守たちが持っている。

「これは、ムッシュー・ド・パリ。いよいよ『元』王妃を処刑するのですか？」

「子供たちと引き離されてコンシェルジュリーに投獄されて以来、王妃はやつれ果てていますよ。かわいそうなものです」

騎士ルージュヴィルの本来の計画では、この看守たちも金で買収する予定だったが、故郷コルシカ島から追われて以来自分の見通しの甘さに懲《こ》りているナポレオンは「彼らは王党派じゃないし、そもそも雇われ看守たちだ。理念や情熱で動かない者は、窮地に陥ると保身に走る。信用できないよ」と計画を変更していた。すなわち、

「リョーマ。例の峰打ちで、やってくれ」

「話せばわかりそうな相手じゃがのう。まあ、ええじゃろ。命は取らんきに」

ジャポンのサムライの「日本刀」で、強引に押し入る！

夜の監獄ではわしの鳥目は損《そん》じゃき、しくじったらえらいことになるにゃあ、とぼやきながら、竜馬は二人の看守の前に瞬時に飛び込んでいた。

ドン。

居合抜《いあいぬ》きで、まず一人。

そのまま上段から振り下ろして、さらに一人。

わずか数秒の出来事だった。シャルル＝アンリ・サンソンが「ボナパルト殿が仰《おっしゃ》る以上の、凄《すさ》まじい剣の達人だ」と感嘆《かんたん》の声を思わず漏らす。

「見事なものですな、ジャポンのお方よ。日本刀は実に優雅《ゆうが》だ。しかも、斬らず殺さず倒すとは。ジャポンとは慈悲《じひ》深い国なのでしょうな」

「いやいや。ジャポンには、ギロチンなんちゅう人道的な首切り機械はないぜよ。処刑の時にはハラキリをやるがじゃ。日本刀を用いて、サムライは自分で自分の腹をかっさばくがじゃ。あっはっは！　で、これからどうするぜよ、ボナパルト？」

「この二人はこれで僕たちの共犯だ。明日の朝になれば王妃脱走の責任を問われることになるから、懐に金を握らせておいて、国外に逃亡させるさ。ムッシュー・ド・パリが共犯者だという証拠も同時に消せるしね。二人がパリから逃げださないような間抜《まぬ》けだったら、その時は僕とムッシュー・ド・パリとで監禁するよ。彼らも王妃を見張る看守の仕事を引き受けた以上、覚悟はできているはずさ――まあ、さすがにそこまで間抜けじゃないだろうけれどね」

「ほおお～。おまんは案外、容赦ない男じゃの～」

「すべては恋とロマンと革命のためさ。王妃を殺すような革命は僕の趣味じゃない。コルシカ人は恋と情熱に生きるんだ。僕の母さんは、僕を身ごもりながらコルシカ軍を率いて馬を走らせ、フランス軍と戦ったというからね」

いざ戦うとなれば、高杉さん以上に冷静にして大胆じゃのう。さすがは革命の申し子、フランス革命の英雄ぜよ。これで女が苦手ちゅうのはどういうわけじゃろ、と竜馬は不思議でならない。女傑《じょけつ》の乙女姉さんにしごかれたわしは、そのまま女好きとして育ったけんど。

「では、私はここで去らせていただきます。国王陛下を殺した私が顔を出せば、王妃は必ずや疑うでしょうから……ボナパルト殿。リョーマ殿。どうか、王妃をお救いください。その二人の看守の命も、なにとぞ……彼らも、『仕事』をしなければ生活できない者たちなのです。ボナパルト殿、どうかご寛容に……」

シャルル＝アンリ・サンソンが、一礼しながら立ち去っていく。

ついに竜馬とナポレオンは、元フランス王妃マリー・アントワネットのもとへと到達した。

扉は、開かれた――！

今では「未亡人カペー」、あるいは「囚人二百八十号《しゅうじん》」と呼ばれている悲劇的なハプスブルク家の姫。夫を処刑され、愛する子供たちから引き離され、散歩すら許されない厳しい監禁状態にあって、マリー・アントワネットの身体は急激に衰弱《すいじゃく》している。それでも、ナポレオンの目には、やはりマリー・アントワネットは美しかった。闇《やみ》の中に、光り輝いているかのように見えた。

「あら……あなた方は……どちら様でしたかしら？」

「あ。あ。あうあうあうあう。ぼぼぼぼ僕は、そそそその、おおおお王妃さまの、その、そのっ……ダメだリョーマ、助けてくれえ！　王妃さまが眩《まぶ》しすぎて、顔もあげられない！　息が、息ができない！　ぜえ、はあ、ぜえ、はあ」

ナポレオンは憧れの王妃を前にして、緊張のあまり過呼吸《かこきゅう》に陥っていた。

お救いに参りました、という一言が言いだせない。下僕《げぼく》のように、王妃の前に平伏《へいふく》して身悶《みもだ》えしている。

ありゃあ。惚《ほ》れた女の前では相変わらず情けないちゃ、と竜馬は苦笑しつつ、マリー・アントワネットの白い手を取りながらもう片方の手で敬礼していた。長崎で覚えたにわか仕込みのマナーぜよ、王家の女性に対するマナーはわしゃ知らんきに、と言い訳しながらの出鱈目作法である。

「王妃さま。わしはジャポンから来たローニンの坂本《さかもと》竜馬。こちらは、ジャコバン派軍人でありながら実は熱烈な王妃さまの崇拝者、ナポレオン・ボナパルトじゃき。わしの親友のこの男が、命を賭けて王妃さまをフランスから脱出させたいちゅうので、わしゃ協力したぜよ」

「ジャポンの……ローニン？　まさか亡命先は、ジャポンなのですか？」

「ちゃ、ちゃ。まさかまさか。スウェーデンの貴族フェルセンちゅうお方のもとぜよ。かつての王妃さまの愛人じゃったそうじゃの」

「ああ、フェルセンが――愛人と言いましても、プラトニックな関係でしたけれども。子供たちに王の血が流れていないという疑惑が降りかかってはいけませんから」

薩長軍に捕らわれた和宮《かずのみや》さまをお救いに参上したと考えれば、わしもちいとは緊張するかもしれんが、途方もない状況すぎてどうも現実味がないのう。じゃが、いやあ王妃さまはげにまっこと美しくてお優しいお方ぜよ、なんでこがいなお方を処刑せにゃならんのじゃ、と竜馬はしばし王妃に見惚《みと》れてしまった。

「内緒《ないしょ》じゃが、大勢の王党派の男たちが協力して計画を遂行しちょる。このナポレオンはのう、王妃さまの美しさに打たれて今は震えあがっちょるが、これでフランスを代表する天才軍人じゃ。緻密な計画を練り上げちょるぜよ。もう、以前のように脱出に失敗する危険はないきに。さささ、愛するフェルセンのもとへお連れするぜよ」

「ぼぼぼ僕に、まままま任せてくださいっ！」

「……フェルセンのもとへは行けません……わたくしは若い頃、フェルセンとのロマンスに溺《おぼ》れたこともありましたが、今はもう違うのです」

「「えっ⁉」」

マリー・アントワネットは、若い頃の自分がどれほど我が儘で世間《せけん》知らずだったかを竜馬とナポレオンに語った。

彼女はオーストリア帝国の姫として生まれたが、わずか十四歳の時にオーストリアの宿敵だったフランスの王室に嫁がされた。言うまでもなく、政略結婚である。フランスに人質同然のかたちで嫁にやられた彼女がどれほど不安だったかは言うまでもない。

しかも、夫のルイは柔和《にゅうわ》な優しい男だったが、七年もの間、マリー・アントワネットとの「初夜」を成功させられなかった。

若いマリー・アントワネットが夜ごと派手《はで》なパーティを開いて遊び続けるようになったのも、敵地フランスに幼くして嫁がされ、しかも肝心《かんじん》の夫との結婚生活が長らく破綻《はたん》していたからだった。活動的な彼女は、毎晩訪れる「退屈」を恐れていたのだ。

「決して結ばれることのないフェルセンとの禁断のロマンスに身を焦《こ》がしたこともありました。『初夜』の壁を克服して夫との間にようやく子供をもうけることができてからも、心はフェルセンに引かれていたかもしれません。ですが――」

「革命が起きて、王妃さまの心境も変わったと言うがか？」

「ええ。皮肉なことに、革命が勃発《ぼっぱつ》し、亡き夫ルイと子供たちとともに捕らえられて以来……やっと、わかったのです。夫が、どれほどわたくしを深く愛してくださっていたかを。どれほどわたくしが、優しく寛容な夫を裏切り傷つけてきたかを……夫は、望めばどのような美女も手に入れられるフランスの国王であるにもかかわらず、寵姫《ちょうき》や愛人を一人も持たず、ただ一途《いちず》に妻のわたくしだけを愛し続けてくださっていた、しかもわたくしとフェルセンとの醜聞《しゅうぶん》にも寛大《かんだい》な微笑をもって許し続けてくださっていたということに気づいたのです。すべては、あまりにも遅すぎました」

ナポレオンが「ここ国王には寵姫がつきものでした。ルイ十四世にはルイーズ・ド・ラ・ヴァリエールたちが、ルイ十五世にはポンパドゥール夫人やデュ・バリー夫人が。しかしルイ十六世は――生涯王妃さま一筋だったのですね」と呟く。

「ええ。家族とともに幽閉されてはじめて、自分がどれほど夫に愛されていたかを理解したわたくしもまた、夫への愛情に目覚めたのです。夫の死の一因は、パリ市民から『贅沢者《ぜいたくもの》のオーストリア女』と憎《にく》まれたわたくしにあります。そもそも王宮内で革命に抵抗したのは、第三身分の市民たちに寛容でアメリカの独立戦争をも支援した夫ではなく、『国家は国王の所有物である』という帝政オーストリアの常識から抜け出せないでいたわたくしでしたから……今はもう、夫の死を弔う未亡人として生きて、そして死んでいくつもりですのよ。残りの生涯、喪服《もふく》を脱ぐつもりはありませんの」

　おお、おお。なんちゅうええ話じゃ、また涙が、ぐすっ、ちーん！　と竜馬は袖で鼻をかんだ。歳のせいか（まだ三十を数えたばかりだが）どうにも涙もろくなっている。マリー・アントワネットが「ええ……」と一歩たじろぐ。ジャポンのローニンとは、これほど無作法な者なのだろうか。

「うわーっ？　リョーマ、なんというぶしつけな真似《まね》を！　すみませんすみません王妃さま！　ふぇふぇふぇふぇフェルセンのもとへ行かないというのでしたら……しばし王妃の座を捨てて、えと、その、僕のもとに来てくれませんかっ？　ともに手を取り合って、いったんフランスを去りましょう！　王妃さまのご実家、オーストリアへ参りましょう！　この若き天才軍人ナポレオンが、オーストリア軍を率いて必ずやあなたを再びフランス王妃の座に返り咲かせてご覧《らん》に入れます！　僕の頭の中には、めくるめくような新戦術の数々が煮えたぎっているんですよ！　革命フランス軍なんて、僕が率いる大砲部隊にかかればお茶の子です。あなたのためならば、僕は宿敵イギリスとだって手を組みますよ、はははは！」

「いやいやナポレオン、それは困るぜよ！　フランス革命をおまんが潰《つぶ》してどーする！」

「僕にとっては愛する王妃さまのお命と幸福が第一で、革命はその次だと言っているだろうリョーマ！　僕が王妃さまの新たな夫に選ばれれば、そりゃあもう、最高だけれどもねっ！　いや、別に僕はフランスの国王になりたいわけじゃないよ？　王妃さまには、すでにお世継ぎがいらっしゃるからね！　そう！　御年《おんとし》八歳のルイ・シャルルさまこと、ルイ十七世さまがね！」

「しかし反革命の闘士に転向するのはいかんちや。革命が優先ぜよ！」

「嫌だっ、絶対に拒否するっ！　たとえリョーマでも、これだけは譲《ゆず》れないねっ！　王妃さまと革命、どちらを優先するかを賭けて決闘するかいっ？　ただし、決闘する際には僕については大砲の使用を許可してもらう！　知っての通り僕はサーベルの扱いが苦手なんだ、君の反則じみた日本刀に勝てるわけがないからねっ！」

「どうどうどう、ナポレオン。大砲相手に決闘なんかできんぜよ！　そがいないんちきな決闘、聞いたことがないがじゃ！」

「戦いというものは、勝つためにやるものだからねっ！　さあ、決闘を申し込もうか？」

「……まずいぜよ。王妃さまへの愛の深さ故に血迷うちょる。落ち着け、落ち着くぜよ！」

いかんちや。わしがパリに来たせいで、かえってフランス革命とナポレオンの運命がどんどんおかしな方向に流れちょるぜよ。王妃への愛に目覚めたナポレオンが、熱烈な王党派に転向してしもうた。これではフランス革命はナポレオン自身の手によって消滅。頓挫。日本の維新もなかったことに……どうすればええがじゃ？

竜馬が頭を抱える。ナポレオンのやる気を出させたのはいいが、こがいに恋愛に燃えて暴走する男じゃったとは……高杉さんを越えちょる……というか、日本の武士にはあまりおらんタイプの男ぜよ。国や革命よりも、女性への一途な愛。そうか。これがフランスの男なんじゃやにやぁ～。

　ところが。

　ルイ・シャルルの名前を聞いたマリー・アントワネットは、態度を一変させた。

「……そうでしたわ。タンプル塔にはまだ、わたくしと夫との間に生まれた二人の子供が。息子のルイ・シャルル。そして、娘のマリー・テレーズ。それに、亡命を拒否して最後まで夫のもとに付き従ってくださった、夫の妹君エリザベートも……」

　しもうた、と竜馬は地団駄《じだんだ》を踏んだ。

「わたくし一人が亡命するなど、許されることではありませんでした。ごめんなさい、あなた……お二人の、そして王党派の皆さまのご厚意と勇気には心から感謝いたします。けれども、タンプル塔に囚われている家族を捨ててわたくしだけが逃げることは、絶対にできません。あの子たちの『母』として、そしてエリザベートの『姉』として」

　しもうた、しもうた。謎のコルシカ人・ナポレオン（竜馬ほどではないがもともとナポレオンはイタリア人なので話すフランス語が訛っている）と、謎どころではないジャポンの怪しいローニンのわし（どえらく訛っている）の怪しい初顔二人組では、王妃さまを説得する最後の決め手が欠けちょったぜよ！　とはいえ、国王を処刑したシャルル＝アンリ・サンソンが顔を出せば、王妃さまはもっと警戒《けいかい》されちょったじゃろうし……しもうた！

　竜馬は、ナポレオンの緻密な計画にひとつだけ穴があったことに気づいた。要は、初対面の田舎者と謎のローニンのコンビでは、「必ずやタンプル塔のご家族も救出いたしますので、とりあえず今は脱出を」と勧《すす》めても、王妃は「わかりました」とは即答できないのだ。

「やらかしたぜよ！　王妃さまと顔見知りの男を、連れてくるべきじゃった！」

「あの間抜けなルージュヴィルをかい？　彼は万事に疎漏な男だ。今夜の計画に参加させるなんて無謀《むぼう》だったよ。王妃さまの周辺の男たちには、僕以上に頭のいい奴はいなかったんだよ。だからこそ王妃さまはこんなご不幸に遭われているんじゃないか。王妃さまを救う適任者は天才の僕しかいない！　あと、雄弁な交渉人兼腕の立つ用心棒《ようじんぼう》として君だね、リョーマ。女性のブーリエンヌは危険な監獄へは連れてこられなかった。残りの連中はみな、不適格者だったんだ！」

まあ、わしが同伴せにゃ、ナポレオンは王妃さまの前でろくに喋れんかったじゃろうし、わしが来たのは正解じゃき。しかしのう、と竜馬は呆れた。ナポレオンは女性に対して臆病《おくびょう》で小心だが、いったん恋に燃えると異常なまでの自負心と自信が溢れてくるらしい。疾風怒濤の恋とはこのことか。

「ぼぼぼ僕の辞書には不可能という文字はないんです、おおお王妃さま。こここの、ああああなたの愛の奴隷《どれい》となったナポレオンを哀れと思し召すならば、どどどうか僕を信じてください。ぼぼぼ僕は、あああああなたへの愛なくしては一日たりとも生きられません。あああなたのいない世界なんて、さささ砂漠も同然です！　どどうか僕を信じて頼ってくださいませ、王妃さま。たたたタンプル塔のご家族も、かかかか必ず救いだします――！」

緊張のあまり噛みまくった。その上、王妃と視線を合わせられないナポレオンは、床に向かって叫んでいた。ああ、いかんちや、と竜馬は指で自分の目を塞《ふさ》いだ。

「……ほんとうに、あなた方には感謝していますのよ。言葉では言い尽くせないほどに。ですが……もしもわたくしたちに慈悲心を抱いてくださっているならば、我が儘で申し訳ありませんが、ルイ・シャルルたち三人の救出を優先してくださいい。わたくしなどは、最後でいいのです。ルイ・シャルルは、王党派にとっては『フランス国王ルイ十七世』なのです。このままではあの子はきっと、タンプル塔でサンキュロットの看守にいびり殺されてしまいますわ……どうか、お願いします」

仕事が増えたぜよ、と竜馬は思わず監獄の天井を見上げていた。

タンプル塔に幽閉されている王太子ルイ・シャルル（ルイ十七世）。八歳の少年。

同じく、王女マリー・テレーズ。十五歳。

亡き国王の妹エリザベート。二十九歳で、独身。

先にこの三人をタンプル塔から救出し、かつ、コンシェルジュリー監獄に再度潜入して王妃を救出……そりゃあ、無理じゃき！

「三人をお救いします！　必ずやこの僕、ナポレオーネ・ブオナパルテ改め王妃さまの騎士ナポレオン・ボナパルトが！　ですがその間に、あなたは処刑されてしまいます！　あのゲス野郎のエベールが、どんな手を使ってでも王妃さまを処刑させようと画策《かくさく》しています。王妃さまにはもう時間がありません。それに、僕たちがもう一度このコンシェルジュリー監獄に侵入するのは困難です！」

「いいえ。どうか、ルイ・シャルルたちを優先してくださいい。お願いしますわ、わたくしの騎士殿たち」

……

……

……

「え、ええええっ？　王妃さまに拒否されたの？　ボナパルトには説得は無理だと思っていたけれど……リョーマ。あなたがついていたのに、どうして……」

「……息子さんと娘さん、そして義理の妹さんを先に救ってほしい、と言われてはのう。すまんのう、まどもあぜる」

「あ、そうだったわ！　王妃さまは家族と引き離されているんだったわ。う－ん。私としたことが、彼女の母親としての気持ちを見落としていただなんて。焦《あせ》りすぎたわね……ううん、単にボナパルトのせいで寝不足になって判断力が低下していたのかも……」

「ブーリエンヌ。タンプル塔から三人を救出する方法なら、一晩で考えつくさ。僕の頭脳をもってすればね！　しかし、いくら僕が天才でも、もう一度コンシェルジュリー監獄へ侵入するのは不可能だ……今夜失神させた二人の看守は、リョーマの『気付け』を喰《く》らって目覚めると同時に逃げだしした。僕たちが王妃さまを脱走させようとした証拠は残っていない。でも……」

「いかにも怪しい脱走じゃき。これで、明日から王妃さまの警備はより厳重になるがじゃ。それどころか、王妃さまを処刑するためのやらせ裁判も早まりそうじゃにゃあ」

深夜。シテ島から馬車で引き返していく竜馬たち一行。

マリー・アントワネットの身柄《みがら》を確保することはできず、しかもさらにミッションの難易度は跳《は》ね上がっていた。

そんな一行の馬車の隣に、ぴたりと併走してきた謎の馬車が一台。

「ちょ？　ちょっと？　バレてないんじゃなかったのっ？」

「……追っ手か、それとも？　ナポレオン、まどもあぜる。ここはわしがなんとかするぜよ。わしの銃には、まだ銃弾が三発残っちょる」

「いや、ちょっと待ってくれ。隣の馬車の窓。見覚えがある顔が……」

ロベスピエールの片腕として働いている美貌の革命家サン＝ジュストと、そしてオーギュスタン・ロベスピエールだった。ナポレオンを熱烈なジャコバン派軍人だと信じている、ロベスピエールの弟である。

サン＝ジュストは、「ほう。これは奇遇《きぐう》ですね」と微笑みながら竜馬の顔を見つめている。

まるで腹の内が読めない。いかんのう、どうも尻《しり》がむずがゆくなる、と竜馬は戸惑《とまど》った。

だが、オーギュスタンはナポレオンを見つけると、大喜びで馬車の窓から首を伸ばしてきた。

「やあ。こんなところで偶然だねボナパルト。明日知らせるつもりだったんだけれど、これも運命だな。今ここで伝えておくよ。君にぴったりな仕事を見つけてきた！　南フランスの軍港都市トゥーロンへ、砲兵隊長として向かってほしい！　トゥーロンは今、革命政府に反旗《はんき》を翻《ひるがえ》した王党派の連中が占領していて、こともあろうに宿敵のイギリス艦隊を港へ迎え入れてしまっているんだ。つまり、フランスは地中海の制海権をイギリスに奪われている！　大至急トゥーロンを奪回し、イギリス艦隊を追い払わなければ、フランスは滅びるぞ⁉　少なくとも南フランスはことごとくイギリスに奪われる！」

嫌です、僕は今それどころじゃないんです、と断ろうとしたナポレオンの口を、竜馬が慌てて塞いだ。ここで軍の仕事を断ったら疑われるではないか。お人好しのオーギュスタンはともかく、あの「人斬り」サン＝ジュストに目をつけられたらなにもかも終わりぜよ。

「行くぜよ、行くぜよ！　ナポレオンに任せとくがじゃ！」

「こらリョーマ！　今の僕にはふたつも仕事が……今パリを離れるわけには……」

「イギリスは国王を処刑したフランスを本気で潰しにかかっちょる！　おまんがここで軍人としてきばらにゃ、フランス革命は潰えて、わしの祖国ジャポンも困ることになる！　パリのほうは、わしとまどもあぜるに任せちょけ！　パリとトゥーローンとで同時進行ぜよ。なんとかなる！」

「……ボナパルト。トゥーロン陥落《かんらく》はまずいわ、王妃さまにとっても。窮地に追い込まれたパリのサンキュロットは、国王に続いて王妃の処刑を熱烈に求めることになる。いよいよ王妃処刑へのカウントダウンがはじまったのよ」

あなたがトゥーロンを一日でも早く解放すれば、王妃さまの処刑日を遅らせることができる。もしもあなたがトゥーロンで勝利を収めて英雄になれば、王家の人間の処遇《しょぐう》に対して口を挟《はさ》める政治力を得られるはず、と馬車を止めて車内に乗り込んできたブーリエンヌがナポレオンに小声で囁《ささや》く。オーギュスタンに聞かれないように。

「……うん、そうだね。リョーマと君ならば、必ずやり遂《と》げてくれるだろう。計画は、僕が徹夜で書き上げる。恋と革命との同時進行か……僕が戦場で出世すれば、革命政府に対しても発言力を持ち得るわけか……いいねえ！　わかったよ！　トゥーロンへ行くよ、オーギュスタン！　ただし！　戦場では、僕の作戦を採用すること！　僕以上の天才軍人は、職業軍人が大量亡命してしまった今の革命フランス軍にはいないからねっ！　一日も早く勝ちたいのなら、僕をただの砲兵隊長ではなく作戦参謀《さんぼう》として働かせること！　いいねっ⁉」

「どこまで権限を与えられるかは保証できないが、それじゃ君は明日から少佐に昇進だ。革命政府の運命はトゥーロンにかかっている、頼むぜ」

素直なオーギュスタンは（恋と革命ってなんのことだろう）と首を捻《ひね》りながらも、まさかナポレオンが自分を熱烈なジャコバン派だと言い張っている理由が「仕事欲しさ」だとは気づかない。ましてや、コルシカ島から亡命してきたばかりのナポレオンがこともあろうに王妃に恋していて、しかも王妃救出作戦からの帰り道だとは。王党派の人間にだって、そんな無遠慮な男はいない。

「……ふふ……なるほど、『そういうこと』でしたか……ですが、これでボナパルトと離れ離れですね、ローニン殿」

別れ際、馬車に乗っていたサン＝ジュストは不気味に微笑んでいた。東洋人の竜馬を警戒しているのか。あるいは、竜馬をオランダのスパイではないかと疑っているのか。

（いかんのう。女みたいな美貌じゃが、ありゃあ相当、人を斬っちょる男ぜよ。中村半次郎に狙《ねら》われちょる気分じゃ）

オーギュスタンたちと別れ、下宿に戻るや否《いな》や、ナポレオンは後ろ髪を引かれる思いで出立《しゅったつ》準備に取りかかった。ああ、愛《いと》しのアントワネット、すぐにパリに戻って参りますと嘆《なげ》きながら。

「パリは任せたぞ、リョーマ。僕の『代理人』として、王妃さまとそのご家族の救出を頼む。謝礼は出世払い。未来のフランス海軍の指揮権だ——僕は絶対にトゥーロンをイギリス艦隊から奪回して、フランス軍人としての第一歩を示してみせる。ブーリエンヌは、彼の補佐を頼む。

リョーマはパリの地理に疎《うと》いし、顔見知りも少ないし、そのうえ一文無《いちもんな》しだ。今は君の経験と知識と人脈だけが頼りだ」

「おう。代理人か！　わしらに任せちょれ、あっはっは！」

「任されたけれど、まさかこの人の面倒を私一人で見なきゃいけないの？　いいこと？　服の袖で鼻をかむのは禁止よ、リョーマ？　あと、淑女《しゅくじょ》の部屋で平然と寝ないで頂戴《ちょうだい》！」

「わかっちょる、わかっちょる。わしゃあ、廊下で寝るきに」

「そ、そこまでは言っていないでしょう。んもう……」

「頼むぞ、リョーマ。僕にとって恋愛と革命はふたつでひとつだ。僕がトゥーロンで革命軍の英雄となれるかどうかは、君のパリでの働きにかかっている。信じているよ。ただ、くれぐれも無茶はするな。王妃を救出したら、トゥーロン攻囲戦《こういせん》の最前線で再会だ！」

「外国人のわしをそこまで信じてくれるとは、ナポレオンよ。わしゃあ、男冥利《みょうり》に尽きるぜよ！」

「なに、僕だってコルシカ人さ！」

　ここに――ナポレオンは軍人としてトゥーロン攻囲戦にあたり、パリでの王妃及びその家族の救出作戦は竜馬とブーリエンヌが担《にな》うという「二作戦同時進行」体制が期せずして生まれたのだった。

（わしらが王妃さまの救出に失敗したら、ナポレオンは気落ちしてトゥーロンで戦に負けるぜよ。下手したらあの自作の小説みたいに、絶望して戦場で戦死する道を選ぶがじゃ。いかんちゃ。なにがなんでも王妃さまとご子息たちを全員救出せにゃあならん。一日も早く。エベールがパリのサンキュロットたちを煽《あお》って公安委員会に圧力をかけ、ロベスピエールが王妃さまの処刑を決断するよりも先に)

今まで交渉ごとはできる限りナポレオンとブーリエンヌに任せちょったが、もはやそれでは王妃は救えんきに。わしがナポレオンの代わりに働くためには、わし自身がフランス人になりきらにゃならん。やるぜよ、と竜馬は意気込む。

今生きている歴史を維新に繋げるためにも、ナポレオンを戦死させないためにも、そして王妃のためにも。やるしかない。

(政権を朝廷に返上した将軍さまのお命を護りきる前に、わしゃあ近江屋で倒れた。このフランスで、やり遂げるぜよ。こんどこそ)

第四話

タンプル塔に隠された秘密

ナポレオンの「代理人」となったパリのローニン、坂本竜馬《さかもとりょうま》。

ナポレオンがトゥーロンへ発《た》ってから、竜馬は下宿先のブーリエンヌのもとで早々とフランス革命の知識を蓄《たくわ》えた。もともと竜馬は話の呑《の》み込みが早い。幕末日本では知り得なかった情報のピースを次々と頭の中で組み立てて、革命の経緯《いきさつ》と現状を数日で把握《はあく》してしまった。

もともと竜馬は、攘夷志士《じょういし》として斬《き》りに行った幕府の高官・勝海舟《かつかいしゅう》に「お前さん、世界情勢をご覧《らん》よ」と新知識を与えられたその日に、攘夷論をあっさり捨てて勝の弟子《でし》になり、日本国海軍設立のために奔走《ほんそう》したような柔軟な男だ。

一週間、下宿先の部屋に籠《こ》もりきりになった竜馬は、この数年の間にパリでなにがあったかをほとんどそらんじていた。

ブーリエンヌは「案外頭がいいのね、リョーマは」と目を見張った。

「ボナパルトはコルシカ島出身で、フランスの学校では馬鹿《ばか》にされていたでしょ。啓蒙《けいもう》思想家のルソーがコルシカ島の独立運動に協力していたこともあったし。だから彼は革命が掲《かか》げていた自由と平等の理想には賛成していたんだけれど、パリのサンキュロットが暴徒と化して宮廷を襲撃《しゅうげき》する様《さま》を見て、『これが革命なのか？　無秩序すぎるよ、こんなの僕には耐えられない』と幻滅《げんめつ》して怯《おび》えてしまってね」

幕末日本でも「打ち壊し」だの「天誅《てんちゅう》」だの「ええじゃないか」だのといろいろ世情が荒れてはおったが、同じ革命維新《いしん》でも本家は過激じゃな、と竜馬はパリ市民の熱気に感心しながらも嘆息《たんそく》した。

「八月の王政停止騒ぎの後、ボナパルトはしばらく『僕は天体学者になるんだ』と望遠鏡ばかり覗《のぞ》いていたのよ。王政を倒していよいよ暴走したパリのサンキュロットは『九月虐殺《ぎゃくさつ》事件』を起こして、大勢の囚人《しゅうじん》たちを勝手に殺したの。やっとフランスに共和国が誕生したと思ったら、その途端《とたん》、法も政府も機能しなくなって、いきなりの集団虐殺よ？　怯えたボナパルトは『ちょっと母さんに会いに行ってくる』と言い捨てて、コルシカ島に逃げ帰っちゃったわ」

「その後、サンキュロットの『国王を殺せ』という声に革命政府が背中を押され、国王を処刑。ヨーロッパ中の隣国と国内の王党派すべてを敵に回した反革命戦争が激化して現在に至《いた》るがか。繊細《せんさい》なナポレオンが国王処刑の場に居合わせておらんで、よかったの」

「あの人、軍に就職してからというもの、人生の半分をコルシカ島での休暇《きゅうか》に使っているのよ。革命時でなければあんな軍人とっくにクビだわ。ね、ダメな人でしょう？」

　まっこと面白《おもしろ》い男じゃの、と竜馬は机の上に積み上げられたルソーやモンテスキューの著書を速読しながら相づちを打った。ナポレオンは趣味で読んでいるゲーテの恋愛小説だけでなく、これらの啓蒙思想書も熱心に熟読しているという。さらにブーリエンヌを教師として、みっちりと法律の勉強もしているそうだ。まさしく文武両道の男だ。なにしろナポレオンはほとんど眠らない特異体質なので、膨大《ぼうだい》な量の書物を読める。ただの大砲マニアの軍人ではない。秩序に偏執《へんしつ》的にこだわるナポレオンは、革命政府は旧体制を壊すばかりで肝心《かんじん》の「法整備」がなっちゃいない、と憤《いきどお》っているという。

ナポレオンがジャコバン派のロベスピエールを柄《がら》にもなくよいしょしていたのも、生活苦のためだけではなく、「政府が法をもって秩序を維持《いじ》しなければ国家とはいえない、暴動と虐殺が拡大するばかりだ。誰かが革命フランスに秩序をもたらさねば」という思いがあったからかもしれない。

「ボナパルトは軍人としては優秀なんだけれど、あの通り、結構なへたれでしょう？　今のパリみたいな無秩序な状態に耐えられないらしいの。自分の目に映る世界がきちんと秩序立っていないと安心できないみたい。幼《おさな》い頃から、ああだったわ。結婚して家庭を持てば落ち着くんでしょうけど、なにしろ変人だから」

「多才じゃが、やはり軍人向きの性格じゃな。ところでまどもあぜるは、なぜ弁護士を目指しちゅうがか？　こないな危険なパリにどうして来よったんじゃ？　女が苦手なナポレオンと、どうして仲がいいがじゃ？」

「言ったでしょ？　私は、幼いボナパルトがフランスに留学していた幼年学校での同級生なの。だから男女というより、兄と妹みたいなものよ。当時のボナパルトは今よりもっと訛《なま》ってたし、フランスを敵国だと信じていたから、女だてらに弁護士になろうとしていた変人の私くらいしか友達ができなかったの」

「おお。コルシカ島はフランスに売り飛ばされたんじゃったな」

「学校でのボナパルトは、コルシカ訛りを馬鹿にされて『わらっ鼻』なんて渾名《あだな》を付けられていたの。普段は無口で、本ばかり読んでいる男の子だったけれど、コルシカ島を馬鹿にされると上級生が相手であろうが切れて殴りかかる激しい面もあってね。友達ができなくて孤立していたわ。今ほどフランス語が上手じゃなかったから、口論を面倒《めんどう》がっていきなりケンカをはじめる危ない子だったの。私も変人扱いだったから、気がつけばなんとなくコンビになっていて、お互いを護《まも》ってきたって感じよ」

「それで『兄妹』か。竹馬《ちくば》の友はええもんじゃな、まどもあぜる。しかし、今のナポレオンはずいぶん大人しくなったんじゃにゃあ。わしも初対面の時は刺客《しかく》と間違えられていきなり斬りかかられたが、友達になってからはえらく親切にしてくれるきに」

「ふふ。今の彼はわざわざ相手に殴りかからなくても、男相手ならそこそこ口が達者《たつしゃ》になったしね。それに、やっぱりあれほど愛したコルシカ島を追い出されたことで凹《へこ》んでいるのよ。いつも胃が痛いって呻《うめ》いているし。お父さんも胃がんで早世されたし、胃弱はボナパルト家の体質みたい。ほんとうに軍人としてやっていけるのかしら？」

「なるほどにゃあ。しかし、まどもあぜるの夢は幼い頃から女弁護士じゃったんか。確かにおまんも、ちくと変わっちょる」

「よくある話だけれど、私がまだ幼かった頃、父親が愛人を作ってね。母と私は捨てられてしまったのよ。だから、強くならなくちゃ、って決めたの。最初は軍人を志《こころざ》したのだけれど、体力では男の子たちに敵《かな》わなくて。それで『頭脳』で勝負ができる法曹界《ほうそう》を志したわけ」

「おおお。フランスのおなごは、強いのう〜。ジャポンでは、乙女《おとめ》姉さんはおなごじゃちゅう理由だけで維新の志士になれなんだ。フランスはジャポンのはるか先を走っちょる。さすがは革命の国ぜよ」

残念ながらそうでもないわ、今は、とブーリエンヌ。

「革命初期のパリでは、女も男と同様に革命家として活躍していたのよ。だから私もね、パリに来れば弁護士への道が開けると思ったんだけど……最近では、女性革命家は革命政府に弾圧される一方なの。それでボナパルトと二人でこの下宿に籠もって腐っていたわけ」

「革命がこがいな段階にまで進んだ以上、もう女革命家は用済み、ちゅうところじゃな」

「そう。そうなのよ！　だから、男装していないと危なくて。今は、サムライのリョーマがいてくれるから安全だけれど」

「よくある話ぜよ。ジャポンでも、維新が成ったあと、民兵を集めた奇兵隊《きへいたい》や浪人を集めた海援隊《かいえんたい》はどうなることやら」

「ジャポンの事情はよくわからないけれど、そういうこと。公安委員会のリーダー・ロベスピエールは、女性を敬遠する性格だしね。ボナパルトも『ご婦人には家庭を守ってもらいたいよね、女性が革命の闘士だなんて冗談じゃないよ。戦場は地獄なんだよ。女戦士を戦場に連れて行ったら、僕は心配で胃に穴が空《あ》くよ』と、いざ男女同権の話をしようとすると案外古臭いというか。母親がコルシカ独立の闘士でおっかない人だったから、自分の奥さんにはその真逆の家庭的な女性を求めているみたい」

「わしも、嫁のおりょうとともに戦場に出るのはイヤじゃのう。ジャポンでのわしは、いつ幕府に殺されるかわからん革命の志士じゃったきに。おりょうは、安全なところに隠しちょった。おりょうは『ずっと竜馬と一緒がいい』と怒っちょったが、男ちゅうのはおなごを命の危機に晒《さら》しておく度胸《どきょう》がないがじゃ。自分が死ぬことよりも、惚《ほ》れたおなごを殺されることのほうがずっと怖いんじゃ。男は弱い生き物なんぜよ」

「……おりょうさんは、ご無事なの？」

「わからん。わしがジャポンにおった時には確かに、生きちょったが。わしゃジャポンでは役人に追われちょっての。ある夜、寺田屋《てらだや》ちゅう宿屋の二階で仲間と休んじょったところに、百人程の捕り手が押し寄せてきよった。わしゃあ馬鹿じゃき気づかなんだ。一階の風呂に入っちょったおりょうが真っ先に気づいて、裸《はだか》のまんまで階段を駆け上がり、わしに『捕り手が来た』と教えてくれたがじゃ。それで、わしは捕り手たちへ向けて『ぴすとる』を撃って寺田屋を逃げだし、九死に一生を得たがじゃ」

「は、裸で？　逃げださずに、リョーマを救おうと？　勇敢《ゆうかん》な人だったのね」

「そうじゃ。それでわしゃあおりょうに心底《しんそこ》惚れて、嫁に来てもろうたがぜよ。しかしのう。二度とあんな危険な目に、おりょうを遭《あ》わせとうなかったがじゃ。男の一方的な我儘《わがまま》じゃが、わかってくれんかの、まどもあぜる？」

「……うん。わかるわ、リョーマ。でも……捕り手は、おりょうさんを斬らなかったの？」

「ジャポンのサムライは、公務で女を斬ったりはせん。王妃を処刑したりもせんきに」

竜馬は、七十年先のことを思いだしている。おりょうはまだ生まれていない。浦島太郎《うらしまたろう》と逆になってしもうたの、と竜馬は少し涙ぐんだ。

「ヨーロッパから極東のジャポンまで、全世界に自由と平等の革命精神を輸出しよう。革命の初期を戦ってきた革命家たちにはそんな純粋な情熱も理想もあったのよ、リョーマ。でも、鎖《さ》国《こく》中のジャポンからよくフランスまで密航してこられたわね？」

今のブーリエンヌは、竜馬という奇妙なジャポンのローニンに興味を抱いている。

わざわざジャポンに革命を輸入するために、遠く離れたパリまで来るだなんて、どういう人なのかしらと思う。いつもはナポレオンと負けず劣らずだらしなくて、態度はひょうげているが、時々、哀《かな》しげに青空を見上げていることもある。故郷ジャポンに残してきた人々を想っているのだろう、とブーリエンヌは思う。

幼なじみのナポレオンには「放っておけない親友で、ダメな兄」という家族的な感情を持っているが、ブーリエンヌはもしかしたら、竜馬という男に惹《ひ》かれているのかもしれない。

とはいえ、ジャポンには竜馬の妻がいるという。そして竜馬はいつも、その妻に想いをはせている――。

「む、無我夢中で密航してきたがじゃ。も、もう、旅の道中のことは覚えちょらんきに。今ジャポンに帰ったらわしゃ処刑されるきに、パリでナポレオンの代理人の仕事をやらせてほしいぜよ。そして、いずれ革命フランスの海軍を率《ひき》いる傭兵《ようへい》隊長に」

「フランス人になりきってパリで生きていく覚悟はできている、ということね？」

「まあ、そうなるのう。ジャポンに戻る方法は見当たらん。そうじゃな。七十年ほど生きれば、その頃にはジャポンでも革命がなっちょるはずじゃ」

「その頃には、あなたはもう百歳を超えているでしょ。ふふっ」

「……百歳では、ジャポンには戻れんにゃあ〜。戻っても、昔話をするのが関の山ぜよ。まっこと浦島太郎じゃなあ。わしゃあ、このフランスで生きていくしかないがか」

「はい。実はそんなあなたのために、フランス紳士らしい衣服を仕立ててきてあげたわ。支払いはボナパルトのツケに回しておいたから、遠慮しないで？」

「おおっ？　助かるぜよ、まどもあぜる！　サムライ姿は、パリでは目立って仕方なかったきに。ブーツだけじゃにゃあ〜」

「外出する時はちゃんと帽子も被《かぶ》るのよ。あなたはフランスでも軍人にしかいない体格の大男だから、似合うわよ。今夜からサロンに出入りして、パリの社交界に顔と名前を売り込んで。王党派から預かった資金は底を尽きかけている。さらなる人脈作りと資金調達が必要なの」

「おう。わしゃジャポンでは一応サムライじゃったが、本家は商人じゃ。だから人斬りより、銭儲《ぜにもう》けが得意ぜよ」

「商売に乗り出すのもいいんじゃない？　船を操《あやつ》れるならば、貿易商の道もあるわよ」

「そりゃあ、ええのう。が、ナポレオンは海軍が苦手でイギリスには敵わんちゅうとった。わしゃああいつが革命フランスの混乱を収めるまでは、『海援隊』を率いてあいつを海から助けてやりたいがじゃ。世界の海を股《また》に掛けた商売人になるのは、その後かのう」

「呆《あき》れた。リョーマは商人なの軍人なの、どっちなの？　やっぱり男って戦争が好きねえ」

ブーリエンヌは「フランス人として生きるなら、フランスに奥さんが必要よね。そ、そうね。私もちょうど独《ひと》り身だし……」と思わず言いかけた。だが、なにを考えているのかしら、今こんなことを言いだすなんてはしたないわ、と気づいて堪《こら》えた。今、竜馬は王妃救出のために命を賭《か》けて戦っているのだ。

（どうしたのかしら。私って、結構お堅い性格なのに、いつの間に？　この人はきっと、ジャポンでも女性にモテて仕方がなかったんだわ。奥さん以外にも、恋人が大勢いたに違いないのよ。ただただ哀《あわ》れみを感じさせるボナパルトとはまた違った意味で、心配で放ってはおけない人だから。ずるいのよ――ジャポンを想いながら空を見つめている時の、この人のまなざし――）

リョーマに告白するにしても、王妃救出が成った時だわ、とブーリエンヌは思った。

ともあれ、竜馬が革命の経緯と現状を知識として吸収し終えた今、王妃救出計画を先へ進める時が来た。

　竜馬に洋服を与えたのも、いったん頓挫《とんざ》していた計画を再び「実行」へ移すためである。

「リョーマ。ジャコバン派政府は三人の派閥《はばつ》に分かれていると教えたわよね」

「おう。中道のロベスピエール。サンキュロットの支持を得ている過激左派のエベール。そして、王党派との和解を試《こころ》みちょる右派のダントンじゃな」

　エベールは、根っからの「壊し屋」で、王家や王党派を皆殺しにすることしか頭にない。

　ロベスピエールは、本来は人道主義者だが、パリのサンキュロットの暴走を食い止めるために自《みずか》らを犠牲《ぎせい》にして「恐怖政治」を敷く独裁者の道を選んでいる。革命の歴史を学んだ竜馬は、死刑反対論者だったロベスピエールがなぜ「恐怖政治」の道を開いたのか、ようやく理解した。革命政府がパリの治安とフランスの政権を維持するためには、サンキュロットに代わって政府自身が反革命分子の粛清《しゆくせい》をやらねばならなかった。捨て置けば、サンキュロットたちが勝手に囚人を裁いて殺した忌《い》まわしい「九月虐殺事件」がまた発生するからだ。あのような虐殺や暴動が繰り返されるようではもう、フランスは法治国家とは呼べなくなる。これ以上のパリの混沌《こんとん》化、革命の暴走を防ぐための恐怖政治なのだ。

　となると、王妃とその家族を救うためには、穏健《おんけん》派のダントンと面会し、協力を取り付けねばならない。今、ダントンは王党派との繋《つな》がりや汚職問題をエベールたちに突かれて失脚中なので、予定は空いているはずだ。

「常《つね》にエベール派に監視されているタンプル塔に入り込んで、王妃のご家族——ルイ・シャルルたちを救出するためには、ダントンの協力が必要だわ。もう、この前のコンシェルジュリー監獄潜入と同じ手は使えないもの」

処刑人サンソンも、コンシェルジュリー監獄の件でロベスピエールやエベールに睨《にら》まれちょるじゃろ。これ以上迷惑はかけられん。今、新たに王妃を監視しちょる看守《かんしゅ》はエベールの息がかかっちょる過激左派の連中じゃし、なにより銭が足りんにゃあ、と竜馬は頷《うなず》いた。

「革命の大立者《おおだてもの》ダントンとジャポンから来たあなたが面会するなんて本来は不可能だけれど、ボナパルトが手を回して、オーギュスタンからの紹介状を取り付けてくれたわ。リョーマ。あなたは『ジャポンから革命を学びに来た徳川《とくがわ》幕府の外交大使』ということになっているから、そのつもりでね？　社交界に顔を売るのも、ダントンと面会するための下準備よ。適当に、幕府の書状を捏造《ねつぞう》しておいて。ジャポンの外交文書を見たことがある人間は革命政府にはいないから、バレやしないって、ボナパルトが」

「幕府の外交大使？　わしゃあ、ただのローニンじゃき！　ナポレオンは気が弱いのか図太いのかようわからんのう〜。バレたらギロチンぜよ〜」

「愛する王妃を救うためなら、どんな手でも使えるしどれほどの勇気も振り絞《しぼ》れるのよ、彼は。恋愛しただけであんなに人が変わるなんてね。でも、あなたの命を保証する方法まではたぶん考えていないから、気をつけて。ボナパルトには悪気はないけれど、彼は自分が考えた計画にとことんのめり込む性格だから。恋愛小説を書いている時と、こういう作戦を立案している時は、だいたいそうなっちゃうの」

「まあまあ。わしゃあ構わんぜよ。それでこそナポレオンぜよ。英雄誕生まではあと一歩じゃのう。それではさっそく、ダントンの家へ行くがじゃ！」

「い、今すぐには無理よ！　私に任せておいて。まだパリに生き残っている女性革命家のツテを頼って、数日中にダントン邸を訪問させてみせる。あなたもボナパルトと似たところがあるわね。いったんやる気になったら、夢中になりすぎだわ。もっと命を大切にね？　リョーマ」

「……そうじゃな。二度も同じヘマはこけんちや。礼を言うぜよ、まどもあぜる」

あなたこそ。どうして異国の革命のためにこれほど奔走できるの？　しかも、革命政府の裏をかいて王妃と国王の一族を救出しようだなんて、とブーリエンヌは思った。坂本竜馬とナポレオン・ボナパルトには、相通じるものがあるらしい。革命の理論とは違う行動原理。理屈抜き、損得《そんとく》抜きの「情熱」としか言いようがないものが。ナポレオンには「恋愛」に対する狂おしい情熱が。そして竜馬には――男女や国籍の枠組《わくぐ》みを超えた「人類愛」とでも言うべき奇妙な報《むく》われない情熱が。

ロベスピエールは知性の怪物のような切れ者だけれど、その「情熱」を見失っている、あるいは最初から人間の「情熱」を知らない。だから、公安委員会はギロチンを、「恐怖政治」を止められないんだわ。リョーマならあるいは、とブーリエンヌは祈った。

女性弁護士への道が閉ざされることになる王政復古を彼女は望んでいないが、すでに王政が消滅した今、マリー・アントワネットや幼いルイ・シャルルをギロチンへ送りたくはなかった。思想や立場とは関係ない。利害でもない。ブーリエンヌを突き動かしているものもまた、「情熱」なのだろう。亡き国王ルイ十六世は、自分の死をもって家族の命を救うべく、堂々と革命広場へ向かっていったはずなのだ。


その日から、「二本差し」はそのままにフランス風紳士の姿になりきった竜馬は、ブーリエンヌにエスコートされて本格的な「社交界デビュー」へと乗り出した。

恐怖政治が敷かれているとはいえ、名士たちが集《つど》うサロンが途絶《とだ》えたわけではない。そしてサロンに集う面々はみな、ロベスピエールの潔癖《けっぺき》すぎる政治に辟易《へきえき》している。せめて社交の場で憂《う》さを晴らしたい。物珍《ものめずら》しいジャポンのサムライは、サロンで大歓迎を受けた。

「パリの皆さん、わしがジャポンのサムライ、坂本竜馬じゃき！　よろしゅう！」

「に、似合うわよ、リョーマ。あなた、大柄だから。だけど、その上着の袖《そで》で鼻をかんじゃダメよ？　ここはパリの名士が集う社交場なんだから」

「わかっちょる、わかっちょる。まどもあぜるは深情けじゃにゃあ～」

「あなたがいい歳《とし》して情けないからでしょっ！　んもう、もうちょっとピシッとしなさい、ピシッと！」

「……とほほ。ナポレオンが『母さんみたいだ』とぼやく気持ち、わかってきたぜよ～。だが、わしゃあ、根っからの姉っ子じゃき。気丈《きじょう》なおなごは大好物ぜよ」

「なにが『大好物』かあーっ！　あああああなたは妻帯してるんでしょうっ？」

「あ、いや、まどもあぜる。そがいなつもりはないぜよ。わしはただ」

竜馬がいつもの調子でブーリエンヌと掛け合い漫才《まんざい》みたいな会話を交わすようにじゃれ合っていると、さっそくサロンの面々に誤解された。

「おやおや。その男装のご婦人は、リョーマ殿の奥様ですかな？」

「早くもパリジェンヌと結婚とは、リョーマ殿もかなりのやり手ですなあ。はっはっは」

「ちっ、違いますっ！　わわわ私はリョーマの保護者ですっ！　んもう、このままじゃ私、お嫁に行けなくなっちゃう！」

「その時はわしが面倒みちゃるぜよ、あっはっは！　ナポレオンと組んで、おなごでも弁護士になれる道筋を作るきに！　だいじょうぶ、だいじょうぶ！」

「え？　め、面倒をみるって……そそそれって、わわわ私を妻にするってこと？」

「おおおお。この場でプロポーズですか、リョーマ殿！　これは大胆な！」

「いや、めでたい！　リョーマ殿とその未来の奥様に、乾杯《かんぱい》！」

「違いますっ、違いますっ！　既成事実にするなあーっ！」

「……いかんちや。フランスには、男女が親しくしちょると周囲から勝手に夫婦認定される文化があるみたいじゃのう〜。さすがは恋愛と革命の国じゃ、あははははは！」

「なにを笑っているのよ。あなたのせいでしょ、あなたの！」


さらに竜馬は、名士が集まるサロンに通うだけでなく、市民たちの憩《いこ》いの場——市場やカフェにも今まで以上に頻繁《ひんぱん》にうろついて、たっぷり「顔」を売った。竜馬の性格は、もともと武士というよりも商人である。長崎ではグラバーたち西洋人とも親しかった。

市井《しせい》のパリっ子たちとの交流によって、はじめは右も左もわからなかった竜馬だが、どんどんパリに慣れていった。

もちろん、ブーリエンヌはその間、ずっと竜馬と同伴《どうはん》している。「も、もう、リョーマ夫人だとパリ中に誤解されている……ああ……どうしよう」と頭を抱えながら。

竜馬とブーリエンヌが、ロベスピエールが下宿しているデュプレ家のエレオノール嬢とカフェで偶然出会ったのは、そんな「パリデビュー作戦」期間中のとある日だった。

寡黙《かもく》で慎《つつし》み深いエレオノール嬢は、ロベスピエールに献身《けんしん》的に尽くしている若い女性で、独身を守っている。誰もが彼女を「ロベスピエールの妻」だと思っており、事実そう呼んでいた。

だが、弟オーギュスタンによればロベスピエールは「私は革命と結婚した」と言い張ってエレオノール嬢を振り返ろうとしないという。

「まあ。あなたは、最近噂《うわさ》のジャポンから来たサムライさんですね。ロベスピエールさんから、お名前は聞いています」

「おお。ジャポンから来た坂本竜馬じゃき！　こちらはわしの下宿先のまどもあぜる、ブーリエンヌ嬢ぜよ。革命の都パリで、女弁護士を目指しちょるそうじゃ。偉いもんじゃにゃあ〜」

「ちなみにリョーマの奥さんじゃないですから！　保護者ですっ！」

「まあ。凄《すご》いお方ですね。私なんて、下宿先でロベスピエールさんの身の回りのお世話をするくらいしかできないですから」

「……え、ええと。エレオノールさん。ロベスピエールさんとのご結婚は、いつ頃に？」

「あ、あのお方と結婚だなんて。私は、あのお方にお仕《つか》えしているだけですわ。彼は、革命にすべてを捧《ささ》げた偉大な人です。一人の女性を愛して妻にすれば、純粋な革命を遂行《すいこう》できなくなる、とお考えなのです」

　あの眼鏡《めがね》男はまっこと堅い奴《やつ》じゃのう。童貞でなきゃあ維新の志士にはなれんのなら、わしら日本の志士は全員失格でハラキリぜよ、毎晩のように京の祇園《ぎおん》や長崎花月《かげつ》でどれほど遊んできたことか、と竜馬は鼻をほじりながら苦笑した。レディーの前で失礼でしょリョーマ、ほんとに子供みたいなんだから、とブーリエンヌにたしなめられる。

「おう。すまん、すまん」

「リョーマさん。ジャコバン派を率いていた三人のリーダーのうち、マラーさんはジロンド派を信奉《しんぽう》していた無垢《むく》な娘シャルロット・コルデー嬢に浴室で暗殺され、ダントンさんは愛する奥様を亡くされて深い哀しみに暮れ、うら若き娘と再婚してから急に革命への意欲を失って政治家として休業状態に。二人とも女性に心を惹かれたために革命から脱落したのだ、とただ一人残されたロベスピエールさんは信じているんです。そんなあの人を誘惑するようなことは、私にはできません……」

「ちゃ、ちゃ。そがいな阿呆《あほ》な話があるかや。のう、エレオノール嬢？　ロベスピエールと結婚してやるがじゃ。ありゃあ四六時中恐怖政治なんぞを一人で仕切っちょるから、人生に疲れ果てとる顔をしちょるぜよ」

「……すみません。女性から求婚だなんて、慎みのない行為ですし、それに……ロベスピエールさんはきっと革命が成就《じょうじゅ》するまでは独身を貫《つらぬ》きたいと断られます。生真面目《きまじめ》なお方ですから、居づらくなってデュプレ家から引き払ってしまうかもしれません。ですから……」

せめて一緒にひとつ屋根の下で暮らして、お世話できればそれで満足なのね、とブーリエンヌが呟《つぶや》く。

しかし竜馬は「うがーっ！　そがいな話、おかしいぜよ⁉　なんちや、あの男は」と納得いかない。

「わしに任せちょけ！　いずれ機会を摑《つか》んで、あの唐変木《とうへんぼく》の男をおまんのもとに忍ばせちゃるぜよ！　わしゃあ志士の周旋《しゅうせん》もやるが、恋の周旋も得意でにゃあ。あっはっは！」

「い、いいえ。ほんとうに、いいですから。リョーマさん？」

「ご、ごめんなさい、エレオノールさん。この人、いつもこうなんです。話半分に聞いてくだされば結構ですから！」

しかし、どういうわけか竜馬の大言壮語《たいげんそうご》は女性を惹きつける。最後にはエレオノールも竜馬の勢いと熱意にほだされて、「わ、わかりました。もしもその機会があれば、ぜひ。リョーマさん」と笑顔で答えていたのだった。

ブーリエンヌは（まあ。こんなに慎み深いエレオノール嬢が……天性の詐欺《さぎ》師か、大悪人なんだわ、この人は）と竜馬の奇妙な能力に呆れていた。この人を夫にしたら、きっと一生退屈しないけれど振り回されて大変かも。でも――ほんとうに、楽しそう。そう、思った。

※

ついに、ダントンを訪問する日が来た。

ジョルジュ・ダントン。フランス革命家の一人。ジャコバン派の右派リーダーで、「理知」の人・ロベスピエールとは真逆の、人情家。「ロベスピエールよ、もういいじゃねえか。王党派を何人殺せば収まるんだ？」と親友のロベスピエールを諫《いさ》め、王党派やジロンド派とジャコバン派政府との和解を何度も試みてきた巨漢である。

しかしこの時、汚職問題などが重なって失脚中。

実際には、王党派を許そうという寛容の精神が「反革命的」だとロベスピエールやエベールに睨まれて政権を追われたと言っていい。

ただし、ダントンほどの男である。頑《がん》として抵抗すれば、政権に居座れた。その気力を、この時期のダントンは失っていたのだ。

フランス貴族の衣装を身にまとい、「あー、あー。それがしはジャポンの幕府から来た外交大使でござる。革命の旗手《きしゅ》ダントン殿に、ぜひ革命についてご教示いただくべくジャポンよりはるばるパリへ参った」と大法螺《おおぼら》を吹きながら邸宅を訪れた竜馬が目にしたダントンは、「豪快かつ迫力満点の演説で、どんな窮地にあっても万人の心を奮《ふる》い立たせる」と賞賛されてきた革命の英雄にはとても見えない。

食堂に豪華《ごうか》なフランス料理を並べて竜馬をもてなしてくれたダントンは、ガマガエルによく似た顔の大男だったが、往年《おうねん》の気概《きがい》を失い完全にふぬけていたのだ。

「……もう革命なんて懲《こ》り懲《ご》りだ。俺は……俺は……なんてことだ。ジャポンにまで俺の悪名が……あーっ！　頼む、飯《めし》を食ったら帰ってくれ……！」

ありゃあ。落ち込んじょる。わしをニセモノだと疑う気力もないぜよ、と竜馬は慌《あわ》てた。

「うおおおおおん。ジャポンのお人よ。俺が夢見た革命は、フランス革命は、こんな血生臭《ちなまぐさ》いものになるはずじゃあなかったんだ……！　俺はパリから出て行く。幼い新妻を連れて、二人で静かに農家暮らしでもやるんだ……ルソー先生の教え通り、自然に帰るんだ……パリなん

て。革命なんて。文明なんて。こんな呪《のろ》わしいものはもう、うんざりだあ……」

ああ。そういえば西郷《さいごう》さんも時々やる気をすべて失って「もう鹿児島で猟師《りょうし》として余生を過ごすでごわす、維新のこつは大久保《おおくぼ》どんにすべてお任せしもす」と言いだす人じゃったな。その度に、親友で相棒《あいぼう》の大久保一蔵《いちぞう》に「おんしはまたそれか」と怒られちょった。どでかい体格も似ちょるが、浮き沈みの激しい性格も似ちょるのかもしれんのう、と竜馬は気づいた。

度を越した人情家、激情家の中には、時折やる気がすべて失《う》せて隠遁《いんとん》したがる人間がいるものである。西郷吉之助《きちのすけ》がそうだった。二度も殿さまに嫌われて遠島生活を強《し》いられたせいか、幕府の追及を逃れるべく自殺を図《はか》って死に損《そこ》ねたせいか、原因はわからない。ともあれ、西郷は人に優しく器《うつわ》の大きな愛すべき豪傑《ごうけつ》であったが、たまに「もうすべてが嫌になったでごわす」と駄々《だだ》をこねる困った大男でもあった。薩長《さっちょう》同盟の密議を土壇場《どたんば》ですっぽかして逃げだし、長州《ちょうしゅう》の桂小五郎《かつらこごろう》を激怒させたこともある。

となると、「鹿児島へ帰るでごわす」と荷造りをはじめた時の西郷に対するようにダントンの相手をすれば、翻意《ほんい》させて引き留められるかもしれない。西郷の親友だった竜馬は、手慣れている。まずはダントンの巨大な背中を撫《な》でて落ち着かせた。

「まあ、まあ。ワインでも。わしが聞いた話では、パリの革命三英傑のうち、おまんがいちばんの人情家で大人物じゃと評判じゃったきに。わしゃあの、どうしても助けたい人がおるがじゃ。ところが、エベールにもロベスピエールにもすげなく断られたがじゃ。エベールなんぞは、このわしを逮捕しようと暴れたぜよ。のう、ダントン。もはやパリには、おまんしか頼れる男はおらんきに」

「……ジャポンの幕府外交大使リョーマサカモト。その名は今、パリの社交界で大評判らしいな。ジャポンの国家改造のため、鎖国の禁制を特別に解かれて本場のフランス革命を学びに来た東洋人だと。極東のサムライのお前が、フランス革命についてどこまで知っている？」

「フランスに着いた時にはさっぱりわからんかったが、パリの先生にいろいろと教わったがじゃ。最初は国王のもとで立憲君主制の新国家を作る革命になるはずじゃったこと。ところが国王一家が亡命しようとしたために、パリのサンキュロットたちが過激化して王政を停止し、共和制に移行したこと。タンプル塔に幽閉《ゆうへい》されちょった国王が革命広場のギロチンで処刑されたこと……」

「うおおおおおん！　ジャポンのサムライに、そこまで知られてしまったとはああ！　国王陛下を死なせてしまったのは、俺の不徳の致すところだあああああ！　九月虐殺事件については知っているか？」

「おう。知っちょる。暴徒化したサンキュロットが、パリに捕らえられていた囚人たちを勝手に裁いて殺してまわったちゅう事件じゃ。四方八方敵だらけの革命フランスが戦争に負けそうになっちょったという異常な緊張のために起こったと聞いたぜよ？　確かに悲劇じゃが、パリ市民の人間性に絶望してはならんぜよ。気ぃ落としなや」

「いや。市民に失望したのではない。九月虐殺事件は、この俺が議会で演説して彼らを煽《あお》ったために起きたんだ！　俺は反革命軍がパリに迫っていたから、動揺する市民の士気を鼓舞《こぶ》するために演説したんだが……俺の演説に呼応《こおう》したサンキュロットの武装蜂起《ほうき》が『反革命分子』の大量虐殺にまで発展するとは！　俺が愚《おろ》かだった！　たった一人の演説が、万人を狂乱させて無数の犠牲者を出す惨劇《さんげき》を引き起こすとは！　俺はもう、政治家として生きていたくないんだ！　自分が恐ろしくなったんだ！　うおおおおん！」

情の深い男じゃのう、西郷さんにやっぱり似ちゅう、と竜馬はダントンに好感を抱いた。理詰めの男・ロベスピエールが大久保似なら、やはり情の男・ダントンは西郷似だ。この二人が協力し合えば、革命のこれ以上の暴走は止められるはずだ。つまり、王妃と国王一族をギロチンに送らずに革命を穏健な方向に軌道修正できる。

逆に考えれば、革命政府からどちらかが欠ければ、バランスを失ってもう片方も倒れる。西郷と大久保も、そのような関係にあると竜馬は以前から思っていた。ロベスピエールとダントンも、そういう運命にあるらしい。

「なあ、お前は直接見ていないだろう？　九月虐殺の悲惨な現場を？　だから、のんきに笑っていられるんだ。俺はもうダメだ……あの性善説と理想主義の塊《かたまり》のようなロベスピエールが血に塗《まみ》れた恐怖政治を開始したのも、サンキュロットの暴走を見て『これ以上、徳だけで革命は遂行できない。市民ではなく、私自身が恐怖にならなければ』と決意したからさ」

「そがいに酷《ひど》い事件じゃったのか。わしの先生はあまり詳《くわ》しう教えてくれんかったがじゃ」

「そりゃあ、革命フランスの恥《はじ》だからな。九月に蜂起した暴徒たちは、王妃マリー・アントワネットの親友のランバル夫人を殺して裸に剝《む》き、その遺骸《いがい》をバラバラに切断したんだぜ。さらには夫人の生首《なまくび》を掲げて、タンプル塔に幽閉されていた王妃に見せつけたんだぜ？　人間のやることじゃねえ！　ロベスピエールが『恐怖政治』をやると決意したのは、連中を縛《しば》りつけることができるものはもはや徳ではなく恐怖でしかない、と思い詰めたからだ。そして連中を暴走させた元凶が、この俺ってわけだ。うおおおおおん！」

ちゃ、ちゃ？　あの王妃は、そがいな辛《つら》い目に？　それでも、わしらが監獄へ救出にはせ参じた時には、市民たちへの恨《うら》み言も言わず……偉い王妃じゃ、と竜馬はマリー・アントワネットを改めて見直していた。オーストリア出身の姫として、革命にはさんざん抵抗したのじゃろうが、ただ美しい王妃というだけではないぜよ、と。

「……ご婦人の首を晒《さら》し者に。そして、王妃に見せつけるとは。なんじゃあ、それは。許せんぜよ！」

「もちろん、次はお前だ、という脅迫《きょうはく》だぜ、ジャポンのサムライくん。国王の次は王妃をギロチンに送る。それがサンキュロットたちの要求だ。かつてのフランス革命は美しい理想に溢《あふ》れていた。しかし、今や悪意と恐怖と敵意がパリを支配している！　ロベスピエールを独裁者にしてしまったのも、俺のせいだ！　俺は、ダメな政治家だったんだあああ！　うおおおおん！」

「まあ、まあ、待ちいやダントン。おまんには、まだやれることがあるがじゃろ。いや、男ならばやらにゃならんことがの」

「……もういい。幼妻と静かに田舎《いなか》で暮らす……俺は生涯《しょうがい》、妻はただ一人しか取らないと決めていたんだ。しかしその最初の妻は、病《やまい》で死んでしまった。俺の愛は妻とともに永遠に死んだはずだった。俺は哀しみのあまり、夜中に墓場の棺《ひつぎ》を掘り起こして、死んだ妻の遺骸を抱きしめて泣いていたものさ……」

「い、遺骸を？　おまんは、まっこと情のこわい男じゃのう〜⁉」

「だが、妻は俺のそういう性格を知っていたからな。遺言《ゆいごん》を置いていきやがったんだ、あなたはまだ若いのだから後妻を取れ、ってな……渋々《しぶしぶ》再婚してみたら、幼妻のなんと抱き心地のいいことか。肌《はだ》がぷにぷにでもちもちで……うへ、うへへへへ……」

いかんちや、現実逃避しちょる、と竜馬は頭を抱えた。ダントンの肩を揺さぶる。

「ああもう。幼妻の素晴らしさはようわかったから、目ぇ覚ますがじゃ！　王妃と国王一族を救うがじゃ！　フランス革命を成功させつつ、王妃を護り抜くがじゃ！　おまんならば、できる！」

「……王妃を……護る……？　どうやって？」

「わしゃ、内緒《ないしょ》で王党派の面々と組んで救出計画を練っちょる。すでにいちど、コンシェルジユリー監獄まで王妃を迎えに行ったがじゃ」

「な、なんだと？　あのコンシェルジュリー監獄へ入り込んだのかっ？　ほんとうかっ？　そもそもジャポン人のお前がなぜ、どうして？」

「わしゃあジャポン人であると同時に、人間じゃき。おまんらフランス人がはじめた革命の理想には賛同しちょる。わが祖国ジャポンにも、必ず自由と平等の精神を持ち帰る。じゃが、革命に乗じておなごを処刑して辱《はずかし》めようだなんて外道《げどう》な真似《まね》は許せんぜよ！　ご婦人の生首を晒した話を聞いて、いよいよわしゃ怒っちょる！」

それでは王妃は、すでに脱獄を？　とダントンの顔つきが急激に変貌《へんぼう》していく。燃える情熱の革命家の顔に。おお。英雄の顔じゃ、と竜馬は声をあげた。西郷さんが本気を出した時と似ちょるぜよ。

「いや。王妃さまは一人では絶対に逃げんちゅうて、毅然《きぜん》としてわしらの誘いを断ったぜよ。理由はただひとつ。タンプル塔に囚《とら》われちょる家族の救出が最優先で、自分は最後でいい、と王妃さまは……あのお方は、王太子ルイ・シャルルをどうしても救いたいがじゃ。のう、ダントン。おまん、幼妻と田舎に引きこもっちょる場合じゃないぜよ」

「……お、お……おいたわしや、王妃さま……そうか。ならば、俺も引きこもっている場合ではないな！　タンプル塔のルイ・シャルルたち、そしてコンシェルジュリー監獄の王妃さま。この両方を救出する方法を考えなければ！」

「まず、わしがタンプル塔を訪問してルイ・シャルルたちを救出する。ダントン、おまんが手引きしてくれればどうにかなるぜよ。そこから先はその時の状況に応じて決める」

竜馬がダントンに手渡したノートは、コンシェルジュリー監獄から王妃を救出するためにナポレオンが書いた細密な計画書だった。パリの地理を完璧《かんぺき》に網羅《もうら》している。こいつを書いた奴は天才的な戦略家だ、とダントンは感嘆《かんたん》した。

「ジャポンから来たお前には、これほどの緻密《ちみつ》な計画は立てられまい。これを書いた人物は、王党派の者なのか？」

「いやあ、おまんらが言うところの王党派ではないがじゃ。革命には賛同しちょるが、王妃殺しは絶対にイヤじゃちゅう、ややこしい男じゃき。ただし、内憂外患《ないゆうがいかん》で混迷しちょるフランス革命を成功に導ける天才児じゃ。なにしろ、一晩でこれを書きあげちょった」

「一晩で⁉　悪筆だが論理的かつ具体的な文体、そしてこの正確な地図は……そうか、軍人だな……革命軍の将校か。時々、『僕と王妃さまの恋』なるわけのわからん恋愛小説風の駄文《だぶん》が混じっているのが気になるが……」

「子細《しさい》あってまだ名前は明かせん。じゃが、この男をおまんらが重く用いれば、パリの『恐怖政治』を終わらせ、同時に革命戦争をも終わらせることができるぜよ」

「おう。革命軍では、優秀な軍人が不足している。こいつのような逸材《いつざい》が革命政府を支持してくれるのならば、きっと戦争を勝ち抜ける！」

「じゃがのう。変わり者のこの男に本気を出させるには、ちくと厄介《やっかい》な条件があるぜよ」

王妃の命を護ることだな、とダントンが頷いていた。

「わかった。王妃と国王一族の救出に協力しよう。ロベスピエールに、これ以上王族殺しをやらせたくはないしな。俺以上に精神を病《や》んでいる。奴はサンキュロットたちやサン＝ジュストの求めに応じて国王を処刑して以来、俺以上に精神を病《や》んでいる。このままでは、あいつまで潰《つぶ》れちまう」

「あれはまっこと生真面目な男じゃのう。自分の幸福よりも国民の幸福を実現するほうが先だと本気で信じちょって、下宿先のエレオノール嬢との結婚を拒《こば》んじょる。なんで惚れたおなごを抱かんがじゃ？」

「ああ。ただ一人のご婦人に徳を施《ほどこ》す度胸もねえ男だぜ。今のあいつは革命そのものになりきるために、自分自身の人間としての感情を捨てちまったのさ……やっぱり、革命を放りだして田舎に引きこもろうとしていた俺のせいだあ！　うおおおおおん！」

「まあ、まあ。ロベスピエールと革命を生かすも殺すも、ダントン、おまん次第《しだい》じゃき」

頼むぜよ、と竜馬はダントンと握手していた。力士よりもでかい手じゃのう、と呆れた。

「エベール派の監視下に置かれているタンプル塔に入り込むにはかなりの金が必要になるが、そいつは俺が調達する。なにしろ、さんざん収賄《しゅうわい》で稼《かせ》いでいるからな」

これで、タンプル塔に入る道が開けた。

王太子ルイ・シャルル、王党派が「国王ルイ十七世」と呼ぶ少年が、竜馬を待っている。

まどもあぜる・ブーリエンヌにはどれほどお礼を言えばいいかわからん、オー・デ・コロンをプレゼントすれば喜ばれるかのう、と竜馬は思った。

しかし、人間の社会は予測通りには進まない。ナポレオンの予測をも越えた事態が起ころうとしていた。

ここから先は、竜馬の臨機応変《りんきおうへん》さが必要とされることになる。


ナポレオンの盟友オーギュスタン・ロベスピエールから、竜馬は「通行許可証」を得ている。ダントンが大金をばらまいて竜馬のタンプル塔訪問の下準備工作に奔《はし》っている間、洋装した竜馬は「革命を学びに留学してきたジャポンの外交大使」という触れ込みで革命パリの社交界でさらに顔を売った。

今はジャコバン派のロベスピエールが革命政府を牛耳《ぎゅうじ》っているが、革命政府の勢力争いは二転三転している。この先どう転ぶかはわからない。ジャコバン派はあまりにも人を処刑しすぎている。反動でロベスピエールが失脚した時のために、ナポレオンの生命を保障できる「逃げ道」を作っておく。それが竜馬の社交活動の主な目的だった。

浪士たる者、ひとつの勢力に肩入れせず、いつでも逃げだせる準備をしておくべし。土佐勤《とさきん》王党員《のうとういん》でありながら仇敵《きゅうてき》・幕府の海軍操練所の塾生になり、幕臣勝海舟が失脚した際には迷わず薩摩《さつま》の西郷のもとに飛び込んだ、そんな竜馬ならではの「処世術」である。

もともと口がうまい上に、七十年も先の未来から来た竜馬だ。パリで得た知識はにわか仕込みでも、革命と世界史についての彼の見識はほとんど「予言者」とも言うべきものだった。珍《めずら》しいジャポン人、しかも日本刀を自在に振るうサムライということもあって、竜馬はいよいよパリのサロンにおける人気者となり、「サムライ」「ローニン」は、パリにおける流行語になった。

エベールには相変わらず「あんな胡乱な東洋人が革命の同志のはずがねえ、必ず逮捕してやる」と睨まれているが、あの新選組《しんせんぐみ》がうようよしていた京の町で平然と幕府高官のもとへと出入りしていた竜馬である。腹が据《す》わっている。実は裏で王党派と繋がっているという尻尾《しっぽ》を容易に摑ませない。

しかしひとつだけ、困ったことがあった——サロンでご婦人たちにモテすぎるのだ。

その日。

サロンの会場で、竜馬陥落《かんらく》の危機がついに迫った。

（いかんちや。足取りがおぼつかん。世界が二重に見えちょるぜよ……）

さすがの竜馬も、この夜はサロンから脱出できそうになかった。

「リョーマさんは一見遊び人に見えて、お堅いお方ですのね。でも、そろそろ愛人の一人でもお作りになったほうが。活動資金でしたら、いくらでも出しますわよ、わたくしの夫は富豪ですの」

「それとも、噂のブーリエンヌ嬢と婚約しておられるの？　さあ、もう一杯どうぞ」

「あっはっは！　かたじけないきに！」

ダントンとの交渉《こうしょう》が成功した。いつもの癖《くせ》で、大仕事を成し遂《と》げた竜馬は気が大きくなっていた。油断していたと言っていい。次から次へとご婦人たちからのワイン攻勢を受けているうちに、珍しくへべれけに酔ってしまったのだ。サロンのご婦人たちの顔が、懐《なつ》かしのおりょうや千葉《ちば》さな子《こ》に見えてきた。

しかも、パリの女性たちは香水に凝《こ》っている。長崎で女性にプレゼントするべくオー・デ・コロンを買い求めていた竜馬は、自分では気づいていないが「香水好き」だ。香水ならばなんでも構わない。この点、神経質なナポレオンが香水の匂《にお》いにも敏感で、香りへの好き嫌いが激しいのと正反対である。

（い、いかん。下宿に帰らにゃならんのに、身体《からだ》が、身体が動かんぜよ。ああ……しもうた。見事にご婦人に籠絡《ろうらく》されかかっちょるのに、逃げられん。油断大敵じゃにゃあ）

今この場に仇敵のエベールがサンキュロットを率いて突撃してきたら、竜馬は助からないだろう。「薩長同盟」交渉成功直後に浮かれておりょうに会いに行った寺田屋で襲撃された過去を、不意に竜馬は思いだした。

「さあさあ。リョーマさん。この屋敷はわたくしの友人の家ですの。酔われておられるみたいですね？　わたくしが泊まる予定の別室にどうぞ。ふふっ」

「……い、いかんちゃ、まだむ」

はて。この身体の大きなご婦人は誰じゃったかの。初対面じゃが、会話してみて驚いたぜよ。物知りで恐ろしく頭の切れるおなごじゃ。名前は……いかん、思いだせんちゃや。

「あら。それでは、噂通りブーリエンヌ嬢はあなたの婚約者ですの？」

「そ、そうではないきに。そがいな噂がこれ以上パリに広まったらまどもあぜるに叱《しか》られるがじゃ。ええい！　据《す》え膳《ぜん》食わぬは男の恥ぜよ！　わかった、今宵《こよい》は大仕事に成功した祝いの夜にするぜよ！　この屋敷で一泊じゃ！」

もう足がふらついて逃げられん、このまま寝室で一眠りぜよ、わしをどうするかはこのまだむの勝手じゃ。泥酔《でいすい》した竜馬が「なんとかなるじゃろう」と油断しきって、初対面の婦人に肩を担《かつ》がれてパーティ会場を離れ、人通りの少ない廊下を歩きだしたその時。

「――リョーマさん。実はわたくし、王党派でもジャコバン派でもありませんの。立憲君主派の女流作家ですの。元王妃の助命を訴える活動もしておりましたのよ」

「ほう。王妃さまの助命を？　そりゃあ、立派《りっぱ》なご婦人じゃにゃあ～」

「わたくしの愛人も立憲君主派ですの。彼はフランスからかろうじて脱出しましたが、ジャコバン派に追われて暗殺されそうな危機的状況ですのよ……あなたに恨みはありませんが、パリの女を甘く見ましたわね。わたくしを強姦《ごうかん》しようとした罪で死んでいただきますわ」

婦人が、やおらナイフを抜いて竜馬の首筋を切り裂こうと――。

しもうた！　フランスのご婦人は性根《しょうね》がすわっちょる。暗殺でも戦争でもなんでもやるがじゃ！　ジャポンのおなごとは違うがじゃ！　と竜馬は身を躱《かわ》そうとした。が、足下がふらつく。おかしいぜよ。いくらなんでも、酔いすぎじゃき？

「ふふ。ワインに眠り薬を入れておきましたの。会場で毒殺してしまえば、あなたに襲《おそ》われたからやむを得ず殺したという正当防衛の立証は難しくなりますものね」

「ま、ま、待つきに、まだむ。わしゃあ、女は斬れんがじゃ！　おまんも、人を殺すような野《や》蛮《ばん》なおなごには見えんぜよ。これは、誰の差し金ぜよ？」

「……ええ。わたくしは殺人鬼ではありませんわ。フランス一の才女だという自負もございます。殺人だなんて野蛮な真似を、誰が好き好んでやるものですか。ただ、大切なかけがえのない愛人の命を人質に取られていますの。お許しあそばせ」

黒幕はジャコバン派か。じゃが、すでに盟友となったダントンはありえないし、ロベスピエールならば逮捕して裁判に持ち込むはずじゃ。ならばあのエベールに脅迫されて、わしを殺す仕事を請《う》けさせられたんじゃろうか、と竜馬は察した。

いや、違う。エベールは乱暴者じゃが、こういう荒事《あらごと》にご婦人を使うたりはせん気がする。自分でやるじゃろ。そもそも、サロンに出入りしている貴族のご婦人とサンキュロット代表のエベールには接点がない。

「ええい、ともかく！　わしが直接ロベスピエールにかけ合っておまんの愛人の暗殺を阻止《そし》させちゃるきに。思いとどまるがじゃ、まだむ！」

「あら残念。あの高潔を気取る童貞男に、そのような人間らしい情はありませんのよ」

「ある、ある！　わしにはわかる！」

「そもそも、ロベスピエールの意志に関係なくその男は暗殺に動きますの。理知的な説得も色仕掛けもなにも通じない冷血漢。だからこそ、悔《くや》しいですがわたくしほどの才女が逆らえないのですわ」

ああ。抜けん。どうしてもおなご相手に剣は抜けん。そもそも、これほど眠り薬を盛られてしもうては、手許《てもと》が狂う。峰打《みねう》ちのつもりで抜いても、まだむを斬ってしまうがじゃ。

竜馬、絶体絶命！

だが。

「なにをやっているの、あなた！　リョーマを寝室に連れ込むのかと思って後をつけてきたら、刺客に豹変《ひょうへん》するだなんて！　きえええええーっ！　私は、フランス式ボクシングを習っているのよ！」

救いの主が現れた。

男装の麗人《れいじん》・ブーリエンヌである。

ブーリエンヌはナイフをかざして竜馬を追い詰めていた婦人の膝《ひざ》に、容赦《ようしゃ》なくローキックを叩《たた》き込んでいた。婦人の身体はその一撃で崩《くず》れ落ちる。竜馬が（お、恐ろしいぜよ）と震えあがる渾身《こんしん》の蹴《け》り技《わざ》だった。フランス式ボクシングは固い「靴」を凶器として用いる足技特化型の格闘術だ。

「あうっ⁉　あ、あなた、ただ男装して身を守っているだけではなく……」

「ええ。いざという時のために護身術も身につけているの！　今は弁護士見習いだけれど、もともと私は軍人志望だったのよ！　体格が違う男の軍人相手では無理でも、婦人くらいなら一撃よ！」

ブーリエンヌに蹴り倒された婦人のもとに竜馬が駆け寄り、「暗殺されかけちょる愛人の名は？　いずれ、わしがどうにかしちゃるぜよ」と囁《ささや》く。ブーリエンヌは「えええ？　その婦人は、あなたを殺そうとしたのよ？」と呆れるが、竜馬はどこまでも女に甘い。

「……リョーマさん……あなたという人は……ごめんなさい……わたくしの名は、通称『スタール夫人』。本名は、アンヌ・ルイーズ・ジェルメーヌ・ネッケルですわ……どうか、覚えておいてくださいませ。いずれこのご恩は必ず」

「いやいや、恩とかは構わんきに。殺されなんだだけでもありがたいぜよ。ええから、おまんの愛人の名を教えるがじゃ」

「……タレイラン」

「おう、『タイユラン』じゃな。その男を暗殺しようとしちょる奴の名は？」

「……マリー・アントワネットを処刑しようとしている男ですわ……ああ。わたくしは、愛するタレイランはもちろん、囚われの元王妃を助命したかったのです……それで、あの悪魔のような男の口車に乗せられてしまって……ほんとうに申し訳ありません、リョーマさん」

なんじゃと？　では、このおなごは、わしやナポレオンと同じ目的をもっちょるご婦人ではないか。そのご婦人が、愛人を人質に取られてわしを暗殺しようと……誰じゃ。誰の陰謀《いんぼう》なんじゃ？

だが、アンヌ・ルイーズ・ジェルメーヌ・ネッケル——通称「スタール夫人」は、黒幕の名を口に出せなかった。漏《も》らせば自分まで始末《しまつ》される、と怯えているのだ。

「りょ、リョーマ。騒ぎになったら大変よ。今のうちに、下宿に戻りましょう」

ふらふらになっている竜馬はブーリエンヌに引っ張られて、屋敷から撤退した。


深夜の帰り道。

「のう、まどもあぜる。今夜はまどもあぜるのおかげで命拾いしたがじゃ。海よりも深く感謝しちょる。じゃが、こういう事態になったのは、パリに来て以来わしがいちども女遊びをしちょらんからぜよ！　わしゃまだ三十じゃき。男盛りじゃき。おりょうちゅう妻がおるから愛人は作らんが、一晩くらいなら遊んでもええじゃろ。のう？」

「いいえ。わかったでしょう？　パリでは女性の暗殺者なんて珍しくもないの」

「誰が黒幕かわからんが、同じ手は二度も使わんじゃろ」

「そもそも、あなたは寝物語でぺらぺらと機密を喋《しゃべ》りそうな人だから、女遊びはいけません！」

「……とほほ。しっかりしたお嬢さんぜよ」

竜馬は哀しんだ。パリまで来て、おなごとも遊べんとは。竜馬はまだ、スタール夫人に盛られた薬の効果で酩酊《めいてい》しており気が大きくなっている。そうじゃ。維新の志士たるもの、やはり、夜はぱーっと遊んでこそじゃ。仕事と遊びのめりはりが大事ぜよ！

「気をつけなければダメ。恋愛に奔放《ほんぽう》なパリ社交界の女性たちは、どこでどの派閥の男と繋がっているかわからない複雑怪奇な存在なの。あのパリきってのインテリ・スタール夫人が、あなたを始末したがっている黒幕からリョーマ暗殺の汚れ仕事を押しつけられたのも、愛人の存在を嗅《か》ぎつけられて『言うことを聞かなければ愛人を暗殺する』と脅《おど》されたからでしょう？」

「いやはや。日本とはずいぶん違うんじゃの～。ならばパリで信頼できるおなごは、男装して身持ちが堅いまどもあぜるだけぜよ。まどもあぜるは、強いしにゃあ～」

「……つ、強くはないわよ。武術を身につけた男には勝てないわ。フランス式ボクシングの達《たつ》人《じん》といえば、あのダントンよ。二人の体格差を見ればわかるでしょ？　体重が軽い私が渾身の蹴りを入れても、巨漢のダントンは揺らぎもしないわよ」

「いやいや、まどもあぜるは身も心も強い！　わしゃあ、強い女は好きじゃき！　あっはっは！」

「すっ……あなた、へべれけに酔ってるわねっ？　なななにを言いだすのよっ？」

結局竜馬はその夜、下宿部屋でブーリエンヌにワインの酌をしてもらうことになった。

まどもあぜるは口調は鋭いが性根の優しいおなごじゃ、あのナポレオンのたった一人の幼なじみだけのことはあるきに。これはこれで楽しいぜよ、と竜馬は七十年前のパリに取り残された自らの孤独をブーリエンヌが癒《い》やしてくれていることに感謝していた。しかも、スタール夫人のナイフから自分を庇《かば》ってくれた命の恩人でもある。

「いかんにゃあ。座っちょっても、頭がぐらぐらするぜよ。薬が抜けるまで、ちくと膝を貸しとうせ」

「……酔ってなければ張り倒すところだけれど、いいわよ。スタール夫人にあなたを暗殺させようとした男って、結局、誰なのかしら？　彼女は酷く恐れていたわね」

「構わん構わん。追及せんでもええ、スタール夫人の身まで危うくなるがじゃ。それに、わしゃ暗殺されたりはせん。まどもあぜるが護ってくれるがじゃ。あっはははは！」

「ボナパルトも情けないけれど、あなたの情けなさは一周回って豪快ね。男の恥だとか思わないの？」

「思わん！　わしゃあ革命の街フランスに来てようわかったぜよ。維新回天《かいてん》は武士階級をぶっ潰す革命じゃったが、まだ革命にはその先があったがじゃ。そうじゃ。人間に、男も女もないきに！　まどもあぜるの女流弁護士への道、きっとわしが切り開いてみせるぜよ」

「……りょ、リョーマ……」

「じゃが、まどもあぜるをこれ以上危険には巻き込めんにゃあ～。手練《てだ》れの男が相手では、まどもあぜるも危ないがじゃ。以後、サロンからは早めに切り上げることにせにゃあならんにゃあ」

「……ご婦人を寝室に連れ込まなければだいじょうぶよ。ど、どうしても独り寝が寂《さび》しければ、その……わ、わ……わ……」

　私が、とブーリエンヌは言いたいのだが、どうしても言えない。恥《は》ずかしすぎる。人間に男も女もないとリョーマが言ってくれているのだから、私から言いだしても問題はないはず。でも、やっぱり恥ずかしい、と男性経験のないブーリエンヌは頬《ほお》を赤らめていた。

「いかん、いかん。わしゃ、どうもまどもあぜるに惚れちょるらしい。そのまどもあぜるをいちどでも抱いたら、完全に情が移ってわしの嫁にしてしまうがじゃ。いずれおりょうに半殺しにされるぜよ。おりょうの薙刀《なぎなた》とまどもあぜるのフランス式ボクシングの対決は見物《みもの》じゃにゃあ。あっははは！」

「ほっ……!?　ほ、ほ、ほ……!?　りょ、リョーマ、いいからもう寝なさいっ！　あああああなた、やっぱり酔ってるのよ！」

「痛い。痛い。なんで殴るんじゃ、まどもあぜる？」

紳士帽を被り洋装に身を包んだ竜馬が、サロン、カフェ、下宿部屋を忙しく往復している間に。

複数の事態が、同時に動いた。

ひとつは、トゥーロン戦線で戦っているナポレオンからの愚痴《ぐち》満載の手紙が大量に届きはじめたこと。どうやら革命軍の大将は軍人ではなく、素人《しろうと》らしい。こともあろうに画家が軍の指揮を執《と》っているという。そのため、ナポレオンが立案したトゥーロン攻略作戦はまるで見向きもされず、かえって逆効果となって戦局が悪化する一方なのだとか。

だから軍は嫌いなんだ、僕が総大将でなきゃ僕の才能は発揮《はっき》できないんだ、もう僕はパリに戻りたいよと嘆《なげ》くナポレオンに、竜馬は「まあまあ。王妃救出のほうはおまんの計画通りに進んじょる。あと一息ぜよ、粘《ねば》りや」と返事をしたためるしかなかった。

実際には、タンプル塔のルイ・シャルルたち国王一家の救出という「条件」が増えた分、ナポレオンの当初の想定以上に困難な仕事になっているのだが、「おまんがわしとダントンを引き合わせてくれたおかげで、なにもかもがうまくいっちょるぜよ！」と竜馬は安請《やすう》け合いした。

なにしろ、ナポレオンに恋愛小説家に転向されたら維新は消滅する。

そして、もうひとつ。待望久しい「本命」のほうも動いた。

ついにダントンが、タンプル塔の看守たちの買収に成功し、竜馬の「極秘《ごくひ》訪問許可」を取り付けたという一報だった。

「タンプル塔は、構造的にはあのコンシェルジュリー監獄に比べれば出入り自体は容易よ。でも、エベール派の連中が牛耳っているのに、そううまくいくかしら？　エベールは、一躍《いちやく》パリの人気者になったあなたをますます目の敵《かたき》にしているわよ」

ブーリエンヌは「ダントンは公安委員会からもマークされているし、危険だわ。もう少し慎重にことを進めたほうが」と心配したが、竜馬は天性、楽天的なところがある。

「うふ。今やわしの名もパリの社交界で知れ渡っちょるきに、まどもあぜる。だいじょうぶだいじょうぶ。これもダントンが大金をばらまいてくれたおかげぜよ。行ってくるぜよ」

「あら？　一人で乗り込むつもり？　私は置いていくの？」

「すまんのう、まどもあぜる。コンシェルジュリー監獄の時と同じ要領じゃ。塔からちくと離れた場所に、脱出用の馬車を待機させちょってくれ。ことを成すには、分業、分業」

「……あなたもボナパルトも、私を危地《きち》に連れ込もうとしないんだから。人間には男も女もないって言っておきながら、まーたこういう時だけ女性扱いして……」

「まどもあぜるが銃で撃たれた場面を想像するだけで、わしゃ気が萎《な》えるぜよ。頼むき。そもそも馬車係は、関係者全員の命を握っちょる重要な仕事じゃき！」

「ほ、ほんと、口がうまいんだから……んもう。わかったわ」

ブーリエンヌの前で手を合わせて拝《おが》み倒して、竜馬はようやく単身訪問許可を得た。

「じゃあ、今日はいつもの男装をやめて、淑女《しゅくじょ》の衣装で参加してあげる！　いざとなったら、あなたに誘拐《ゆうかい》された哀れな町娘だと言い張って一人で逃げるから！」

「おお、そりゃあいい！　わしも安心ぜよ、まどもあぜる！」

「……本気で言ってるのかしら。ほんっとに、鈍《にぶ》い人……」

パリでは、いつの間にかブーリエンヌは「リョーマの内縁《ないえん》の妻」ということになっている。

冗談じゃないわ、この人は好きだの惚れただのと言いたい放題言いながら酒だけ飲んでさっさと寝てしまう野暮《やぼ》な男なんだからとブーリエンヌは立腹しながら、（ロベスピエールの妻と呼ばれているロベスピエールの下宿先のお嬢さん、エレオノールも、同じ気持ちなのかしら）とエレオノールに思いをはせていた。


タンプル塔は、もともとは中世の十字軍時代に活躍した「テンプル騎士団」の本部だった。世界中に支部を持っていたテンプル騎士団は、財務業で大金を稼ぎ、フランス王家以上の資産を誇っていたという。当時のフランス王が、その資産を没収するためにテンプル騎士団に「異《い》端《たん》」の烙印《らくいん》を押して団員たちを逮捕し、組織を壊滅させた――。

そのタンプル塔が、今や、かつての国王一家を捕らえている「革命の牢獄《ろうごく》」「反王権の牢獄」と化しているのだから、歴史とは皮肉なものである。

もっとも竜馬は、大昔に壊滅したテンプル騎士団などは知らない。

ただ、「誰も生かして脱出させせぬ」とばかりに殺伐《さつばつ》とした塔を前に、

「こりゃあ、殺風景な建物じゃのう……おばけが出そうぜよ……」

と、放胆《ほうたん》なこの男にしては珍しく震えあがった。妙な霊気のようなものを感じ取ったらしい。

ナポレオンも任務でこの塔の見張り役を務めた時期があったが、あまりに薄気味悪いのでさっさと逃げてしまったという。

なにしろ、出入り口の門も狭いし、小窓はすべてカーテンで遮光《しゃこう》してあるしで、国王一家がどのような辛《つら》い幽閉生活を送っているかが一目で忍ばれる。

ダントンに買収されている看守が、無言で門を開くと、竜馬を塔の一室へ通してくれた。

国王一家が集まっている部屋である。

黴《かび》臭いし、日光は入ってこないしで、酷い環境だった。

誰もが、竜馬が王妃救出のために奔走していることを前もって密《ひそ》かに知らされている。ただし、証拠になる手紙は残していない。みな、竜馬の指示で焼かせてある。

「リョーマさん。あたしが、王女マリー・テレーズよ。十五歳になるわ。お父さまとお母さまの間には、四人の子供がいたの。そのうち、長男の王太子ルイ・ジョセフは病弱で、七歳で夭《よう》折《せつ》。当時四歳だったルイ・シャルルが王太子に。私は長女。次女のソフィーは、生まれてすぐに天然痘《てんねんとう》で死んでしまったの」

マリー・テレーズは、王妃によく似た活発な性格の娘だが、さすがに長い幽閉生活で疲弊《ひへい》しているらしい。母がいつ殺されるかわからないという恐怖に怯える日々を過ごしているのだ。

「私が、先の国王ルイ十六世陛下の妹、エリザベートです。一族がフランスから亡命していく中、私だけはお兄さまのもとに残ると決めて、そして今に至ります。私は、どうしてもフランス、そしてお兄さまと別れたくなくて……こういう性格ですから、ずっと独身ですのよ」

エリザベートは、物憂《ものう》げな貴婦人だった。国王だった兄に似ているのかもしれない。信仰深く、「家族と別れるくらいならば生涯独身を貫いてお兄さまのもとに」と政略結婚を拒否し、家族愛に命を捧げた純真無垢《むく》な女性で、まるで聖女のように見えた。十四歳でオーストリアからフランスへ嫁がされてきた「義姉」のマリー・アントワネットとは、実の姉妹以上に仲睦《なかむつ》まじかったという。

竜馬は、いよいよジャコバン派革命政府とサンキュロットに憤慨《ふんがい》した。このおなごたちに、どんな罪があるちゅうがか。王妃さまも以前はこの塔に。そして、窓の外から親友の生首を見せつけられて……許せんがじゃ！

「わしゃあジャポンのサムライ、坂本竜馬。見ての通りの東洋人じゃが、パリで親友ができたぜよ。そいつは表向きはジャコバン派じゃが、実は隠れ王党派ちゅうか、王妃をどうしても救いたいちゅう情熱にうかされている男での」

ありがたいことです、と人の良いエリザベートが微笑《ほほえ》む。天使の笑顔じゃの、と竜馬は思わず見惚《みと》れた。この人が子持ちじゃったら、ナポレオンはまた夢中になるじゃろうのう。

かつて逃亡に失敗して両親を奪われたマリー・テレーズは「でも……騎士を気取る男って、

私たちの立場を悪くする一方じゃない。フェルセンが私たちを亡命させようとしなければ、お父さまは処刑されずに済んだはずなのに……」と涙声で竜馬を睨む。

姫さまお労《いたわ》しや、と竜馬は平伏《へいふく》した。

「どうしてもその男は自分の仕事場から離れられん事情があるきに、わしが代理人として王妃救出の仕事を請けたぜよ。国外ではフェルセンもまだ諦《あきら》めずに奔走しちょる。彼のもとに辿《たど》り着けばもう安全じゃき。今回は、二度と失敗せんように万全を期したぜよ。王妃を国外へ脱出させるわしらの計画は、うまくいっちょったがじゃ。ところがじゃ」

「……ご自分よりも、私たち。そして、国王の継承権を持つ王太子ルイ・シャルルを優先、ご自分は最後でいい、自分だけ逃げても意味はない、と仰《おつしや》ったのですね。あのお方らしいです」

エリザベートは、タンプル塔に収監されて以来、奔放だった義姉が兄を深く愛するようになっていた姿を、そして母として子供たちを慈《いつく》しんでいた姿を見ている。竜馬に教えられずとも、王妃の心がわかった。

「そういうことぜよ。頼むき。脱出の機会は今回いちどきりぜよ。タンプル塔の外に、馬車が待機しちょる」

ありがとうサムライさん、でもこの部屋には「全員」が揃《そろ》ってはいないの、いちばん肝心のルイ・シャルルは、同じ塔の別室に引き離されてしまっているの、とマリー・テレーズが顔を伏せた。

「別室？　八歳の子供を、家族から引き離して一人きりに？　なんちゅうことぜよ？」

「エベールが、私たちがあの子を『王太子』として育てることを認めなかったの。新時代に相応《ふさわ》しい革命の戦士として育てる、王政を全否定し革命精神を賞賛する少年として再教育すると言い張って、靴屋のシモンという男のもとに……ろくに文字も書けない無学な男よ。教育なんてできるはずがない。ルイ・シャルルは、王家の息子だというだけで虐《いじ》められているに違いないわ。どんな仕打ちを受けているか……う、う……」

しもうた。同じタンプル塔に幽閉されちょる以上、一家全員が揃っちょるとばかり思い込んじょった。王太子だけは特別扱いされちょったのか。しかも悪い意味で。

「洗脳」じゃ。幼い子供を隔離《かくり》して「洗脳」しちょるんじゃ。まっことエベール派は胸糞《むなくそ》の悪い連中じゃ、と竜馬ほどの人斬り嫌いがエベールを斬りたくなった。

「あの子は、王党派の人々にとってはすでに『フランス国王ルイ十七世』ですから。亡きお兄さまは、もう王政は廃止されたのだから、お前は自由に生きなさい、とあの子に言い残して処刑台へ向かったのですけれど……」

「サムライさん。今も『弟』は別室にいるわ。私たちはもう、長い間あの子と会わせてもらっていない。あの子を脱出させないと、お母さまは動かないわ。なにしろ、今やあの子こそが『フランス国王』なのだもの。いえ、そんなことよりも、お母さまにとってはご自分の命よりも大切な……」

マリー・テレーズとエリザベートは、互いに哀しげに顔を見合わせている。なにかを竜馬に言いたげだが、それは余人に漏らしてはならないことらしい。

(ちゃ、ちゃ？　なんじゃろう。王太子の出自に、なにか秘密があるがか？　たとえば、王妃さまの元恋人フェルセンの子とか？　いや、フェルセンとはプラトニックな関係じゃと王妃さまは言うちょったにゃあ。ともかく、王太子ルイ・シャルルの部屋へ行くがじゃ。まずはルイ・シャルルを確保し脱出させるぜよ)

竜馬は「すぐお迎えに戻るきに」と一礼すると、廊下へ飛び出した。

名前を呼びながら、問題の男・靴屋のシモンを捜す。

顔は知らないが、相当に印象が悪い男らしい。見ればわかる悪人顔なのだろう。エベールの腹心という時点で、だいたい見当はつく。

塔内の廊下を進みながら、竜馬はとある部屋から出てきた「靴屋のシモン」を見つけた。外見はすでに初老で、「人斬り」とはまた違った、荒《すさ》んだ表情。土佐藩で郷士《ごうし》を監視していた横目役《よこめやく》にありがちな顔つきだ。この男に違いない。

「おまんが靴屋のシモンゆうがか？　わしはジャポンの外交大使坂本竜馬ぜよ。すでに金は渡っちょるはずじゃぞ。今すぐ、ルイ・シャルルに会わせえ」

「……はん。知ったことか。金なんて、俺っちは覚えがねえ。あのガキの扱いにはほとほと困り果ててるんだ、俺っちは。エベールの旦那《だんな》、話が違うじゃねえか……どうすればいいんだよ……ああ。俺っちは頭はあまりよくねえんだ。こいつは想定外だ……」

「ルイ・シャルルはその部屋におるんか？　はよう会わせるきに。時間がないちゃ！　わしゃあ今、虫の居所が悪いぜよ。ともかく、金は払うた。その上で約を違《たが》えるちゅうなら、サムライとしてやるべきことをやるがじゃ」

「サムライ？　なんだ、そりゃあ？　確か、日本刀とかいうサーベルを振り回しててめえの腹を切るんだってなあ。野蛮な連中だぜえ。俺っちは日本刀なんぞで脅されてもちっとも怖かねえぜ。俺っちには、エベールの旦那がついてるからよう。今はオーストリアとの交渉の駒《こま》だから、元王家の連中は大切に扱ってやってるがよ。いずれは、エリザベートとマリー・テレーズを俺っちの慰《なぐさ》みものに……ひっひ」

「……昔、以蔵《いぞう》さんが自分たちを嗅ぎ回っちょった土佐藩の横目を絞め殺《し》した気持ちがわかったぜよ。おまんはしばらく、黙っちょれ。おなごを獣《けもの》のように扱う男に、革命を語る資格はないきに。おまんは、言葉では説得できん手合いじゃの。脅しつけるしかないきに。そこを動きなや」

　このような狭い廊下では、大刀は扱いづらい。竜馬は無造作《むぞうさ》に脇差《わきざし》を抜くと同時にシモンに斬りつけてみせた。むろん、威嚇《いかく》である。刃が、シモンの右の太股《ふともも》をかすめていた。ズボンの生地《きじ》がすっぱりと裂ける。

「……ぎっ……ぎいいいいええええええっ⁉　て、てめえええええ〜っ？　なに考えてやがるううううっ？」

「あ〜、わしの日本刀は特別製でのう。おまんがわしの仲間から受け取った金の分仕事をするまで、斬り続けるぜよ。最初は布一枚じゃ。だんだん、だんだん、おまんの急所に近づいていくぜよ。はよう約束を守らんと、次はおまんの身体に命中させるぜよ？」

靴屋のシモンは恐怖に憑《つ》かれた。腰が抜けて廊下に転がり、野獣《やじゅう》のように呻いた。

誰か助けに来い！　と看守たちを呼ぶが、やってこない。全員ダントンが買収済みなのだろう。あの大男、どえらい銭を使うたようじゃ、と竜馬は感心した。しかし、シモンにもたっぷり銭を渡したはずなのに、なぜ粘るんじゃろう。

「金が足りねえんだよ、金が！　俺っちはルイ・シャルル専属の『教師』なんだ。他の看守とは違う。特別なんだぜえ？」

「おお、そうか。もっと銭を払え、ちゅうがか？　なら、はようそう言えばいいぜよ。理想を唱《とな》える男よりも、銭にこまい奴のほうが、わかりやすくて楽じゃ。岩崎弥太郎《いわさきやたろう》とかのう。しかし、わしゃあ弥太郎ともケンカばかりしちょったのう。わしの金銭感覚が雑で底が抜けちょったからかのう」

要は、靴屋のシモンはどこか抜けているが、銭には細かい欲深《よくぶか》な男らしい。

「活動資金もそろそろ底を尽きそうじゃ。まあええ。ほれ、これが追加の銭じゃき」

「お、おう！　わ、わかった、ルイ・シャルルはそこの部屋だ！　お、お、俺っちはなにも見ていない、だから好きにしろっ！　なあ、頼む！　その魔法の刀《かたな》で俺っちを斬り殺すのはやめてくれえええ〜！」

竜馬は（ありゃあ、怯えさせすぎたか。いかんのう。王妃さまたちのお苦しみと亡き王様のご無念を思うと、わしとしたことがつい荒っぽい真似をしてしもうた。以蔵さんに「竜馬ぁ。さんざん偉そうにわしに説教しちょりながら、おまんも悪い人斬りの顔になっちょるぜよ」と叱られるにゃあ）と頭を掻《か》きつつ、

「ズボンに傷をつけてすまんかったの。もっとも——おまんが幼いルイ・シャルルを虐待《ぎゃくたい》しちょったら、わしゃもう我慢《がまん》できんき。その時は、おまんの命はないぜよ。わしの日本刀で、その首を落とす」

と凄《すご》みながらシモンに金貨が入った袋を渡し、ルイ・シャルルの室内に入っていった。

「ががががガキを死なせるわけにゃあいかねえから、ぎゃぎゃぎゃ虐待なんかしてねえよ。せせせ洗脳はしようとしたけれど、俺っちは頭が悪いもんで、なかなかうまくいかねえ。それに……あの王太子を、ど、ど、どう扱っていいのか……エベールの旦那に助けてもらわなきゃあ、俺っちには扱いきれねえ……！　なにしろ聞いていた話と違うんだ……！　どうなっていやがる、畜生《ちくしょう》めえ！」

靴屋のシモンの言うことはようわからんのう、と首を傾《かし》げながら、竜馬は「部屋」へと入った。家族から引き離された王太子ルイ・シャルルが監禁されている小部屋へと。

そして竜馬は、衝撃を受けたのだった。

なぜならば。

母・マリー・アントワネットに似た金髪と碧眼《へきがん》を備えた幼い王太子ルイ・シャルルは。

ベッドの上に腰掛けて、「シモンがいない間にズボンを穿《は》き替えなきゃ」と細い素足をぶらぶらさせていたその子供は。

「……待って。着替えが終わるまで入ってきちゃダメだよ。また僕を殴りに来たの、シモン？　革命歌をうまく歌えないから？　あんなもの、ちゃんと歌うつもりはないよ。ママに会わせてくれるなら、覚えるけれど……」

「王太子⁉　おまん……ついちょらん？　女の子じゃったがかあああっ⁉」

「……誰っ？　お、お前は……なんだ、いったい？　東洋人？　新しい看守なのっ？」

竜馬は、はじめて知った。

王太子ルイ・シャルルは、女児だったのだ。

なぜ。どうして。聞いちょらんぜよ？　シモンが戸惑《とまど》うはずぜよ！

（そうじゃ。王妃さまと国王は七年間も夫婦関係を結べず、産めた子供の数が少なかった。最初に生まれた男児のルイ・ジョセフは、早世しちょる。生まれつき身体が弱かったがじゃ。じゃが、王妃さまは他に男子を産めんかった。それで――やむを得ず当時まだ幼かったルイ・シャルルを、男装させて仮の王太子に据えたんじゃな。ところが、二人の間に新たな男児が生まれる前に革命が勃発《ぼっぱつ》し、国王は処刑されてしもうた。すでにフランス王家には、直系の男子がおらんがじゃ！　フランスはイギリスと違《ちご》うて、女王の即位を認めん国ぜよ。王朝の直系は、国王が処刑された時にもう断絶しちょったがじゃ！）

　この事実を、革命を遂行している面々は、まだ誰も知らないようだ。

「王太子さま～！　わしゃあ、さるお方から頼まれてタンプル塔の皆さんと、そして王妃さまをお救いするために代理人をやっちゅう、坂本竜馬ちゅう男ぜよ！　東洋から来た王妃さまの騎士じゃき！」

「り、リョーマ……？　ヘンな名前……それに、ヘンな顔……目が細いね、兄貴」

「わしゃジャポンから来たサムライじゃ。日本刀と銃の二刀流じゃき。強いぜよ？　あと、目は細くないぜよ。鳥目なんで、いつも目を細めちょるだけぜよ。こうせんと、おまんの顔が見えんきに。ささ、はようズボンを。裸ん坊は、はしたないぜよ」

「……ああ……あ、兄貴。僕の正体を見たなあ～？　僕の秘密に気づいたなあ？」

「見ちょらん。言わん。聞いちょらん。知らん。わしゃあ、請けた仕事を忠実に実行する代理人ぜよ？　職務中に知った機密は、すべて内緒にするきに！」

「ほんとに？　約束を破ったらハラキリする？」

「おう、する、する。サムライにはギロチンなぞ必要ないぜよ。自分の腹は自分の日本刀でばっさり斬る、それがサムライ魂《だましい》ぜよ！」

「ふぇえ。かっこいいねえ、兄貴！」

ズボンを穿き終えたルイ・シャルルが、竜馬の頰をぺたぺた触ってきた。顔形は天使のように愛らしいが、言葉遣《づか》いといい、態度といい、王太子らしくない。まるで下町の少年だった。シモンの癖がいろいろ伝染《うつ》っちょるんじゃな、と竜馬は思った。

だが実はわしゃあ、切腹なんぞ痛そうじゃから絶対にご免《めん》ちや。しょっちゅうパリのみんなにハラキリの話を聞かれるが、どこで「日本人はすぐにハラキリする」という話が広まったんじゃろ、と竜馬は不思議だった。オランダ経由かのう。

「で、兄貴を雇《やと》ったさるお方って誰？」

「今はまだそれは。脱出に成功してから教えるぜよ。なにしろエベールに知れたら、一大事じゃき。エベールといえば、王太子さまが実は女の子じゃとエベールにはまだバレちょらんのか？」

王妃さまと王太子とが近親相姦《そうかん》していてどうのこうのと寝言を言うちょるということは、エベールはこの秘密を知らんはずじゃが……妙な話じゃにゃあ、と竜馬は首を捻《ひね》る。

「……シモンは、僕が女の子だと気づいていないよ。他の男の子とは身体が違う、どうなっているのかわけがわからない、と頭を抱えているだけだよ。お前はなんなんだよ、ってすぐに殴ってくるのは困るけどさ。だからエベールにはまだ、知られていないと思うよ」

「おう、そうか。あのシモンちゅう奴が、阿呆でよかったのう。口ではワルぶっちょったが、どこか抜けちょるんじゃな、あれは」

「……ねえ、リョーマの兄貴？　僕が女の子だとエベールに知られたら、ママたちはどうなるの？」

「まず、王太子を詐称《さしょう》しちょったという大罪で、王妃さまは処刑に一歩近づき、おまんの命も危うくなる。おまんは幼いから処刑はされんじゃろうが、ずっとこの塔に監禁され続けて衰《すい》弱《じゃくし》死させられるぜよ。王太子を失った王党派は、すでに亡命済みの王家傍流《ぼうりゅう》の男子を新たな国王として担ぎ上げることになるのう。そうなると……」

「……ママを生かしておく理由が、なくなっちゃうね……パパが殺されたから、ママはもうフランスの王妃じゃないんだ。この上、王太子の僕に王位継承権がないと知れたら……ママは、ただの未亡人に……エベールに告発されて、ギロチンに送られちゃう……うう……ママ……」

「ママに会いたいがか、王太子さま？」

「……パパが断頭台で首を刎《は》ねられて、ママと引き離されてから……僕は涙を我慢して、シモンの前でも絶対に弱さを見せないように……殴られても蹴られても罵倒《ばとう》されても、歯を食いしばって頑張ってきたんだ……でも……ママに会いたい。ママが心配だよ。もうすぐママまでギロチンにかけられると思うと、我慢できないよ……どうして。僕たちが王家に生まれてきたことが、どうして死に値《あたい》する罪になるの？　ううっ……うあああああ……！」

飄々《ひょうひょう》としていたルイ・シャルルの感情が、決壊した。竜馬の開けっぴろげな人柄《ひとがら》に触れて、竜馬を「王妃の騎士」だと信じたからだろう。この人の前では虚勢《きょせい》を張らなくていいんだと思ったとたん、竜馬の腰にすがりついて号泣《ごうきゅう》していた。

「おお。よう頑張ったのう。強い子じゃ。立派な王家の息子じゃ。いや、娘じゃったか。ますます強い子じゃ。だいじょうぶ、おまんらには罪はないきに。革命騒ぎで、パリの誰もがちくと気が立っちょるだけじゃ。わしを信じて、家族みんなでタンプル塔から脱出するがじゃ。それで、おまんのママも救えるぜよ。な？」

「ううっ……兄貴……失敗したら、兄貴まで殺されちゃうよ……？　外国人のスパイだって告発されたら、もう助からないよ」

「だいじょうぶ、だいじょうぶ。わしゃあこの手の綱渡《つなわた》りには慣れちょるきに。わしには、天運があるぜよ！　天が、わしが成すべき仕事を成し遂げるまで、わしを生かし続けるぜよ！　おまんら王妃さまのご家族は、必ずお救いする！」

「……僕よりも、ママを……裁判が近づいているママを、どうか助けて……お願い、兄貴」

「うふ。おまんのママからも、同じことを言われたがじゃ。全員お救いするぜよ、任せえ」

王妃は娘を庇い、娘は母の身を案じている。

竜馬は、涙を流しながらしゃくり上げているルイ・シャルルの身体を抱きかかえていた。

「ちくと我慢するきに。おまんのお姉ちゃんたちと一緒に、すぐに馬車のもとへ行くぜよ」

「うん！　ありがとう、リョーマの兄貴！　僕、兄貴の舎弟《しゃてい》になるよ！　相棒にね！　兄貴が危ない時には、僕が兄貴を助けるから！」

「おお、ありがたいことじゃにゃあ。おまんは強い子じゃや、王太子！」

「ふふっ。そうだ！　もしもあと七年生きられたら、こっそりリョーマのお嫁さんになってあげてもいいよ？　ママは十四歳でパパと結婚したんだ。僕はママ似だから、今はちんちくりんだけれど、七年後には絶世の美少女だよ！」

　ありゃあ。王太子にえらく懐《なつ》かれてしもうた。相棒はともかく、嫁にするのはちょっと。王妃さまにも「そういう趣味の持ち主でしたのね、失望いたしましたわ」と叱られるぜよ。

「いやあ、それは……わしゃ七年後にはもう四十手前じゃき、ちくと年齢差が……おりょうに白い目で見られるがじゃ……まあ、おまんはまだ子供じゃ。今は、大きくなったらお嫁さんになってあげると言うちょっても、成長したらあっさり心変わりするぜよ。おまんには恋愛や結婚はまだ早いきに。これから、これから。あっはっは！」

「そんなことないよー！　兄貴は僕のことを敬《うやま》って王太子扱いしないし、シモンたちみたいに罪人扱いもしないし、こんな気安い殿方《とのがた》に出会ったのははじめてなんだよー！　まるで昔からの幼なじみみたいだよ、兄貴は！」

「あー。要は、わしゃあ八歳の子供とたいして変わらん、ちゅうことじゃな。道理でどこへ行っても子供に懐かれるはずじゃ。納得したぜよ……」

　いよいよ、計画通りに「タンプル塔脱出」へと移行する時が来た。

しかし、ルイ・シャルルの部屋だけが「別室」だったために、予定の二倍以上もの時間を竜馬は使ってしまっている。

時間切れ、だった。

「リョーマ！　大変よ、逃げましょう！　計画が漏れたのよ！」

「ま、まどもあぜるっ⁉　馬車で待機しちょれと頼んじょったがじゃ？」

ブーリエンヌが、ルイ・シャルルの部屋に転がり込んできた。今日のブーリエンヌはいつもの男装を解いて、淑女の衣装を着ている。

「エベールが仲間を引き連れて急行してきたわ！　もう、この塔は包囲されつつある！」

「な、なんじゃと？　妙じゃな。タンプル塔を監視しちょる面々はだいたいがエベール派の人間じゃが、みなダントンが大金を投じて買収したはずぜよ？」

「ともかく、早く！　私たち二人だけなら、なんとか脱出できるかもしれないわ。王太子たちの救出は次の機会よ！」

塔の一階の玄関口から、聞き覚えのある男の声が響いてきた。

「おらは最初からスパイだと信じていたぜえ！　オランダが送り込んできた王党派のスパイ、リョーマサカモトがタンプル塔に潜入したという密告があったぜえええ！　憲兵諸君！　サンキュロットの野郎ども！　リョーマサカモトを見つけ次第、逮捕だあ！　殺しちまっても構わねえ！　発砲を許可する！」

よりにもよってあのエベールが、自らの仲間たちを続々と引き連れて、タンプル塔へと到着したのだった。

「しもうた！　いかんぜよ。どうしてじゃ。なぜ、わしのタンプル塔潜入がエベールに漏れたがじゃ？　しかも、エベール自身が大捕り物に乗り込んでくるとは、完全に想定外ぜよ⁉」

「……エベールはなにがなんでもママを死刑にするための証拠が欲しいから、いずれ僕たちを革命裁判所に連れ出して尋問《じんもん》するって言っていた。予備審問《しんもん》ってやつだよ。リョーマと僕や姉上たちが一緒にいるところを直接押さえたいんだよ、きっと」

「いかん、いかん。まどもあぜるが危惧《きぐ》しちょった通りになったがじゃ。わしの命は構わんが、まどもあぜるにルイ・シャルルたち、おまんら全員を危険に巻き込んでしもうた。すまんのう。すまん……！」

「馬車まで辿り着けば、まだ脱出は可能よ、リョーマ！　急ぎましょう！」

すでにルイ・シャルルも王妃も、天命が尽きているのかもしれない。わしがどれだけ奔走しても、「歴史」はこの親子の死へと突き進んじょるのかもしれない。が、竜馬は諦めない。革命フランスに呼ばれた以上は、わしは成すべきことを成すまでは生きる。

「リョーマ。ママだけでも、救出して。お願い。僕たちはまだ処刑されないから。パパは例外だったけれど、死刑囚はまずコンシェルジュリー監獄送りにされるんだ。順番から考えても、エベールのママへの異常な恨みから考えても、ママが最初に殺される。だから」

この塔は文字通りの監獄。大勢で押し通れるような裏口もない。大勢の憲兵やサンキュロットが塔を包囲しちょる。以前カフェでエベールに睨まれて囲まれた時とはわけが違うぜよ。こりゃあ、いつぞやの寺田屋と同じ状況じゃ。塔から遠く離れた馬車まで王太子たちを連れ出すのは無理じゃ、と竜馬は天を仰《あお》いでいた。王太子をどうにかして連れ出せたとしても、マリー・テレーズとエリザベートを置いていくことになる。そうなれば、あのエベールが二人の女性をどう扱うか。

「……王太子。いったん、わしゃあまどもあぜるとともにタンプル塔から逃げだすしかないきに」

「ルイ・シャルルでいいよ、兄貴。僕、ほんとうは王太子じゃないし」

「必ずおまんら全員を生かして救出する。おまんのママもじゃ。わしゃ絶対にこの仕事を、最後までやり遂げるぜよ！　しばしお別れじゃ。辛い目に遭うじゃろうが、待っちょれ」

「……どうして、そこまでしてくれるの？　フランス人の僕たちのために」

「わしゃあ、ただの人間じゃき。フランスもジャポンもないぜよ。革命じゃからちゅうて、なにをしてもええわけはないぜよ。おまんのような子供を犠牲にしてええはずがないぜよ。それにのう。フランスの革命がうまくいってくれんと、ジャポンも困ることになるがじゃ」

「……じゃあ、リョーマはジャコバン派なの？　王党派じゃないの？」

「わしは、いかなる派閥にも属しちょらん。わしは、わしじゃき！　自由人じゃき！　わしの望みはジャポンの開国、そして海洋貿易ぜよ。要は船に乗りたいがじゃ。鎖国中のジャポンは革命せにゃならん。しかしの、国王一家を皆殺しにせにゃならん血生臭い革命なぞ、わしゃあ好かんきに！　革命とおまんらの命とを、きっと両立させるぜよ――！」

よくわかんないや。サンキュロットとも王党派の貴族とも、ぜんぜん言っていることが違う。滅茶苦茶だ。兄貴はヘンな人だなあ、とルイ・シャルルは呆れながら竜馬の顔を見上げていた。目の縁《ふち》に浮かんでくる涙を指で拭《ぬぐ》いながら。

「頑張れ。生きちょれよ、ルイ・シャルル。必ず迎えに行くぜよ！」

うん、とルイ・シャルルは頷いていた。

竜馬が、そしてブーリエンヌが、ルイ・シャルルの部屋から脱出する。

その竜馬たちとほぼ入れ替わりでルイ・シャルルの部屋に飛び込んできたエベールは、してやったり、と勝利を確信していた。

「よう、糞ガキ！　リョーマのおかげで、予定を繰り上げられた。ただちに王妃の予備審問を開始するぜえ！　リョーマはまもなくおらの手下が射殺だあ。そしててめえらは裁判所に送られるんだよ、王妃を処刑するに値する告訴状を作るための証人としてな！」

「いかんちや。どこからエベールに漏れたがか。ナポレオンに顔向けできんぜよ、わしゃあ！」

「リョーマ。塔内はどこもかしこも憲兵とサンキュロットで溢れているわ！　どうすれば？」

「仕方ないきに。まどもあぜるを巻き込むわけにゃいかん。女じゃろうが、容赦なく処刑する連中じゃ。わしお得意の悪知恵とこいつで、脱出する——」

「こいつって？」

タンプル塔の階段を駆け下りようとしていた竜馬は、階段の上下をともに塞《ふさ》がれて、進退窮《きわ》まっていた。寺田屋でも油断して幕府の捕り方たちに包囲されたのに、懲《こ》りちょらんのう、と我ながらこの隙《すき》だらけの性格が恨めしい。寺田屋でも、おりょうに助けてもろうたが、今回はまどもあぜる様々じゃ。いつもと違うて見違えるような美しい淑女姿ぜよ。こりゃあ以前カフェで出会った男装姿の女性と同一人物だとは誰も気づかん。

こうなった以上は、まどもあぜるを無事に逃がしきるぜよ。わしゃあ、やると決めたらとことん悪人になるきに！

「聞け、エベールの手下ども！　わしゃあ、こういう時のために人質のご婦人を捕らえて連れてきちょるぜよ！　サロンで知り合って口説き落とした、ジャコバン派のお嬢さんぜよ！　おまんらがわしに手出しするならば、わしゃあこのご婦人の頭に向けてリボルバー銃を発砲する！　ご存知、無限に弾丸を放てるジャポン謹製《きんせい》の特製拳銃じゃ！」

「ちょ。リョーマ。口説き落としたって、あなた」

「……ええから助けを求めるんじゃ、まどもあぜる。いやあパリのおなごの肌はええのう〜、ジャポンのおなごよりも乳がでこうてたまらんぜよ、ぐわっはっはっはあ！」

「あ～れ～！　皆さん、お助けを～！　ってリョーマ！　なに私の胸を揉《も》んでるのよっ？」

「だ～ま～れ～！　昨夜はあんなことやこんなこともしちょったじゃろうが～！　わしの口説き文句にまんまと騙《だま》されてのう！　おまんら、この哀れなまどもあぜるをジャポンのサムライなんぞに殺させてもええがか、ええがか？」

「「な……なんて奴だ、畜生め……！」」

「……ちょ、ちょっと？　これって、芝居《しばい》じゃないのでは……覚えていなさい、リョーマ……」

「こらこら、哀れな人質は黙っちょれ。ほうれ、フランス式のべーぜ《キス》ぜよ」

「むぐ、むぐ……！（リョーマ、あなたって最低の詐欺師だわ！　こんな初べーぜなんてありえないでしょう？　後で殺す！）」

竜馬は、咄嗟《とっさ》に得意の三文芝居《さんもんしばい》を強行。「人質」役のブーリエンヌを激怒させ、「皆さん、見ての通りこの男は極悪人《ごくあくにん》なんです、ほんとうに私を殺します！　どうか彼に手を出さないで、お願いっ！」と叫ばせると同時に、まず天井へ向けて、一発。

威嚇射撃である。

憲兵たちがたじろぐ。

竜馬が若く美しい「婦人」を連れていたことが、幸運だった。

ブーリエンヌが（リョーマと一緒なら、男装して男たちから身を守る必要はないし……わ、

私だっていい加減、リョーマに女性として認めてほしいしね）と淑女姿で行動していたことが、竜馬に脱出の機会を与えたと言っていい。ブーリエンヌがいつもの男装姿だったら、竜馬ともども王党派のスパイとして射殺されていたはずだ。

「む、む、無限連発銃なんて、あるわけないだろう。でまかせだ！」

「そうだ、そうだ！　これでもう、ご婦人は撃てない！」

「みな、この男を取り押さえろ！」

「ところがどっこい、まっこと連発式の銃なんじゃなあ、これが！　ほうれ、ちゅどーん！　当たったら死ぬぜよ、避《よ》けえや！」

どんっ！

二発目は、憲兵たちの間を抜けていき、壁にしつらえているガラスの窓を粉砕《ふんさい》していた。

「見たかや？　うふ。こいつがジャポンの秘密兵器、海外持ち出し禁止の無限連発銃ぜよ」

わっ、と憲兵たちが逃げ散った。

呆然《ぼうぜん》としているブーリエンヌの手を引いて、竜馬は階段を駆け下りた。

「はあ、はあ、はあ……リョーマ。あなたねえ！　好き勝手に私の身体を弄《もてあそ》んでくれたわね！　これで私はパリ中に『ジャポンのサムライに騙されてベッドで無茶苦茶された哀れな女』と知れ渡ることに！　私の評判は、もう堕《お》ちるところまで堕ちたわ！　弁護士への道があ、弁護士の夢がぁ！」

「まどもあぜるまで指名手配犯にさせるわけにはいかんちゃ。ああするのが最善じゃった。まっこと感謝しちょるぜよ、まどもあぜる」

「あれが、感謝している男のやることかーっ！　べーぜって、もっとこう、それに相応しい場面があるでしょう？　毎晩毎晩そのきっかけを与えてあげてきたのに、あなたって人は！」

「後で土下座《どげざ》して謝るきに。まどもあぜる、急いで馬車を出してくれんかの？」

「ええ。今回は、専門の馭者《ぎょしゃ》を雇っているわ。王党派の一員で、口の堅い男。そして私よりも馬車を御《ぎょ》する技術はずっと上よ。運が良ければ、逃げ切れるはず……だけれども……」

辛《から》くも脱出に成功し、ブーリエンヌとともに馬車へと駆け込みながら、竜馬は頭を抱えていた。ブーリエンヌを無事に逃がすことができたことは不幸中の幸いだったが、さすがにコンシエルジュリー監獄に続いての二度続けての失敗は堪《こた》えた。

しかも、エベール派のサンキュロットたちが「オランダのスパイ、リョーマサカモトを逮捕せよ！」「連発銃を恐れるな！　数の暴力は銃に勝る！」となおも追撃《ついげき》してくる。

ついに、足が付いた。竜馬は、ただちに馬車を飛ばして逃げるしかない。しかし、いったいどこへ？　パリから脱出すれば、もはや王妃の救出など夢のまた夢だ。

（まずいぜよ。わしの暗躍《あんやく》が発覚したのは構わんが、王妃の立場はこれで最悪になってしもうた。しかもここで捕まれば、まどもあぜるを巻き込んでしまうがじゃ。どうする。どうするがか？）

サロンに続いて、またまどもあぜるに救ってもろうた。

乙女姉さん。わしゃあ、情けない男じゃ。

このままではナポレオンとの約束を果たせん。王妃もルイ・シャルルも、救えそうにないぜよ。

気丈なブーリエンヌが「落ち込まないでリョーマ！　だいじょうぶよ。あなたなら、できるわ！」とそんな竜馬を励《はげ》ます。竜馬の強さは、個人としての強さではない。人と人を繋げる不思議な魅力と旺盛《おうせい》な行動力にある、とブーリエンヌはすでに理解している。だから、彼女の言葉はただの気休めではない。

竜馬。おまんならやれる。

それはかつて何度も乙女姉さんにかけられた言葉であり、竜馬を奮い立たせる言葉だった。

「そうじゃ！　閃《ひらめ》いたぜよ。まどもあぜる。ただちに、人でごった返しちょるサン・トノレ通りにこの馬車を入れるがじゃ！」

第五話

革命裁判

シテ島の革命裁判所。

今のフランスは戦時中であり、内乱中だ。すでに、革命は「恐怖政治」に移行している。

革命裁判にかけられた者は、「死刑」あるのみ。

革命裁判所検事のフーキエ＝タンヴィルは、しかし、大量の囚人《しゅうじん》の死刑執行を躊躇《ためら》っていた。とりわけ王妃マリー・アントワネットをはじめとする女性たちを続々とギロチンに送ることは、革命政府の運命を狂わせていくのではないか、恐怖政治がエスカレートして止まらなくなるのではないかという予感めいたものを持っていた。

国王を処刑したことで、戦争も内乱も一段と過激化した。この上、王妃まで殺せば、パリ市民――少なくともパリの婦人たちの心は革命政府から離れるのではないか。

ロベスピエールの革命政権が倒れれば、当然、フーキエ＝タンヴィルの命もない。

公安委員会のロベスピエールからも、王妃を処刑しろという命令は届かない。ロベスピエールもまた、王妃の処刑を躊躇《ちゅうちょ》しているのだ。

だからフーキエ＝タンヴィルは、エベールからの再三の要請《ようせい》にもかかわらず、コンシェルジュリー監獄に身柄《みがら》を移送された王妃の裁判を開始せず、ずっと引き延《の》ばしてきた。

だが、フーキエ＝タンヴィルをもってしても、もはや王妃処刑の流れは止められない。

エベールが「予備審問《しんもん》を開始するぜえ！」と裁判所に乗り込んできて、王妃の裁判に関《かか》わる三人の「証人」を連れてきたからだった。

タンプル塔から連れ出された、王太子ルイ・シャルル。王女マリー・テレーズ。王妹エリザベートである。

予備審問の法廷で、エベールは苛立《いらだ》たしげに親指の爪《つめ》を噛《か》んでいた。

エベールがタンプル塔を急遽《きゆうきよ》訪問した理由は、坂本竜馬《さかもとりようま》が国王一家を救出する陰謀《いんぼう》を進めているという匿名《とくめい》の「密告」を得たことだったが、そのタンプル塔で靴屋のシモンから妙な話を聞いたのである。少々抜けているシモンはまったくわかっていないようだが、王太子ルイ・シャルルはどうやら女児らしいのだ！

理由はわかる。国王と王妃の子供は、みな女ばかりだ。国王が死んだ今となっては、男装させて王太子として育てていたルイ・シャルルを女児に戻すことはできない。王家の嫡流《ちやくりゆう》が断絶するからだ。革命政府は、ルイ・シャルルに王位継承権がないことを証明した時点で革命に勝利する。

それに、王妃たちが女児に王太子を騙《かた》らせていた罪は、それだけでは死罪には問えないが、充分厳罰《げんばつ》に値《あたい》する。

さらに、少なくともルイ・シャルルが「王太子」である限りは、オーストリアに対する「強力な」交渉《こうしよう》の駒《こま》として「生かして」おく価値が生じるのだ。

だから王妃たちも、「王太子は女児です」とは言いだせないのだろう。

しかしエベールにとっては、この展開は（なんてこったい。畜生《ちくしょう》めが。ふざけんなよ）と言いたくなる悪夢だった。

エベールはさんざん新聞『デュシェーヌ親父《おやじ》』を刷って、「王妃と王太子の近親相姦《そうかん》の罪」というデマを振りまき続けたのだ。無理矢理に王妃を処刑に追い込むために。ロベスピエールもフーキエ＝タンヴィルも、「王妃を死刑に処す合法的な罪状がない」と二の足を踏んでいる。そこででっち上げようとしていたのが、近親相姦というおぞましい大罪だったのだ。カトリックの権威すら認めないエベールならではの阿漕《あこぎ》なこの策略が成功すれば、王家の威厳《いげん》も完全に失墜《しっつい》して、まさに一石二鳥だった。

（それなのに、実は王太子が女児だったなんてよお。しかも、危うくあのリョーマサカモトとかいう胡散臭《うさんくさ》い東洋人に、王太子を救出されちまうところだった。あんにゃろう、ジャコバン派の皮を被《かぶ》っていやがったが、やっぱりオランダが送り込んできた王党派のスパイだったじゃねーかよ。どこの誰だかは知らねーが、密告者さまさまだぜえ。ああ、それを思えば運がいいぜ、今日のおらはよう……いや、よくねえな。リョーマには逃げられちまったんだから）

タンプル塔から脱出した竜馬が乗った馬車は間違いなく、サン・トノレ通りを激走していたのだ。

エベール率《ひき》いる憲兵たちも馬に乗って馬車を追撃《ついげき》し、サン・トノレ通りで大立ち回りがあった。

　しかし、竜馬が立て籠《こ》もる馬車をやっと停止させて包囲したと思いきや、すでに馬車の車両内は空《から》っぽ。馬を御《ぎょ》していた男に竜馬の行方《ゆくえ》を尋《たず》ねても、「いつの間にか消えていた」と言うばかりであった。どれほど尋問《じんもん》しても「なにも知らない」と口を割らない。慌《あわ》てて周囲を捜索したが、どこにも竜馬の姿はない。竜馬の行きつけのカフェにも、そして竜馬の下宿先の書店にも。

　逃げ足だけは速い男だった。

　坂本竜馬がオランダの密命を帯びて王妃救出のためにパリに潜入していたスパイだということは、これで明らかになった。おおかた、国内に潜伏《せんぷく》する王党派や、あのフェルセンとつるんでいるのだろう。

　その竜馬は逃がしたが、今日この裁判所でやっと王妃を処刑するための「告訴状」を作ることができる。これで、一勝一敗というところか。いや。そもそも王妃さえ死刑にできれば、ジャポンのローニンなどどうでもいい。奴《やつ》の任務は失敗に終わった。大勝利だ、おらの勝ちだ、エベールはそう考えることにした。

　どうせ、竜馬に逃げ場はない。フランスから脱出するか、おらの手下に捕まるかの二択だ。

　ここに、「非公開」の予備審問が開始された――。

　ジャポン外交大使を自称していた坂本竜馬が、王妃救出を目論《もくろ》むオランダの反革命スパイだったことが明らかになった以上、ただちに王妃の裁判を進める。このエベールの圧力が、フーキエ＝タンヴィルを押し切ったのだ。

なぜ「非公開」だったかは、言うまでもない。

王妃を殺すべく、「告訴状」を捏造《ねつぞう》するためである。

タンプル塔に幽閉《ゆうへい》されていた時期、夫を失った「淫乱女《いんらん》」のマリー・アントワネットは、王妹エリザベートとともに、自《みずか》らの息子ルイ・シャルルを「慰《なぐさ》みもの」にした。すなわち、近親相姦の罪を犯した。すべては、王太子ルイ・シャルル自身が告発したことである——エベールが捏造した忌《い》まわしい「告訴状」にはそう記されている。

あとは、ルイ・シャルルにサインをさせるだけでいいのだ。書かないというのなら、サインそのものも偽造すればいい。どうせ子供だ。筆跡など、似てなくてもどうとでもなる。

エベールが「告訴状」の内容を読み上げる間、王女マリー・テレーズと王妹エリザベートは耳を塞《ふさ》ぎながら屈辱《くつじょく》と恐怖に震えていた。

国王ルイ十六世は、優しすぎる男だった。サンキュロットが宮殿に押し寄せて来た時には、国王としての威厳も捨てて、暴徒に命じられるがままに革命帽を被って彼らを慰撫《いぶ》した。何度も、蜂起《ほうき》したサンキュロットを強引に武力排除する機会はあったのだ。が、国王は可能な限り寛容の精神を貫《つらぬ》き続けた。気づけば、革命の勢いは止《とど》まるところを知らぬものとなり、国王とその一家すべてに「処刑」の危機が迫っていた。そこで国王が家族を護《まも》るために「国外亡命」を選択したことも、悪手《あくしゅ》となった。不運が続いて、脱出に失敗したのである。

しかし国王は、すでに王政が廃止された以上、自分が処刑されれば王妃たち一家は救われる、と信じてギロチンに身を委《ゆだ》ねたのだ。パリ市民たちの王政への怒りも、自分の首が革命広場で晒《さら》し者にされれば鎮《しず》まるだろう。どこまでも人がいい彼は、そう信じていた。

ところが、現実はどうだ。

国王を処刑したために革命は過激化の一途《いっと》を辿《たど》り、エベールとサンキュロットの男たちは戦争と内乱の責任をすべて囚《とら》われの国王一家に押しつけようとしている。王妃。王妹。王の子供たちに。すでに、王政は停止しているはずなのに。

タンプル塔で母が息子を犯していたなどと、いったいどのような人間がこのような汚らわしく恥《はじ》知らずな「告訴状」を捏造できるのか。

「……もう、これ以上の冒瀆《ぼうとく》はやめてください！　エベール！　あなたは、怪物だわ！」

母親に似て気が強いマリー・テレーズが、エベールの発言を遮《さえぎ》る。

エベールは「ひっひっ。今の言葉は、王太子に向けて言ったんだよなあ？　そう記録しておくぜ」とほくそ笑んでいる。

敬虔《けいけん》なエリザベートは、目の前で行われている悪徳自体を受け付けられず、金縛《かなしば》りにあったように固まっていた。恐怖と哀《かな》しみのあまり、声が出てこない。

椅子《いす》に座らされている王太子ルイ・シャルルには、エベールの言葉の意味がよくわからない。まだ八歳なのだ。その上、数奇《すうき》な運命を辿ったルイ・シャルルは、少年としても少女としても躾《しつ》けられていない。性知識など持たず、無垢《むく》そのものだった。

ただ、姉たちがエベールに虐《いじ》められていることだけは、わかる。それと、自分が母親になにかとても酷《ひど》いことをされていた、という「作り話」をエベールが語っていることは。

（近親相姦ってなんだろう……ママに添い寝してもらったことが、どうして罪なんだろう？　よくわかんないよ……でも……ママの悪口なんだよね）

ルイ・シャルルは、エベールが発行している新聞『デュシェーヌ親父』が、執拗《しつよう》に王妃の醜聞《しゅうぶん》を書き立て続けていると聞いている。記事の内容は幼《おさな》いルイ・シャルルにはよくわからないが、王妃を死刑に追い込むためにサンキュロットを扇動《せんどう》しているのだという。

「さあ、坊ちゃん。おらの告訴状に、サインを頼みますぜ。断れば、お姉ちゃんとおばちゃんは死刑だ。わかってるな？」

「……でも、僕がサインしたらママが死刑になるんだよね？」

「へっへ。お利口《りこう》さんじゃねえか。でもよ、あんたがサインしなくてもママは死刑になりますぜ、坊ちゃん。おらが代筆すりゃあそれで済むのだからよう」

だが、あんたが自分でサインすれば、目の前にいるこの二人は救ってやる、とエベールがほくそ笑みながらルイ・シャルルに囁《ささや》く。

「ダメよルイ・シャルル！　その告訴状にサインをしてはダメ！　あなたは――」

「――ええ。あなたは女の子よ、ルイ・シャルル。その告訴状の中身は、あなたのお母さんが深く傷つく内容なの。もう、やめて……！　こんな酷い陰謀なんて、ありえないわ……！」

マリー・テレーズがエベールを抱え込んで制止し、そしてエリザベートがついに声をあげた。

「おお、悲劇的な光景だぜ。しかしよう。おらが大嫌いなキザ野郎のサン＝ジュストはこう言ってるぜえ。国王は、国王であることそのものが罪なのです、と。あいつはお高くとまったいけ好かない奴だが、いいこと言うじゃねえか。てめえらも全員、国王一家なんだから罪人だ！　ええ？　てめえらは生まれながらにして、フランス人民の敵なんだよ！　王太子が男だろうが女だろうが関係ねえ。このガキはよう、生まれてきたことそのものが罪なんだ！」

「いいえ。これ以上、あなたの冒瀆は許せません！　こんなものが、あなた方の革命なのですか？　フランス人として恥じる感情はないのですか？　私は、王太子が実は女児だったと国民に公表します！　お義姉《ねえ》さまに忌まわしい近親相姦の罪を被せるくらいならば、亡き国王の妹として、私自身の責任で王家を断絶させます！」

エリザベートさんよ。そんな権利はあんたにはねえんだよ。あんたたちが「公《おおやけ》に発言する場所」なんて、もうどこにもねえ。パリの「情報発信源」は、このおらだ。時代は変わったんだよ。今や、情報を握っている者こそが革命の支配者だ。サンキュロットの王であるおらが、革命パリのトップなんだぜえ。忌《い》ま忌《い》ましい王妃を殺したら、王党派もブルジョアどももみんな断頭台へ送ってやる。エベールはエリザベートの言葉を聞き流して、へらへらと笑っていた。

「さあ、坊ちゃん。どちらを選びますかい？　全員で死ぬか、この二人だけでも助けるか、だ。

八歳のお子さまには厳しい場面だねえ、泣ける選択だねえ～」

ルイ・シャルルは、「もっと早く、勇気を出してあなたの正体を明かしていれば……ごめんね……」と泣きながら謝り続けるマリー・テレーズに抱きしめられながら、決断していた。

「……エベール。僕はサインしないよ。ママを断頭台に送る告訴状になんて、絶対にサインしない。サインしても、お前は僕との約束を破って、お姉ちゃんたちを殺すに決まっている」

「な、な、なんだとう？　今の発言は記録するんじゃねえーっ！　ああ、そうかい！　それじゃあ、てめえの役目はこれで終わりだ。予備審問を開いて告訴状を完成させたという既成事実さえあればいいからなあ！」

「……リョーマが必ず、ママと僕たちを救いに来てくれる……ジャポンのローニンは、強いんだ。お前なんかよりもずっと」

「うるせえ！　あいつはもう、逃げるか捕まるしか道がねえ指名手配犯だぜえ！　ありゃあ、後先《あとさき》考えずに大法螺《おおぼら》を吹いて走り回るだけのペテン師野郎よ！　おらが大量のサンキュロットと憲兵を配備したタンプル塔にもコンシェルジュリー監獄にも、奴はもう絶対に近寄れねえ！　無理なんだよおおおお！」

「リョーマは、自分は王党派じゃないって言っていた。自分はただの、人間だって。政治や思想や革命のためではなく、リョーマ自身の意志で、僕やママを救おうとしてくれているんだ。だからリョーマには、派閥《はばつ》を越えた友達が、仲間が大勢いる。きっと、約束を守ってくれる」

ルイ・シャルルは署名《しょめい》を最後まで拒否した。しかし、ついにはエベールがルイ・シャルルの小さな手を強引に握って、無理矢理にサインさせてしまった。ルイ・シャルルが「離せ、この糞《くそ》ヤロー！」とシモンから教えられた庶民《しょみん》言葉で叫びながら抵抗したので、サインは判読困難な文字になったが、八歳の子供なのだからこれでいい、とエベールは居直っている。

息子が、母親との近親相姦を告発する。おぞましい告訴状が、ここに完成した。

「明日、ただちに本裁判だあああ！　日和見《ひよりみ》野郎のフーキエ＝タンヴィルめ、告訴状ができあがったからにはもう裁判を引き延ばせねえぜえ！　王妃に死刑判決を下す時が来たあああああ！」

マリー・テレーズとエリザベートが、「……ごめんね……」とうなだれるルイ・シャルルを次々に抱擁《ほうよう》する。これが最後の抱擁になる、と三人は知っている。エベールは明日、王妃を処刑させる。それから家族は、一人また一人、順番に殺されていくのだ。

おお、王家の麗《うるわ》しい家族愛はここに無残にも踏みにじられた。美徳が敗《やぶ》れ、悪徳が勝った。すべてはマルキ・ド・サドが書いた通りになったぜ、カトリックの信仰も王家の権威も全部おらが破壊し尽くしてやる。これが真の革命ってやつよう、ひひひひ、とエベールは舌《した》なめずりしながら高笑いした。

「偽善者《ぎぜんしゃ》野郎のロベスピエールにも、おらの革命はもう止められねえぜえ」

「……え、え、エベールめ、絶対に許せん……この男は、革命を冒瀆している……処刑すべきだ。ただちに断頭台へと送ってやる……！」

※

隣室で密《ひそ》かにこの「非公開裁判」を「傍聴」していたマクシミリアン・ロベスピエールは、怒りのあまり珍《めずら》しく表情を歪《ゆが》めていた。日頃は決して感情を露《あらわ》にすまい、と鉄仮面のような無表情を自分に課しているロベスピエールだけにこれほど激怒することは滅多《めった》にない。

「……私は幼くして母を亡くし、父に捨てられ、弁護士として身を立てて兄弟を食べさせていくために『子供時代』を捨てて生きてきた……ルソーに出会い、すべての不幸な人々に自由と平等を与えるという理想に目覚めて革命に身を投じた……サカモトくん。亡命を図《はか》った国王の処刑は革命遂行《すいこう》に必要だった。王妃に死に値する罪があれば、私はやはり迷いなく処刑する。王太子とて同じだ。だが、今エベールがやっていることは断じて許せない。奴は、醜《みにく》い。革命の闘士として相応《ふさわ》しくない」

すぐに死刑にする、ギロチンに送ると言いだすのが、おまんの悪い癖《くせ》じゃ、死刑廃止論者だった頃を思いだすがじゃ、とロベスピエールの隣に侍《はべ》っていた竜馬が囁く。

そう。エベールに追われていた竜馬がサン・トノレ通りへ出たのは、ただやみくもに逃げるためではなかった。サン・トノレ通りには、ロベスピエールの下宿先であるデュプレ家もあれば、ジャコバンクラブもある。窮《きゅう》した竜馬は、ロベスピエールのもとへ飛び込んだのだ。王党派と裏で手を組んで王妃を救出しようと画策《かくさく》していたことが発覚した竜馬は、ロベスピエールにとってもすでに「敵」だった。だが、竜馬は迷わずロベスピエールを頼ったのだ。

「……なぜ私のもとへ来れば匿《かくま》ってもらえると考えた、サカモトくん？　たとえ弟の友人だとはいえ、私が王党派のスパイを見逃すような男だとでも思ったのか」

「どうせ捕まるなら、エベールよりもおまんに捕まるほうがマシじゃき」

「国外へ逃げるという道は考えなかったのか？」

「それでは、サン・トノレ通り界隈《かいわい》に引きこもっちょるおまんをシテ島まで連れ出せんかったがじゃ。わしは、エベールがなにをやっちゅうかをおまんに直接教えたかったぜよ」

デュプレ家に竜馬が飛び込んできた時、ロベスピエールは「君には逮捕状が出ているのだぞ」と竜馬の豪胆《ごうたん》さに呆《あき》れたが、竜馬に同伴《どうはん》していた淑女《しゅくじょ》ブーリエンヌの存在が竜馬の運命を分けた。

童貞《どうてい》を貫いてきたロベスピエールは、婦人に弱い。しかも、情報では竜馬が「人質」として連れ回している哀れな女性だと聞いている。竜馬一人ならただちに逮捕させたはずの彼が、「お怪我《けが》はありませんか、お嬢さん」とわずかにたじろいだ。

この好機を逃すまいとばかりに、ブーリエンヌは賢明にも、ロベスピエールのもとに侍っていたデュプレ家の娘・エレオノールに事情を打ち明け、救いを求めたのだ。「竜馬を救え」と頼んだのではない。近親相姦の罪で告発されようとしている王妃マリー・アントワネットとその子ルイ・シャルルを救ってほしい、と訴えたのだった。

エベールのやっていることに憤慨《ふんがい》したエレオノールは、珍しくもロベスピエールに口添えした。

『ロベスピエールさん。エベールはすべての女性と母親の敵です。どうかあなたの夢であるはずの革命を、こんな汚れたものにしてしまわないでください！』

ずっとエレオノールの自分への想いを見て見ぬふりをし、「私は革命と結婚した」と言い張って彼女との間に壁を設けていたロベスピエールは、エレオノールの懇願《こんがん》を断れない。彼女が、これほど彼に対して強くなにかを訴えてきたことは、かつてなかった。

『私は決して、君を見逃すわけではないぞ、サカモトくん』

ロベスピエールはそう言いながら竜馬に連れられて、即座にシテ島の革命裁判所へ向かったのである。

そしてロベスピエールは今、エベールが行っている予備審問のすべてを、覗《のぞ》き穴を通して自分の目で見て、自分の耳で聞いた。

幼いルイ・シャルルが実は女児であり、すでにフランス王家の嫡流は絶えていることも。

エベールがそれを承知の上で、王妃を近親相姦の罪で告発し、明日処刑しようとしていることも。

なによりも、エベールに捕らわれて「告訴状」の捏造を強制され、否応《いやおう》なしに引き裂かれていく家族たちの姿を見た。

母が死んだ後、自分を含めた幼い子供たちを放りだしてフランスから逃げていった父親の顔が、ロベスピエールの脳裏《のうり》に浮かんだ。まだ幼かった私が感情を捨て、心に鉄の仮面を被り、すべての人間に自由と平等と幸福をもたらすという絵空事《えそらごと》を本気で夢見るようになったのは――かかる不実、かかる悪意、かかる無責任をこの世界から取り除くためだった――。

「ロベスピエール。おまんは、もう国王を処刑し、王家の嫡流を断ったがじゃ。これ以上『元』国王の家族を犠牲《ぎせい》にするのは、よせ。おまんは高潔な男、決して腐敗せんまことの革命の志士じゃ。しかしのう。善を為《な》すために、おまんは独善に陥《おちい》っちょる。エベールはおまんの鏡じゃ。性根《しょうね》は真逆じゃが、やっちょることは変わらん。革命の名のもとに、片っ端から意に沿わん人間を殺しちょる。だからおまんは怒っちょるんじゃ」

「それでは君は、エベールを死刑にするなと言うのか。サカモトくん。それは呑《の》めない。私が為すべきことは、王妃を処刑するか、エベールを処刑するかの二択だ。そして王妃に近親相姦の罪などないことが明らかになった今、私は――」

「ちゃ、ちゃ。もう、恐怖政治なんぞやめい。殺せば、いずれおまんも殺されるぜよ」

「もとより私は、死を覚悟の上で恐怖政治をはじめている。戦争に勝利するために、パリにおけるサンキュロットの暴走と虐殺《ぎゃくさつ》を阻止《そし》するために、革命が終わるまでの間、敢《あ》えて私自身が『独裁者』となることで無秩序と革命の堕落《だらく》と敗北の道を回避する。不本意ながらも、そう決めたのだ。革命を導いていたミラボーもマラーも死んだ。生き残っている者のうち、エベールは見ての通りの男で、ダントンは王党派やブルジョアとつるんで私腹を肥《こ》やす男だ。私しかいなかった。革命が成就《じょうじゅ》し、私が自らの使命を終えた時には、私もまた革命広場の断頭台に上ろう。すべては、そう思い定めてのことだ」

「まあ、まあ。落ち着きいや。とりあえず、下宿に帰るぜよ。明日、王妃の裁判がはじまる。まだ時間はあるきに。明日どうするか、一晩よく考えるがじゃ——おまんには、武市《たけち》さんのような最期《さいご》は遂《と》げてほしゅうないぜよ」

タケチくんという男は知らないが、君が言うにはジャポンの革命の志士で、トサの独裁者として政敵を暗殺し続けた男だったな、最後は主君に逮捕されてハラキリをしたという、とロベスピエールが呟《つぶや》く。

「あいにく私には、主君はいない。誰が、私を止めてくれるのだろうか」

「なにを言うちょる。おるじゃろうが。革命政府が仕《つか》える主君は、パリ市民であり、フランス国民ぜよ」

「……そうか。そうだな。私を殺す者は……人民……なのだな」

デュプレ家に帰宅したロベスピエールを、ブーリエンヌが出迎えた。

竜馬が「風呂じゃ。風呂じゃ。パリっ子はなんで風呂嫌いなんじゃ。さすがのわしも、いい加減風呂に入らにゃあ耐えられん」と入浴を求めてどたどたと階段を上っていくと同時に。

ブーリエンヌが、「美しい夢を追っていたはずの革命が、血と暴力と悪意に支配されつつある。今やエベールは、新聞を通じて血に飢《う》えたサンキュロットの心を支配している。私一人の力ではもう、彼らを止められない。私はどこで間違ったのだろうか」と青ざめながら歯ぎしりしていたロベスピエールに、そっと声をかけていた。

「……ロベスピエールさん。私が男女の壁を越えて弁護士を志《こころざ》したのも、父親に捨てられたからなの。でも、どういうわけか、放っておいたらなにをするかわからないダメな殿方《とのがた》の世話をしたくなるのが私の性分《しょうぶん》みたいね」

「……そうか」

「もしかしたら、お父さんがそういう人間だったから、なのかも。だとすれば、私は生涯《しょうがい》苦労するわね……なにしろ幼なじみに、リョーマよりも酷《ひど》いダメ男がいるから。ふふ」

人間の性格も志《こころざし》も、そして心の傷も、幼少時の経験によって作られていく。だからこそすべての人間を幸福にしなければ、この不幸と悪意の連鎖《れんさ》は終わらないのだ、と生真面目《きまじめ》なロベスピエールは思った。

だが、今対処すべき問題は目の前に展開しているこの「悪」だった。王妃や王太子を釈放《しゃくほう》することは許されない。それは革命の後退、妥協《だきょう》を意味する。しかしエベールが勝利すれば、それは革命の理想が悪徳に敗れることではあるまいか。

「エレオノールさんと語り合って。彼女は今夜、あなたの部屋で過ごすって決めているわ。これ以上、革命の理想と悲惨《ひさん》な現実の間で苦しむあなたを見ていられないって。一人で悩んでいちゃダメよ」

「……それは……つまり、彼女と結婚しろということか？　しかし、私はいずれは死ぬ運命の男だ。彼女を、不幸にする……それは、できない……私自身の幸福は、列の最後でなければならないんだ。私が、どれだけの人間を犠牲にしてきたか。この手は、人々の血に塗《まみ》れている……」

「あなたの幸福の話じゃないの。このままあなたと結ばれずに生涯を終えるほうが、彼女にとってはずっと不幸だと言っているの」

「いや。無理だ。私にはできない。私は革命と結婚した男だ、革命を裏切ることになる」

自分自身が幸福になることが、恐ろしいのか。思わずロベスピエールは後ずさっていた。

その退路を断つべく、がはははと大笑いしながら、一人の巨漢がロベスピエールの背後に現れていた。

「おお、マクシム！　お前は、ご婦人に対して徳を施《ほどこ》したことがない！　リョーマも、嘆《なげ》いていたぞ。お前は命の哀れさを知らん、知れば自分が立ち止まってしまうだろうことを恐れて知ろうとしないのだと！」

「……ダントン？　君は引退して故郷に帰ったのでは……では、君がサカモトくんを⁉」

「ああ。そうだとも。リョーマや王党派とつるんで王妃を救出しようと画策していた首謀者《しゆぼうしや》は、この俺だ！　俺の首をギロチンで落とすのならば、落とせばいい。お前こそが革命なんだ、お前にくれてやるさ。しかしな。明日の王妃裁判をどうするか、こいつが先だマクシム。フランス革命が血塗《ちぬ》られた悪意の勝利に終わるか、後世に輝かしい希望を残すかの瀬戸際《せとぎわ》だ、明日がな――！」

革命に殉《じゆん》じて死ぬ前に、一人のご婦人に徳を施せ、男女の情愛を拒絶しているお前に「万人の幸福」などほんとうにわかるはずがない、と笑いながら、ダントンはロベスピエールの胸板《むないた》を「どん」と叩《たた》いていた。

「ダントン。なぜ、逃げなかった。パリに留まれば、私はいずれ君の首を」

「それが、俺にもよくわからん。リョーマが言うには、俺とお前は二人で一人。俺が情で、お前が知性。片方が欠ければ、もう片方も倒れる。フランス革命には、俺とお前の和解がどうしても必要だと言うのさ。ツバを飛ばされてがなり立てられているうちに、俺もそうだなあと納得させられちまった。ありゃあ、筋金《すじがね》入りの周旋屋《しゆうせんや》だな」

サカモトくん。君ははるばるジャポンからやってきて、私とダントンを和解させてしまったのか。奇妙な人間が海の彼方《かなた》にはいたものだ、とロベスピエールは思った。彼はルソーの理想を、革命の精神を、ほんとうにジャポンに持ち帰ってくれる男なのだな、と。

ロベスピエールは、エレオノールが待つ寝室へ行こう、と決意していた。

※

翌日――革命裁判所大法廷。

ついに元王妃マリー・アントワネット、現未亡人カペーの裁判がはじまっていた。

裁判官たち、検事フーキエ＝タンヴィル、様々な階級から選ばれた陪審員たち、裁判の監視役として公安委員会のメンバー、傍聴席に押しかけた数え切れないパリ市民たち。

そして、被告席に座らされた「オーストリア女」マリー・アントワネット。

パリの全市民が注目する、世紀の裁判である。

戦争、内乱、食糧難《しょくりょうなん》に困窮するパリ市民たちは、オーストリアから嫁《とつ》いできたこの王妃を憎《にく》みきっていた。国王ルイ十六世の国外逃走も、国庫の破綻《はたん》も、オーストリアとの戦争に苦戦していることも、すべてはこの女の暗躍《あんやく》のせいなのだと思い込みたかった。

しかし、サンキュロットたちのカリスマであるはずのエベールが、なかなかこの裁判をうまく進められないでいた。「死刑」にすることはすでに決まっている。だが、彼女を死刑にするための「物証」はなにも得られていないのだ。

また、死を覚悟したマリー・アントワネット自身が、かつてとは別人のように毅然《きぜん》とした態度でエベールとの弁論対決に挑《いど》み、エベールを押していたことも想定外だった。

次第《しだい》に、傍聴席に詰めかけていたパリの女たちが、

（金遣いばかり荒くて、ろくでもない女だと思っていたけれど）

（囚われの子供たちを護るために、こんなにも頑張るなんてさ。立派《りっぱ》なもんじゃないの）

（エベールのほうがずっと、だらしないよ。旦那《だんな》を処刑されてこんなにもやつれ果てた王妃に、見苦しい言いがかりばかりつけてさ）

と王妃を口々に讃《たた》えはじめていた。

検事フーキエ＝タンヴィルが（見ろ。明確な罪状があった国王処刑の時とは違う。だから自分は王妃の裁判に踏み切らなかったのだ）とエベールを睨《にら》む。

そして――追い詰められたエベールは、とうとう例の「切り札」を切った。

「ちっ。こうなったら仕方がねえ！　とっておきの罪状を突きつけてやらあ！　こいつは、未亡人カペー、てめえの息子ルイ・シャルルがてめえを告発する告訴状だ！　てめえは、自分の息子と近親相姦の罪を犯していたんだぜえ！　本人のサイン入りだ。見たかい、ご婦人方。これがこのオーストリアの淫乱女の正体だ！」

エベールが「マリー・アントワネットと王太子の近親相姦」を罪として裁判所で告発したこ

の瞬間、王妃のみならず、傍聴席と陪審員席の人々の表情がいっせいに凍《こお》りついていた。

（やったぜ。おらの逆転勝利だ！　さしもの王妃も、てめえの息子……いや、実は娘だが……から、こんなおぞましい罪で告発されるとは予想もしていなかっただろう。これで流れはおらが摑《つか》んだ！　もう、なにも言えまい。王妃め、戸惑《とまど》っていやがる。青ざめていやがる。旦那の首が落ちた時よりも衝撃だろうよ。さまあみやがれ！）

しかし、人々は王妃への怒りで凍りついていたのではなかった。

革命をこのような忌まわしいかたちで冒瀆したエベールに激怒していたのだ。

とりわけ、パリに暮らす市井《しせい》の女性たちは、みな、今まで「デュシェーヌ親父」として慕《した》ってきたサンキュロットの味方・エベールに対して、激しい怒りを抱いた。

この男は、フランスから王家とキリスト教というふたつの権威を引きずり下ろしただけでは飽き足らず、よりにもよって母親と息子を冒瀆したのだ。王政。宗教。そして家族。エベールは、そのすべてを破壊しようとしている。王政と宗教の権威を認めない「革命」において、社会に最後に残されるべき価値は「家族」であるはずだった。それを破壊してしまえば、パリは無政府状態の混沌《こんとん》に陥る。

いや、彼女たちにとってそんな理屈はどうでもいい。

よりによって女を、母親を、子供を、エベールは嘲笑《ちょうしょう》し愚弄《ぐろう》し踏みにじったのだ。

これがこの男の本性。なんて下劣な。今は亡き「人民の友」マラーとはまるで違う！

（お、おいおい？　なんでみんな黙りこくってんだあ？　どうなってんだよ？　みんな、このオーストリア女を殺したいほど憎んでいたんじゃあなかったのかよう？　どうしてお前ら、おらを睨むんだ？）

　とエベールが慌てる。

「未亡人カペー！　おらの告発になにか答えろってえの！　無罪だと言うのなら、弁明しろ！　ええ？　だんまりを続けるつもりなら、有罪と見なすぜえ？」

　マリー・アントワネットはこの時、歴史に残る「言葉」をエベールへ、そして裁判所に詰めかけていた人民へ向けて語っていた。王妃に対するパリ市民の怒りは、この時、嘘《うそ》のように消え去った。

「――母親に対して向けられたあなたの中傷に答えることを、自然が拒《こば》んでいるのです。この裁判所におられるすべての母親に問うていただければ、おわかりでしょう」

　そうだ、そうだ、エベール引っ込みな、お前みたいなゲスの出る幕じゃないよ、と女たちの叫び声。

　それに釣られて、傍聴席に詰めかけていた男たちも「デュシェーヌ親父、そりゃねえぜ！」と慌てて声をあげる。

「皆さんに、お伝えしなければならないことがございます。ええ。わたくしは、王政の復活を断念してでも、わが子の名誉を守らなければなりません。皆さん。わが子ルイ・シャルルは

──」

エベールが「げえっ」と悲鳴をあげた。

マリー・アントワネットが、王太子の秘密を人民の前で公開しようとしている！　しまった。おらが近親相姦の告発をしていなければ、黙っていたはずだ。この女、王政復古よりも、自分の命よりも、ルイ・シャルルの名誉を護る道を選びやがった！　王政復古の芽《め》が消えるのはいい。王妃も、「娘を王太子と偽《いつわ》っていた」という罪を足せばついに処刑できる。さまあみやがれだ。だがよ、おらの近親相姦の告発が捏造だとバレちまう！　冗談じゃねえぜえ！　パリ中の女どもに、おらが吊《つ》るし上げられちまう！　こんなことで告発されたら、おらも死刑だ！

あの高潔な童貞野郎のロベスピエールが黙っちゃいねえ！

「黙れ、黙れえええ！　この女狐《めぎつね》めがあああ！　これ以上の発言はおらが許さねええええ！　裁判長、被告にもう語らせるなああ！　この女、大衆を惑《まど》わせる弁舌の技術を土壇場《どたんば》まで隠していやがった！　こいつの言うことは全部嘘っぱちだああ！」

窮したエベールがマリー・アントワネットに躍《おど》りかかり、その口を強引に封じる。傍聴席からは「発言を封じるな！」と怒号《どごう》が飛び交《か》い、裁判所は大混乱となった。

「……こうなった場合は、どうするか。すでに決めておりましたな裁判長」

検事フーキエ＝タンヴィルが、裁判長に目で合図を送る。

裁判長が頷《うなず》く。

「了解いたしました、検事。さらなる証人の追加と証言を認めます！」

そして、混乱する大法廷へ、ロベスピエール率いる「証人」の一団が入廷したのだった。

「――私はなおも判断を保留していた。最後まで革命裁判所とエベールに王妃の裁判を委《ゆだ》ねるか、それとも証人たちを連れて私自らが介入《かいにゆう》するか。もしもエベールが忌まわしい近親相姦の虚偽《きよぎ》告発を行ったら、私が出る、と決めていた――エベールよ。貴様のような愚劣《ぐれつ》な男に、革命の旗手《きしゆ》を気取る資格はない。どれほど新聞を刷ってサンキュロットの支持を集めようとも、偉大な『人民の友』マラーには、お前は絶対になれない――お前は、母親を侮辱《ぶじよく》した。お前自身、母親から生を受けていながら。そのような男がいるか。お前は、人民の幸福など望んではいない。ただフランスの秩序を破壊し、世界に破壊と混乱をもたらしたいだけだ。お前は、ルサンチマンの権化《ごんげ》だ」

ロベスピエールが怒気《どき》を孕《はら》みながら、市民たちの面前でエベールを叱《しか》りつけた。激怒している。あの冷静で寡黙《かもく》なロベスピエールが。

「う、うるせえ！　てめえだって、おらと同じ穴の狢《むじな》だろうがよう！　国王の処刑に賛成したのは誰だ？　サン＝ジュストに『国王であることが罪なのです』と演説させたのは誰だ？　恐怖政治を開始したのは誰だ？　全部、てめえじゃねえか！　だ、だいたい、童貞野郎のてめえが、今さら女の味方づらできるのか？」

「ああ、エベール。私には、母親の記憶はほとんどない。私は母親の愛をほとんど知らない。

だが、今は違う。女性を知り、愛を知った――私はこれまで、世界の半分しか見ようとしていなかったのだ。サカモトくんが、私の愁眉《しゅうび》を開いた」

「……おめえ。まさか童貞を捨てて、強気になってんのかあ？　じゃあ、おめえはもう、高潔な革命の戦士じゃねえ！　おらと同じ、汚れた男じゃねえかよ！」

「違うな。現実を知ってなお、私には消えない革命の理想がある。お前には、もとより理想がない。あるのはただ、上流階級への憎しみだけだ」

「そういうことじゃき。戦争だの革命だの近親相姦だのに関して、王妃は無罪ぜよ！」

「げえっ？　りょ、リョーマ、てめえ……そうか。ロベスピエールのもとに逃げ込んでいやがったのか……よくも……！」

　エベールは、ロベスピエールが連れてきた証人たちの中からひょっこりと飛び出してきた坂本竜馬の姿を見て、完全に我を忘れた。要はローニンのリョーマが、ロベスピエールに鼻薬《はなぐすり》を嗅《か》がせて王妃を救う気にさせていやがるんだ！

　この野郎、いったいどこまでおらに祟《たた》りやがる。ジャポンに帰れ！

「裁判長！　おらは、リョーマサカモトを告発する！　そのジャポン野郎はオランダのスパイだ！　タンプル塔に潜入して、王太子を連れ出そうとしやがった！　ダントンとも王党派ともつるんでいやがる！　証拠はいくらでもある！」

　エベールが叫ぶが、傍聴席のパリっ子たちはみな、このジャポンのローニンを熱烈に歓迎している。東洋のサムライが物珍《ものめずら》しいのだ。その上、誰とでも気軽に接する上に世話焼きの竜馬は、すでにして街の人気者だった。

「王妃に罪があるとすれば、おまんも知っちょる『王太子の出自』の件だけじゃ。じゃが、王政が消滅した今、もうどうでもいいことじゃろ。エベール。もう、諦《あきら》めえ」

大歓声。

ローニン野郎に、完全にパリ市民の人気を奪われた。もうおしまいだ、おらはギロチン送りだ。錯乱《さくらん》したエベールは（畜生。畜生。このローニンさえいなければ、サンキュロットもロベスピエールも丸め込めたのによう）と呟きながら小銃を抜いて、王妃めがけて発砲しようとした。

しかし、竜馬は「ほたえなっ」と叫びながら素早く懐《ふところ》からリボルバー銃を繰り出し、瞬時にエベールの掌《てのひら》を撃ち抜いていた。

「……ぐ……ぐわあああああっ……！」

やった！　と傍聴席のパリっ子たちが溜飲《りゅういん》を下げる。

頭なり心臓なりを撃ち抜けば即死させられたのに、竜馬は敢えてそれをやらなかった。

さすがの腕前だなと頷きながら、ロベスピエールが憲兵たちに、

「エベールに処刑権はない。彼を逮捕しろ」

と命じる。

痛みのあまりへたり込んだエベールが「いてええええ、いてえええ！　糞ったれ。いっそ殺しやがれ！　これじゃあ、おらはリョーマの引き立て役じゃねえかよう！　リョーマめ、覚えていやがれえええ！」と捨て台詞《ぜりふ》を吐きながら連行されていく。

大歓呼《かんこ》の声に迎えられながら、証人席に竜馬が立った。

これが、「証人席」。これが、「裁判」。なにもかも、幕末の日本にはなかったものじゃ。竜馬は、身震いしていた。

「みんな、すまんのう。わしがジャポンの外交大使ちゅう話、あれは嘘じゃ！　わしゃあ、ジャポンの外の世界を見とうて見とうて、土佐《とさ》藩を脱藩して気がついたらこのパリにやってきちよった、ただのローニンぜよ！　ジャポンに戻れば、ハラキリじゃ！　どこの国にも属さず、どこにも帰るところはない。ジャポンに残してきた妻にも友にももう会えん。しかし、わしは誰よりも自由ぜよ！　この地球の天と地と海そのものが、わしのねぐらじゃき！」

「やっぱりな。行儀が悪すぎる。お偉いさんじゃないと思っていた」

「あんたはそういう人だとわかっていたよ」

傍聴席に溢《あふ》れるパリ市民たちが笑いながら、続々と竜馬に質問を投げかける。

なぜ、鎖国《さこく》の禁を破ってフランスに来たのか。

どうして、革命を応援しながら王妃を庇《かば》うのか。

それらの質問に、竜馬はツバを飛ばしながら答え続けた。

「わしゃあ、ジャポンで革命を起こす！　パリには、本場のフランス革命を学びに来たがじゃ！　フランスもジャポンも同じじゃ。血筋のいい貴族階級の人間が威張《いば》り腐り、わしらのような身分の低い者は生まれてから死ぬまで地べたに這《は》いつくばって生きるしかない、堅苦しい封建社会じゃ。ジャポンは丸ごと洗濯せにゃならん。じゃが革命は痛みを伴《ともな》い、混乱を招く。人間の心を乱す。人間の命が軽うなる。内乱や戦争が起こる。おまんらが革命に熱狂するあまり血を求めちょるのと同じに、ジャポンでも同じことになりゆう！」

　もはや幕末のあの時代に戻ることはできないだろう。いくら学んでも、還元《かんげん》する機会はないのかもしれない。それでも竜馬は、フランス革命を知りたかった。フランス革命の混乱を収拾し、全世界に革命精神を輸出したナポレオンという男を知りたかった。しかも、おそらく本来はナポレオンが頭角を現すまでの混乱の時代に死んでいく運命であろうロベスピエールもダントンもみな、興味深い男たちだった。まるで、百年の知己《ちき》のようだな。みなに、生きてほしかった。

「ジャポンでも、無数の維新《いしん》の志士が非業のうちに死んだぜよ。ロベスピエールによう似ちょる、わしの幼なじみの堅物《かたぶつ》・武市半平太《はんぺいた》も。サン＝ジュストに似ちょる人斬《ひとき》りの岡田以蔵《おかだいぞう》さんも。池《いけ》も。まんじゅう屋の近藤《こんどう》も。亀弥太《かめやた》も。北添《きたぞえ》も。寅太郎《とらたろう》も。薩摩《さつま》の田中新兵衛《たなかしんべえ》どんも。長州《ちょうしゅう》の高杉晋作《たかすぎしんさく》も。久坂玄瑞《くさかげんずい》も。数えきれんほどの志士たちが、ジャポン人同士で革命のために争い殺しおうて、ことごとく死んだ——！　しかし、それでも世の中は変えにゃならん。

生まれと血筋ですべてが決まるような不条理で不公平な世の中は、変えてしまわにゃならん。このわしも、ジャポンの革命、維新回天《かいてん》のために死ぬきに！」

誰もが、声を失っていた。革命で、どれほどのフランス人が死んでいったか。国王ルイ十六世だけではない。ロベスピエール、ダントンとともにジャコバン派を率いて革命を指導していた「人民の友」マラーは、ジロンド派を信奉《しんぽう》する美しい少女シャルロット・コルデーに暗殺された。そのシャルロット・コルデーの首も、ギロチンの露《つゆ》と消えた。パリで繰り返される暴動では、無数の人間が犠牲になった。今なお各地で王党派市民の暴動が続発し、国境では戦争が続いている。リヨンでは、革命軍が王党派の住民たちを虐殺していると噂《うわさ》もある。これからも、大勢の人間が死ぬ。

わしは、これ以上「血」が流れるのが嫌じゃ、あのフランス革命が「恐怖政治」という幕末の京のような地獄の有様《ありさま》に陥っていくのは見とうない、と竜馬は訴えた。

「もう、王様を殺してしもうた。死んだ者は生き返れん。すでにはじまってしもうた戦争は簡単には止められん。フランスは、『常勝将軍』の登場を待ってこの戦争を終わらせるしかない。おまんらならば、できる。必ず、常勝将軍は現れる！　だからもう――『元』王妃さまとそのご家族は、許してやってくれんか。ルイ・シャルルには決してフランスの王位を継がせない、二度とフランスの革命に干渉《かんしょう》せん、そう王妃さまが約束してくれたら、無罪放免《ほうめん》にしてやってくれんか。これ以上、女子供を虐めるのはよしてくれんか。頼む。わしの理想のフランス革命を、わしゃあみんなに勝手に押しつけちょるのかもしれん。しかし――知っていてほしいぜよ。わしらジャポンのサムライたちが、志士たちが、おまんらがはじめたフランス革命に憧《あこが》れて、自らの命を捨てて海の向こうで戦っちょるということを——」

途中からは、竜馬の弁舌は支離滅裂《しりめつれつ》になっていった。もともと、理屈よりも感情が先走る男なのだ。そして、自分でも意識しないうちに聞き手の心を摑んでしまう。

その竜馬の後を継いで、「革命の男」ダントンが証言台に立つ。あのダントンが戻って来た！　と人々は熱狂した。いったいどこへ行っていたんだ、ダントン。

「パリ市民たちよ、俺は帰ってきた！　エベールはリョーマをスパイとして告発すると言っていたが、そいつはお門違《かどちが》いだぜ！　リョーマはオランダとはまったく関係ねえ。リョーマと組んで王妃をお救いしようと奔走していたのは、このダントンさまよ！　国王を処刑しちまって、九月暴動も止められず、俺は正直『やりすぎた』と落ち込んださ。天罰覿面《てんばつてきめん》、愛する妻も死んじまった。もう革命も流血も懲《こ》り懲《ご》りだ、ルソーのように自然に帰りてえ。新妻とともに田舎《いなか》に引きこもろうとしていたところを、リョーマに引き留められて政界に舞い戻ってきたってわけさ。王妃を無実の罪で処刑させるな、ロベスピエールに革命を全部押しつけて逃げるな、おまんはサイゴーさんに似ちょるのう、って叱られちまってよ。サイゴーさんって奴が誰だか知らないがな！」

ダントンは、革命の第一人者ミラボー亡き後、パリでいちばんの演説の達人《たつじん》だった。その巨体と大声が醸《かも》し出す迫力で、聴衆を熱狂させてしまう。ロベスピエールが彼を恐れている理由でもある。が、今、中道のロベスピエールと右派のダントンは竜馬によって関係を修復していた。左派のエベール派についても、政敵のジロンド派についても、死の粛清《しゅくせい》はしない、と取り決めてある。革命政府には絶妙な力のバランスが必要なのだ、一極集中に奔《はし》ると片っ端から粛清せねばならなくなる、そう竜馬が力説して二人を説得したからだった。

竜馬にとっては、このままではジャコバン派政府の誰も彼もが近いうちに死ぬことはもう目に見えていた。

幕末時代、長州藩と薩摩藩と土佐藩を連合させて新政権を作ろうとしたのも、この竜馬の絶妙のバランス感覚による。たとえば薩摩藩なり長州藩が独裁政権を築けば、日本はおそらく死人の山を築く。共和制や議会制民主政治を実現する過程では一時的に独裁政権を経《へ》ねばならないという「屁理屈《へりくつ》」を、生まれつきカンのいい竜馬は信用してない。

「国難の時だから」と大老《たいろう》・井伊直弼《いいなおすけ》が強行した大弾圧が、日本にとって益《えき》になっただろうか。有能な志士を無駄に殺し、「天誅《てんちゅう》」という反動テロを生みだし、いたずらに世を混乱させただけではないか。井伊直弼があのような独裁に奔らず、幕府自身を近代的な政府として改革する道を選んでいたならば、そもそも幕府を潰《つぶ》す必要はなかった。無数の志士たちが死ぬ必要もなかった。

心ならずも恐怖政治を開始したロベスピエールの精神が崩壊《ほうかい》しかけているのを見て、竜馬はいよいよ「ひとたび独裁がはじまれば、止まらなくなるぜよ」と確信したのだ。

「ああ、そうだ。万人は平等でなきゃあならねえ。『王妃だから』死刑ってのは、そいつは不平等だ。ジャポンじゃあ、たとえ大将が腹を切ってもその妻子にまでは咎《とが》は及ばない、サムライは女は斬らないっていうじゃねえか。言われてみりゃあ、フランスにも騎士道精神ってのがあったはずだ。おっと。今風の男女平等はいいんだ。女性政治家や女性弁護士がいたっていいじゃねえか。ただ、死刑に値する罪を犯していない人間を処刑するのは法の平等に反するって言っているんだぜ。うわっはははははは！」

ダントンが、王妃と王太子たち「元国王一家」の釈放とすみやかな国外退去を求めた。

「王妃たちを釈放しちまうのは革命政府の面子《メンツ》に関わるってんならよ、王妃は処刑したという体《てい》にして、こっそりオーストリアへ帰ってもらえばいいじゃねえか。革命戦争が落ち着くまでの間、身を潜《ひそ》めてもらえばいいじゃねえか。なあ？　政治ってのは元来、こうやって裏と表を使い分けるもんだ！」

ああ、それでいいよ、と傍聴席の女性たちがダントンに喝采《かっさい》を飛ばす。

「私も、王妃の処刑に反対する一人です。皆さん。私は国王を処刑した処刑人でありながら、国王追悼《ついとう》のミサを密《ひそ》かに行っていました。告発されれば死刑です。しかし、それでも追悼せずにはいられないのです。たとえ私が処刑されようとも、わが子に国王のミサを続行させます。パリに死刑制度が存続し、サンソン家がある限り――『処刑人』の一族サンソン家には、職業選択の自由はないのでしょうか。この手を大勢の人の血で汚した私にはそのような自由はないのだとしても、せめて王妃とそのご家族には、囚われの牢獄《ろうごく》から解放される自由を与えたいのです」

ダントンに続き、「ムッシュー・ド・パリ」こと、シャルル＝アンリ・サンソンが、王妃一家の釈放を訴えた。「私は国王の死を弔《とむら》っている」と、自らの罪を告白しながら。

ムッシューを告発しろ、と叫ぶ者は一人もいなかった。

そして、最後は幼い王太子ルイ・シャルルが、自らの声で証言した。

まるで天使のような愛らしい子供だ、とみなが息を呑んだ。

竜馬は知らないが、あと数カ月竜馬がパリへ転生してくる時期が遅れていれば、母を殺されたルイ・シャルルは光も届かずトイレすらもない部屋に押し込められて、背骨は曲がり、糞《ふん》尿《にょう》に塗《まみ》れて、壁に「ママ……」と書き残して衰弱《すいじゃく》し、幼いままに死んでいく運命だった。この世にこれ以上悲惨な扱いを受けた子供はいない、と歴史にその名を残すはずだった。しかし、幸いにもまだこの時期のルイ・シャルルはそこまでの虐待《ぎゃくたい》を受けてはいない。王妃告発のための重要な手駒《てごま》だったからだ。

「僕とママは、エベールが言っているような悪いことはしていない。なにもしていないよ。エベールが無理矢理、僕にサインさせたんだ。どうしてママが僕に添い寝してくれることが、悪いことなの？　僕にはよくわからないよ。それに、実は僕は――」

おっと、その話はまだここでは、と竜馬がルイ・シャルルの唇《くちびる》を指で塞いだ。

王太子が女児だと知れたら、王妃の新たな「罪」となって、また裁判のやり直しになる。死刑には問われずとも、禁固刑は避けられないだろう。

「もうわかったよ。すべてエベールのでっち上げだ。王妃と王太子を釈放しろ、裁判長」

「王妃は処刑したということにして、オーストリアにでもスウェーデンにでも、帰してあげな」

「あたしたちは、国王を殺した。王政は終わった。共和国が誕生した。それでいいよ、充分だよ、もう」

「あとは反革命戦争に勝てれば、それでいいや。腹いせに王妃を殺したって、戦争は終わりゃしねえ」

フーキエ＝タンヴィルに促《うなが》されて、裁判長が「王妃への判決は、死刑とする。ただし、当法廷に召喚《しょうかん》されている未亡人カペーは、王妃ではない。エベールが誤認逮捕した別人である。家族についても同様である。故《ゆえ》に、当法廷は偽《にせ》『王妃』一家を釈放する。ただし彼女たちの存在はフランスに無用の混乱を招くため、フランス国内での居住及び反革命運動はこれを認めない。すみやかに国外へ退去するように」と判決を下した。

これが、ロベスピエールとダントン、そして竜馬の三人が予《あらかじ》め話し合って決定していた「落としどころ」であった。陪審員たちからの反対もなかった。反対すれば、雄々《おお》しく復活したダントンがまた大声で扇動して、傍聴席のパリ市民たちが暴動を起こすだろう。

マリー・テレーズとエリザベートが、ルイ・シャルルと「もうできない」と信じていた抱擁を交わし、そして、ルイ・シャルルは被告席から解放されたマリー・アントワネットの腕の中へと飛び込んでいた。

「ああ、ルイ・シャルル。わたくしのかわいい天使……！」

「……ママ……ママ……！　ありがとう、兄貴！　約束を守ってくれたね！　僕も、兄貴との約束を必ず守るよ！」

「いやいや、ルイ・シャルル。あの約束は忘れていいぜよ。王妃さまの前で妙なことを言うなよ、言うなよ？」

「はーん。さてはリョーマの兄貴は、ママに気があるんだねー。惚《ほ》れてるんだねー。なるほど、なるほど。うん、わかったよ！　僕は物わかりがいい子だからねー」

「こらこら！　お、お、おまんは、ちくとませすぎぜよ！　シモンに文句を言ってくるがじゃ！」

「……リョーマさん。このようなことが、現実に起こるだなんて……再び、この子をこの腕で抱きしめられるだなんて……あなたにはどれだけ言葉を連ねても、お礼を言い尽くせません」

「あー！　ママもリョーマに恋してるんだね！　そのきらきら輝いている瞳《ひとみ》を見ればわかるよ！　パパもきっと喜んでくれるよ！　これから、ママの新しい人生がはじまるんだね！」

「んもう、この子は。な、なにを言って……すっかりリョーマさんに懐《なつ》いてしまったのね」

「王妃さま。わしゃ、ナポレオンの代理人じゃき。ナポレオンに礼を言ってくれればいいぜよ！　……おっと。ここでナポレオンの名前を出したら……まずかったかの？」

「だいじょうぶよ。法廷中が大騒ぎだから、ロベスピエールには聞こえていないわ。リョーマって興奮《こうふん》すると暴走するのね」

すっかり竜馬の馭者《ぎょしゃ》にされかけているブーリエンヌも、マリー・アントワネットとルイ・シャルルの抱擁を眺《なが》めながら思わず涙をこぼしていた。

「これでボナパルトも本気を出すわよ、リョーマ！　たぶん。きっと……そうよね？　毎日、トゥーロンから『上官が馬鹿《ばか》で戦争ができない』って泣き言ばかり書いて送ってくるんだけれど……だいじょうぶよね？」

「おう。ナポレオンに欠けちょるものは、燃えあがる恋愛の情熱だけじゃった。今ついに、王妃さまをお救いできたがじゃ。これであの男は世界の歴史に名を遺《のこ》す『常勝将軍』になるぜよ、まどもあぜる」

「ほんとかしら？　リョーマは法螺吹きだから、嘘臭いわね」

法的にはどうかと思うが、なるほど人間は情の生き物だな、彼らパリ市民を引き締め直すのは骨が折れると苦笑しながら、ロベスピエールが竜馬の肩を叩いていた。

「王妃たちを早くパリから脱出させろ、サカモトくん。必ず王妃の釈放に反対するだろうから出張を命じて法廷には呼ばなかったが、サン＝ジュストは王妃殺しを諦めていない。彼はいっさいの悪意なしに人間を殺せる『革命の天使』だ。私とは違う。説得は不可能だ。しかも、彼は剣士としても桁外《けたはず》れに強い――軍人になっても見事に大成する男だろう」

「おう。以蔵さんに似ちょると思うちょったが、そう言われればサン＝ジュストは沖田総司《おきたそうじ》にも似ちょるのう。平気で人を斬っちょるのに、おなごとみまごうべっぴんじゃ、うふ」

ルートはもう決めてある。あとは、移動するのみだった。

第六話

海援隊

堂々とシテ島を出発した馬車は、全速力でパリから離れ、オーストリア軍とフェルセンが待ち続けている国境地帯へと向かった。王妃マリー・アントワネットたちを無事にオーストリア側に引き渡したら、竜馬《りょうま》はただちに南フランスへと転進してトゥーロンで苦戦しているナポレオンの支援に回る予定である。

たとえオーストリアの態度が軟化しても、イギリス軍はトゥーロンから撤退してくれない。マリー・アントワネットの生死は、オーストリア帝室にとっては重要だが、イギリスには関係のない話なのだ。

トゥーロン港の奪回が困難な原因は、海上を封鎖《ふうさ》しているイギリス艦隊の艦砲《かんぽう》射撃のためであった。戦術の天才であるナポレオンは、トゥーロン港と湾を挟《はさ》んだ反対側に位置する岬《みさき》の丘（小ジブラルタル）を占領して、岬の先端に大砲を据《す》え付け、海上のイギリス艦隊を砲撃《ほうげき》するという作戦を立てたのだが、上官が無能でこの作戦がまったく通らない。やっと作戦が認められたと思いきや、戦場で血を見た上官が狼狽《うろた》えて作戦を中断してしまう。そうこうしているうちに、イギリス軍が小ジブラルタルの戦略的価値に気づいて堅固《けんご》な砦《とりで》を築いてしまうという悪循環に陥《おちい》り、ナポレオンは「もうおしまいだあ」とすっかり弱気になっているのだった。

（いかんちや。はようトゥーロンへ行って、ナポレオンとの約束を果たさにゃあいかんぜよ）

もうすぐ、オーストリア軍との合流地点に到着する。

馬車内で揺られながら、竜馬はマリー・アントワネットに「王妃さま。これからどうするがじゃ」と尋《たず》ねていた。

「スウェーデンの恋人フェルセンと再婚するがか。それとも……ええと。やっとパリから脱出できた王妃さまには実に言いづらい頼みじゃが、できればそのう〜、わしの親友のナポレオンと結婚してくれれば、王党派と革命政府との関係も安定するし……公武合体《こうぶがったい》ちゅうやつじゃな……それに、ナポレオンは皇帝になれたかのように大喜びするじゃろ。王妃さまのために騎士として生涯《しょうがい》尽くしてくれるぜよ！」

　それじゃボナパルトがオーストリアの将軍になっちゃうじゃない、王妃さまが「革命政府を打倒して、あなた」ってボナパルトにせがんだら、あいつ、ほんとうにやっちゃうわよ？　とブーリエンヌが思わず竜馬に突っ込むが、竜馬は「王妃さまはそがいなことは言わん」と一笑に付《ふ》した。

「でもリョーマ？　ボナパルトには自分がフランス人だという意識がないんだから。王妃さまと再婚なんてことになったら、あいつ、自《みずか》ら喜び勇んでオーストリア人になっちゃうかも」

「うふ。まどもあぜる、それはないぜよ。なぜなら――ハプスブルク家のお姫さまとコルシカ島生まれの田舎《いなか》軍人との結婚なんて、帝政オーストリアでは絶対に無理ぜよ。ボナパルトが王妃さまと結ばれるには、革命を成功させて自由と平等の共和国をヨーロッパに作るしかないきに」

「え、ええ？　ボナパルトのあのヘンな文学青年癖《ぐせ》に火を付けて、全ヨーロッパに戦線を拡大するつもり？　あなたって、意外と過激なのね」

「まあまあ、まどもあぜる。どのみちそうなるぜよ。時代が、ナポレオンを求めちょるきに。じゃが、どうせならわしゃあ、ナポレオンの初恋を成就《じょうじゅ》させてやりたいがじゃ」

わしの直感じゃが、ナポレオンが王妃さまと結ばれれば、セントヘレナ島に幽閉《ゆうへい》されて死んでいく悲劇の最期《さいご》を遂《と》げずに済むかもしれん。ナポレオンは恋愛のために戦い、英雄となり、そしてきっと恋愛によって躓《つまず》く男じゃき。王妃さまと結婚すれば決して浮気などせんじゃろう、と竜馬は考えている。

「運命の女性」ジョゼフィーヌとの結婚によってヨーロッパに君臨《くんりん》する「英雄」となるが、どうしてもハプスブルク家貴族への憧《あこが》れを抑えきれずにオーストリア帝室から新妻を迎えて愛妻ジョゼフィーヌと離婚したことで、一気に栄光の座から転落していく。そんなナポレオンの運命を詳細《しょうさい》に知っている現代人から見れば、この直感は当たっているのだが――。

しかしマリー・アントワネットは、「リョーマさん。以前もお伝えしたように、申し訳ありませんが、わたくしは誰とも再婚するつもりはありません」と答えていた。

「フェルセンともです。わたくしは生涯、亡き夫の喪《も》を弔《とむら》い続けるつもりです――わたくしの愛は、夫だけに捧《ささ》げると誓《ちか》ったのです」

「し、しかし、王妃さま。せっかく生き延《の》びられたがじゃ。まだ若いのに、もったいないぜよ。亡き国王さまも、そがいなことは望んでおらんちや！　ナポレオンはのう、女慣れしちょらん純情な文学青年じゃが、愛する妻を娶《めと》ればたちまち天駆《あまが》ける龍《りゅう》となる英雄ぜよ！　じゃが、愛する女性がおらにゃあ、やる気を出せん。そういう男ぜよ。王妃さまがあいつに寄り添ってくだされば、ナポレオンはヨーロッパ最強の英雄になる！　わしが保証する！」

「あなたとナポレオン殿のご厚意には、ほんとうに感謝しておりますのよ。ですが申し訳ありませんが、リョーマさん。わたくしたち家族のために凜々《りり》しく断頭台へ向かってくださった夫を裏切ることはできません。たとえ、夫の死によって凍てついてしまったわたくしの情熱の炎が再び蘇《よみがえ》っているのだとしてもです……どうか、ご理解くださいませ」

「情熱の炎？　おお、それでは王妃さまは、内心ではやはりナポレオンを!?」

「あ、いえ。わ、わたくしは……そ、その……」

鈍《にぶ》いよリョーマ兄貴！　パパのためにこう言っているけれど、ママはほんとうはリョーマに心を奪われているんだよ！　裁判所でもリョーマばかり見ていたもんね！　パパはとても優しい人だからママが再婚しても恨《うら》んだりはしないのに、素直になればいいのになあ～、と王妃の膝《ひざ》の上に座っていたルイ・シャルルがはしゃぐ。

「もう。ルイ・シャルルってば、たしなみのないことを。あたしだって、裁判所ではリョーマばかり見ていたわよ？　囚《とら》われの姫ならば、誰だってそうするでしょう？　リョーマ、初対面の時はあなたの能力を疑ってごめんなさい。ほんとうに。許してっ！」

姉のマリー・テレーズが竜馬に頭を下げながら苦笑いし、

「この子はあの靴屋のシモンさんに監禁されているうちに、すっかり平民の男の子みたいに。でも、これでよかったのかもしれません。革命の嵐が吹き荒れる中、性別を偽《いつわ》って国王の玉座《ぎょくざ》に座る人生は、この子にとって辛《つら》いだけだったはずですもの——ルイ・シャルルは、お父上を失いましたが、『自由』を得られましたわ」

エリザベートが微笑《ほほえ》み、マリー・アントワネットが「ほんとうに」と頷《うなず》く。

「……えーと……ボナパルトに『あなたは王妃さまに袖《そで》にされたわよ』と伝えたら、また落ち込むわね……だいじょうぶかしら？」

「ブーリエンヌさん。あなたとリョーマさん、そしてナポレオン殿には感謝しておりますわ。感謝状を、トゥーロンに到着したらナポレオン殿に渡してくださいませ。文面は、こうです。わたくしはルイ・カペーの未亡人としてあなた方から与えられた余生を過ごしますが、オーストリア帝室の一員として、ナポレオン殿のためにいかなる犠牲《ぎせい》も支払っても、必ずやこのご恩をお返しいたします。革命政府は今後も混乱を続けるでしょう。もしもあなたの身に危機が訪れたら、いつでもわたくしを頼ってくださいませ。マリー・アントワネットより愛を込めて——これは、嘘《うそ》偽りなき誓いですわよ？」

「おお。それは助かるぜよ、王妃さま！　将来ナポレオンが躓くとすれば、ハプスブルク家との関係じゃろう。ジャポンの太閤《たいこう》さんと同じで、ナポレオンは高貴な血筋に弱いぜよ。どれだけ出世しても、これぱっかりは変えられん。王妃さまが助けてくれるなら、きっと——」

ナポレオンが没落してセントヘレナ島へ幽閉される運命を回避したら、その後のフランスの歴史とジャポンの幕末はどうなるのか、とは竜馬はあまり考えない性格だった。

（歴史ちゅうのは厳しく残酷なもんじゃ。そう簡単に世界の運命は変わらん。ただの人間にすぎないわしにできることは、せめて王妃さまをお救いするとか、その程度のことじゃ）

という達観《たつかん》もあるし、

（フランスはどのみち、幕末の時代にはナポレオン三世の帝政を迎えることになっちょるから、初代ナポレオンが破滅しても破滅せんでも、幕末への影響は変わらんじゃろ。ならば、わが友ナポレオンを救ってもいっこうに構わんぜよ！　むしろ天がわしにそうせいと命じちょる！）

という楽観もある。

しかし、ここで竜馬が考えてもいなかった事態が起きた。

マリー・アントワネットはやはり、天性「我が儘《わがまま》」な女性なのである。

彼女は、パリに捕らわれていた自分をほとんど見捨てていたオーストリア帝室に対して決して楽観していない。そもそも公安委員会のロベスピエールたちや検事フーキエ＝タンヴィルは、当初はマリー・アントワネットを処刑するつもりでコンシェルジュリー監獄へ移送したのではない。オーストリアに「これ以上戦争を続けるのならば王妃の命はない」と政治的に揺《ゆ》さぶりをかけていたのだ。だから、彼女はサンキュロットのリーダー・エベールが「近親相姦《そうかん》罪」などという忌《い》まわしい手段を用いて暴走を開始するまで、裁判にかけられることはなかったのだ。

だが、オーストリア帝室の反応は鈍かった。国王が処刑されてしまった以上、マリー・アントワネットはすでに「元王妃」にすぎず、もう政治的な価値はさほどない、とばかりに彼女の救出に本腰を入れてくれなかった。ずっと及び腰だったのだ。むしろ、国王を殺した革命フランスを叩《たた》き潰《つぶ》して旧来の封建体制を維持《いじ》することに躍起《やっき》になって、どんどん戦線を拡大していった。

自分の実家に、恨みなどはない。もともと貴族とは、そういうものなのだ。

だが、奇矯《ききょう》で不可解なまでの親切さと、「騎士道精神」あるいはジャポン風に言えば「武士道精神」を抱いているこの若い殿方《とのがた》――坂本《さかもと》竜馬殿にならば、わたくしのいちばん大切なものを委《ゆだ》ねることができる、彼女はそう信じていた。

「――これ以上リョーマさんにお願いするのは気が引けるのですが、どうしてもあとひとつだけ、叶《かな》えてほしい願いがあるのです」

「お、おう！　べ、べ、べーゼならば、いくらでも！　まどもあぜる。わしの歯に食い物は挟まっちょらんかの？」

「あなたとボナパルトを足して二で割ったら、まともな紳士が生まれるかもね」

しもた。まどもあぜる・ブーリエンヌがわしを尊敬のまなざしで見てくれる日は来ないいじゃろうなあ、と竜馬は悔《く》いた。やはり竜馬はこのあたり、妙なほどに鈍感《どんかん》である。

「ふふ。そうではありません。あなたとべーゼを交わせば、わたくしはきっと歯止めが利《き》かなくなってしまいますから。手の甲《こう》にでしたら、いくらでも。わたくしはリョーマさん。あなたに、ルイ・シャルルを託《たく》したいのです」

「……えっ？　いやいやいやいやいや、ルイ・シャルルはフランスの王太子……」

「もう、王太子ではありません。オーストリアにこの子を連れて行けば、フランスに王政を復活させるための駒《こま》にされ、今後も王太子として政治利用され続けるでしょう。ですからしばらくの間、リョーマさんにこの子を預かっていただき、女性として育ててほしいのです。オーストリアには、革命戦争が終結するまで安全な場所に隠しましたと伝えます」

「それは……それは……いや、困る！　わしゃ、ジャポンに嫁はおるが、子供をもったことはないぜよおおおお!?　ないぜよおおおお!?　ましてや、女の子を育てるなんぞ、ガサツで野暮《やぼ》なわしにはとても、とても……！」

　子連れになったら、愉快《ゆかい》な悪所《あくしょ》に通ってフランスのべっぴんさんたちと遊べなくなりますのでお断りします、せっかくフランスに来たのにわしゃあまだいちどもフランスの色街《いろまち》で遊んじょらん！　と竜馬は言いたいのだが、さすがに王妃を前にしてそれは言いだせなかった。

「もちろん、いきなり一生面倒《めんどう》を見てくださいとは言いません。さしあたり、革命戦争が落ち着くまでの間でいいのです。ナポレオン殿が、いずれこの戦争を終わらせてくださるのですよね？」

「お、おう。それはもう、間違いないきに。しかし、王妃さま。本人の気持ちは……」

「この子も、偽りの王太子としての人生ではなく、自分自身の人生を自由に生きたい、せっかく革命が起きたんだから。これからは家族とはいつでも会えるんだし、リョーマさんと一緒にいたい――と、あなたについていくことを望んでいます」

「ほんとだよ、リョーマの兄貴⁉　あちこち連れて行って、美味《おい》しいものを食べさせてよ！　僕ねえ、リョーマの兄貴の祖国、ジャポンにも行ってみたいなあ～。ジャポンには強いサムライがたくさんいて、あちこちでハラキリしたり斬《き》り合ったりしてるんでしょ？」

ルイ・シャルルは靴屋のシモンから庶民《しょみん》の生活についてあれこれ教えられて、好奇心の塊《かたまり》になっているらしい。それに、自分が「王太子」としてオーストリアに戻ればまた母親を困らせることになる、とマリー・アントワネットを気遣《きづか》ってもいるのだろう。

「ルイ・シャルル。わたくしの分まで、リョーマさんに尽くすのですよ。このお方は、きっと目まぐるしく充実した幸福な日々を、あなたに与えてくださる。王家のしがらみのために不当にも奪われた少女時代を取り戻してらっしゃい。そして、わたくしと再会を果たした時に、もしもあなたが――」

「わかってるよ、ママ。ママが遠慮するなら、僕がリョーマ兄貴と結婚してあげるよー！　七年後の僕は、若かりし頃のママそっくりの美少女だからねー！　その頃にはもう、兄貴も僕をがきんちょ扱いできなくなるはずだよ！」

「ふふ。まだ『結婚』の意味がいまいちわかっていないのね、ルイ・シャルル。でも、ほんとうにそうなるかもしれませんわね。ですが若い頃のわたくしのように、我が儘放題に振る舞ってリョーマさんを困らせてはいけませんよ？　わたくしの、かわいい天使——」

「はい、ママ！」

ルイ・シャルルの姉マリー・テレーズが、「う、うまいことやったわね、ルイ。あたしがもう少し幼《おさな》ければ……くっ」となぜか悔《くや》しがっている。

エリザベートも、「私もリョーマさんに出会って、生涯独身の誓いを捨てたくなりました。でも遠慮しておきますわ、お義姉《ねえ》さまとはケンカしたくありませんもの。うふふ」と苦笑していた。

「いやいやいやいやいや！　まどもあぜる、なんとかしてくれんかの？　このままではわしゃあ、嫁と別居中に子連れになってしまうぜよ⁉」

「ほんとうは気軽に遊べなくなるから困っているんでしょう、リョーマ」

「おお、そうじゃ！　いや、違う！　子育てちゅうのは大変な仕事なんじゃ、わしには自信がないきに！　そもそも、これからわしゃあ戦場へ向かうわけで」

「ここまで王妃さまたちのために奔走《ほんそう》してきたのだから、今さら断る筋《すじ》はないでしょう？　あなた一人が保護者じゃ大問題だけれど、わ、私も母親役として手伝ってあげるから、だ、だいじょうぶよ！」

よろしく、兄貴！　お姉ちゃん！　と、ルイ・シャルルが竜馬の腕の中に飛び込んできた。

どうすればいいがじゃ、と竜馬は戸惑《とまど》っていた。

「もしかして兄貴、僕を連れて行くのが嫌なの？　め、迷惑？　ぐすっ。兄貴の靴磨《くつみが》きでもなんでもやるから、連れて行ってよ……お願い。めそめそめそ。ちらっ、ちらっ、ちらっ」

「う、う、う……いやいやいやいやいや！　ちくとも迷惑ではないぜよ、ルイ・シャルル！　おまんは幼いが立派《りっぱ》なわしの相棒《あいぼう》じゃき。靴磨きなんぞやらんでも構わんきに！　えーい、わかった、わしと一緒に行くがじゃ！　広い世界をおまんに見せてやるがじゃ！」

「ほんとー？　ありがとー、兄貴～！　わーい、嬉《うれ》しいなっ！」

「リョーマ。今のは嘘泣きよ。あなたって、ダントンやロベスピエールを相手に堂々と渡り合う交渉《こうしょう》能力の持ち主なのに、子供にはあっさり手玉に取られるんだから……はあ」

「なんじゃと、まどもあぜる？　ルイ・シャルル！　おまんという奴《やつ》はあああ～！　もう王太子扱いはせんきに、お仕置《しお》きぜよ！」

「兄貴が怒ったー！　あーはははは！」

「この子は頭はいいのですが、母親に似て天性我が儘なところがありますの。リョーマさん、わたくしの天使を、どうかお願いしますね。わたくしの分まで、この子を――」

マリー・アントワネットも、マリー・テレーズも、エリザベートも、竜馬に抱きついてはしゃぎ回っているルイ・シャルルの姿を見ると溢《あふ》れてくる涙を抑えられなかった。家族を護《まも》るために断頭台へと向かっていったお兄さまも今、この子の姿を天上から見守ってくださっているはず、きっとお兄さまの魂《たましい》はこの瞬間に救われましたわ、と敬虔《けいけん》なエリザベートは神に、いや、竜馬に感謝していた。

道中竜馬は、マリー・アントワネットたちにジャポンの革命について尋ねられ、（ほんとうは七十年未来の話じゃが、まあええじゃろ）と例の大雑把《おおざっぱ》さを見せていろいろと語った。安政《あんせい》の大獄《たいごく》。池田屋《いけだや》事件。薩長《さっちょう》同盟に、長州征伐《ちょうしゅうせいばつ》。大政奉還《たいせいほうかん》。竜馬自身にはそんな意識はなかったが、薩長同盟成立以後のすべての革命事件に一介《いっかい》のローニンにすぎない竜馬が関《かか》わっており、他ならぬ竜馬がジャポンの革命の歴史を動かしていたことを知ったマリー・アントワネットたちは、驚愕《きょうがく》していた。その竜馬が、フランスを訪れて王妃一家を処刑の運命から救出するために奔走してくれた。いったいこの人は、何者なのだろう。とてもそんな風には見えないが、まるで天からの遣《つか》いではないか。

「――ルイ・シャルル。リョーマさんを二人目のお父さんと思って、わたくしの分まで自由を味わってくるのですよ」

「はい、ママ！　僕はリョーマ兄貴の相棒だからね！　兄貴が危ない時は僕が兄貴を護るよ！」

「リョーマさん……許されるのならば、わたくしもあなたとともに行きたかったですわ。もしもあなたともっと早く出会えていれば、『国家は国王のものである』というわたくしの蒙昧《もうまい》は啓《ひら》かれていたでしょう。わたくしたちが革命フランスから逃亡を図《はか》ることはなかったでしょう。あの善良で優しい夫が革命政府に処刑されることもなかったでしょう――どうか、ルイ・シャルルにわたくしと同じ過《あやま》ちを繰り返させぬよう、お願いします」

「お、おお。約束するきに。王妃さま」

マリー・アントワネットは、ルイ・シャルルの掌《てのひら》に、「ルイ十六世の形見《かたみ》」を。フランス王家に伝わる首飾りを、そっと握らせていた。

※

トゥーロンの、フランス軍陣営。

不眠不休で小ジブラルタル攻略を続けていたナポレオンのテントに、竜馬一行がついに到着した。

この日、ナポレオンは朝から「兵士に乾癬《かんせん》を感染《うつ》された、うわーっ！」と苦しんでいたが、竜馬の顔を見ると現金なもので、たちまち肌《はだ》のかゆみを忘れて熱烈に竜馬を歓迎した。なにしろ、待望久しい相棒との再会である。

「リョーマああああ！　ブーリエンヌまで！　やっと来てくれたかあああ～！　よくやってくれた、よく王妃さまたちを救いだしてくれた！　君は僕の最高のバディだ、リョーマ！　君がいなかったら、僕はこのトゥーロンで心が折れて軍を除隊していたよ！」

「おお、ナポレオン！　おまん、また痩《や》せたにゃあ～！　じゃき、顔つきが精悍《せいかん》になったぜよ！　戦場で戦う男の顔じゃ！」

「そうだね、やっぱり僕は軍人なのさ。仕事にあぶれていたパリでは落ち込んでいたけれど、久々の戦場に戻って精神が生き返ったんだよ。そして、王妃さまが解放されたと知って一気に復活した！　これも君のおかげだ、リョーマ！　君が来てくれて、僕は勇気百倍だあああーっ！」

「おお、わしも嬉しいぜよおおお！　戦争は苦手じゃが、ナポレオン、おまんとともにトゥーロンで戦うと思うと胸躍《おど》るぜよおお！」

「……こほん。ボナパルト。リョーマとハグして跳《と》びはねるのはいいけれど、私の扱いがぞんざいじゃないかしら？　幼なじみでしょう？」

「幼なじみなら知ってるだろう？　僕は戦場に女性に来られるのが苦手なんだよ、ブーリエンヌ。心配でたまらなくなるのさ。危ないから、今すぐパリへ戻るんだ。あ、いや、パリはまだ物騒《ぶっそう》だな。そうだ、マルセイユへ」

「ダーメ。ここまで来てしまったんだから、あなたのもとに厄介《やっかい》になるわ。あなたはどうせ、上官が僕の作戦を採用しない無能なんだって愚痴《ぐち》を毎晩垂《た》れ流すんだから、手紙じゃなくて直接この耳で聞いてあげる」

　参ったな、せめて今いる最前線からはブーリエンヌを下げておかないと、とナポレオンは頭を抱えた。

「知っているかい？　僕だって一睡《いっすい》もしないわけじゃないんだよ。一日に数度、隙《すき》を見ては立ったまま数分眠ることで、脳の疲労を瞬間回復しているのさ。ブーリエンヌが最前線にいたら、僕はその貴重な睡眠時間を失ってしまうんだ」

竜馬が「すまん、すまん」と詫《わ》びを入れる。夜ちくとも眠らないで働き続けられる秘訣《ひけつ》はそがいな超人じみた超圧縮睡眠法にあったとは。やはりナポレオンは一種の怪物じゃにゃあ、と感心した。

「うん？　リョーマ？　その、ちびっこは誰だい？　志願兵……にしては子供すぎるなあ」

ちと話がややこしくなるきに、この子の話はトゥーロンを奪回してからじゃ、と竜馬が腰にくっついて離れないルイ・シャルルの頭を撫《な》でながら冷や汗《あせ》を流す。途中でブーリエンヌとともに安全な土地へ置いてくるつもりだったが、竜馬には南フランスの地理がわからないので、結局トゥーロンまでブーリエンヌに案内してもらうことに。必然的に、ルイ・シャルルもついてきてしまったのだった。

「リョーマ。僕は、王妃さまを直接お救いすることもできず、このトゥーロンで無能な上司の下《もと》で飼い殺しにされて戦果もあげられず、パリにも戻れず、なんか乾癬に感染したりしてさ。もう、辛《つら》くてかゆくて辛くてかゆくて……でも！　王妃さまの釈放とオーストリアへの帰国の報を聞いて愁眉《しゅうび》が開いたよ！　君を代理人に雇《やと》ってよかった！　ありがとうリョーマ！」

「いやー。ほんとうは、王妃さまにおまんの嫁になっていただきたかったんじゃがの。やはり、王妃さまは亡き国王陛下に愛を捧げて生涯喪に服するそうぜよ」

「そうか。いいよいいよ。それでこそ、王妃さまだ。僕だって、ほんとうにマリー・アントワネットさまと結ばれるとは思っていなかったさ。こういうのは妄想《もうそう》している時がいちばん燃えあがるんだよ！　いや、ほんとうは……ほんとうは、王妃さまと抱擁《ほうよう》して結婚式を挙げたかったけれどもね……よ、よ、よ……」

「お、王妃さまはの、言葉では言い尽くせんほどにおまんに感謝しちょった。これが、王妃さまの感謝状じゃ。おまん宛《あ》てぜよ」

「……えええええっ？　まさか直筆《じきひつ》っ？　僕が苦境に陥った時は、いつでも頼ってください、だって？　ま、ま、ま、マリー・アントワネットより、愛を込めて……こ、こ、こ、これは……これは、愛の告白じゃないかああああっ!?　王妃さまは、僕を愛してくださっているんだあああああ！　しかし、亡き国王陛下への貞節《ていせつ》と純愛を貫《つらぬ》くために、泣く泣く僕との再婚を諦《あきら》めて……ああっ！　王妃さまっ！　僕はあなたのために一生を捧げます！　これからも！」

　王妃さまはリョーマに夢中だったわよね？　と戦場まで竜馬を連れてきたブーリエンヌが小声でルイ・シャルルに囁《ささや》くが、ルイ・シャルルは「しーっ」とブーリエンヌを黙らせた。

「決めたぞリョーマ。僕は今すぐオーストリア軍へ寝返る。王妃さまの騎士として戦うよ！　革命フランスを倒すんだーっ！　さようなら、ルソー！　あばよ、フランス！　アデュ〜！」

「待て待て待て、ナポレオン！　そりゃ悪手《あくしゅ》ぜよ。王妃さまが色仕掛けでおまんを引き抜いたとヨーロッパ中で噂《うわさ》になるきに。とりわけパリの民衆は、やっと王妃さまへの憎《にく》しみを忘れてくれたのに、まーた怒りに火を付けてしまうぜよ」

「そんな分からず屋の連中は大砲で駆除《くじょ》だーっ！　国王陛下や革命政府は生《なま》ぬるかったんだ！　パリ市内で大砲を用いれば、暴徒化した市民なんて小一時間あれば解散させられるんだ！」

「相変わらず、おまんは過激じゃのう。もうちくと、民に優しくせえよ」

幕末の終盤戦で、長州の軍略家・大村益次郎《おおむらますじろう》がナポレオンと同じ「市街戦での大砲集中運営」戦術を用いて一日で上野《うえの》戦争を終わらせるのだが、これは上野戦争勃発《ぼっぱつ》以前に倒れた竜馬にはうかがい知れないことである。

「僕ほど民に優しい軍人はいないよ？　でも、秩序回復と治安維持が先だ。治安さえ回復できれば、僕はルソーの啓蒙《けいもう》主義の精神を大幅に取り込んだまったく新しい民法を制定して、社会を大改革してみせるさ。僕ぁ、食うための仕事は軍人だし、生涯の本業は文学者だけれど、はっきり言ってロベスピエールやダントンより僕のほうが政治家としても優《すぐ》れていると思うんだ。もしかして僕って、自分が想像している以上の万能の天才なのかもしれないね？　カエサルやアレクサンドロス大王に匹敵《ひってき》する英雄なのかもね！」

ヨーロッパ諸国はもちろん、薩長新政府も大いに参考にした近代国家民法の原典「ナポレオン法典」を、事実、ナポレオンは制定することになる。混迷につぐ混迷を続けたフランス革命の成果は、この「ナポレオン法典」に結実すると言っていい。全盛期の彼がただの軍人ではなく、優秀な民政家だったことの証《あかし》である。

「おう、そうじゃのう。天才じゃ、おまんは。まっこと、おまんの辞書に不可能の文字はないぜよ！」

「リョーマ。ボナパルトはお世辞《せじ》を全部真《ま》に受けるんだから、適当に褒《ほ》めないで」

「で、も。法整備より秩序が先だっ！　なにかある度にパリ市民にいちいち暴徒化されていたら、まともな国家運営なんて永遠にできないよ！　ロベスピエールがそうなっているように、毎日ギロチンを呻《うな》らせる恐怖政治に陥るのがオチだよ！　そんな野蛮《やばん》な社会は美しくないね！」

「ねえ、ボナパルト？　リョーマが言っていたけれど、オーストリアは貴族が支配する封建国家でしょう。オーストリアに亡命したって、帝室の姫であるマリー・アントワネットと、コルシカ島出身の田舎者のあなたが結婚できる可能性は、ゼロよ？　というか、軍人としての出世の道すらも断たれるわよ？　大家族をどうやって養《やしな》うの？」

あっ、そうか、とナポレオンは気づいた。妄想が先走りすぎて、そもそも革命の原動力となっていた「階級社会の壁」を忘れていたのだ。

「……ブーリエンヌ。そうだったね。僕は王妃さま解放の一報に興奮《こうふん》して冷静さを欠いていたらしい。やはりヨーロッパには、革命が必要だ――！　フランスのみならず、イタリア、ドイツ、オーストリア、スペインに片っ端から革命精神を普及させて、封建社会を一新する！　すべての人間は自由にして平等！　全ヨーロッパの革命を成し遂《と》げれば、僕の母さんや兄妹たちの生活も安泰《あんたい》。パンを買うのにも事欠く苦境を逃れられる。そして僕は、マリー・アントワネットさまと晴れて結婚できるんだ！　ルソー、ばんざーい！　リョーマ、知っているかい？　ルソーはね、コルシカ島に理想の共和国家を作ろうと夢見ていたんだよ？　僕がコルシカ島独立にこだわっていたのも、ルソーの志《こころざし》を継いだからさっ！」

いやあ。結局この男は、徹頭徹尾「恋∨∨∨∨∨∨∨∨∨∨∨革命」なんじゃなあ、面白《おもしろ》いのう、と竜馬は苦笑していた。ブーリエンヌは「過酷《かこく》な戦場暮らしのせいで以前よりおかしくなっているわ」と痛むこめかみを押さえている。

「でも、コルシカ島はもうどうでもいい！　僕が革命を輸出する先は、全ヨーロッパだ！　ハプスブルク家とこの僕が、同格になる。そんな平等な世界を僕が作る！　ルソーにはなかった天賦《てんぷ》の軍才でね！　で、その子は誰だい？」

「僕？　えーと、僕はねー」

ルイ・シャルルはまだ男の子の格好《かっこう》をしている。マリー・アントワネットからは女性として育ててほしいと頼まれたが、道中、新しい服を買う余裕がなかったのだ。それに、ブーリエンヌもそうだが、戦場に連れてくる以上は男の子だと思わせておいたほうが安全だった。

だが、三人が再会を喜び合っている時間は、そこまでだった。

新たに赴任《ふにん》した将軍から、ナポレオンと竜馬の二人が呼ばれたのだ。

竜馬が馬車を飛ばしてトゥーロンのフランス軍陣営に到着したこの日の前日、ナポレオンの作戦を却下《きゃっか》し続けていた上官は更迭《こうてつ》されていた。

革命によって生粋《きっすい》の将軍の多くが亡命したため、画家だの医者だのが軍のトップに立っていたのだから、トゥーロン奪回が進まないのも当然だったのだ。戦争の素人《しろうと》である彼らは、ナポレオンの戦略眼が卓越《たくえつ》していることをまったく理解できなかった。ひとつには、外見の問題もあった。彼らの目には、ナポレオンがただの青ざめて痩せた若い小男にしか見えなかったのだ。「優秀な軍人」とはもっと大柄で勇ましい男のはずだ、と彼らは思い込んでいた。その上、コルシカ訛《なま》りも酷《ひど》い。

しかし、手紙魔のナポレオンがオーギュスタン・ロベスピエールに向けて「上官が馬鹿《ばか》で戦争に勝てない」と執拗《しつよう》に愚痴り続けてきた書状の波状攻撃が、ようやく功《こう》を奏《そう》した。

公安委員会は、坂本竜馬が革命軍の志願兵としてトゥーロンへ合流するついでとばかりに、思い切って指揮官を交代させた。

マリー・アントワネットの釈放によって、オーストリアの圧力が一時的に弱まっている。オーストリア軍は、王妃一家の返還というフランスの譲歩《じょうほ》に対して、しばし戦線で手心を加えてくれることになった。あとはトゥーロンのイギリス艦隊を駆逐《くちく》すれば、革命戦争は「勝てる」レベルにまでは程遠くとも、一息つける。今こそ、トゥーロンへ本職の軍人を派遣《はけん》する、と公安委員会は決めたのだ。

だが、王妃裁判で大風呂敷《おおぶろしき》を広げた竜馬がトゥーロン攻略に失敗すれば、公安委員会が「やはり王党派だったか」と竜馬を逮捕することは言うまでもない。ロベスピエールはそこまで甘くないし、ロベスピエール以上に危険な人物が、ロベスピエールに命じられて各地の戦場を視察して回っているサン＝ジュストだった。「ロベスピエールさんこそが革命そのものであり、ロベスピエールさんの政敵は全員処刑しなければならない」と信じているサン＝ジュストは、いまだに竜馬を信用していないはずだ。むしろ、ロベスピエールとダントンを和解させて独裁の邪魔をしている竜馬に対して恨み骨髄《こつずい》だろう。

新たにトゥーロン包囲戦の指揮官として赴任したデュゴミエ老将軍は、四十年の戦歴を誇る生粋の軍人である。赴任するとすぐに、却下され続けてきたナポレオンの作戦が群を抜いて優れていることに気づいた。

デュゴミエ将軍は、再会を喜び合っていたナポレオンと竜馬を呼び出し、トゥーロン攻略を本格的に開始するべく軍議を開いた。将軍自身はもう年老いている。二人が到着するや否《いな》や、軍の指揮権をすべてナポレオンに委ねる、と通達したのだった。

「わしゃあ、この通り、よぼよぼでなあ。しかし、頭では理解できる。知性はまだまだ衰《おとろ》えておらん。ナポレオーネ・ブオナパルテ。いや、ナポレオン・ボナパルトよ。貴様は士官学校生《は》え抜きの将校だ。やれるな？」

「僕が、軍の指揮を？　ええ、やりますとも。革命と恋のために！　任せてください！」

「よし、いいぞ！　さて、リョーマとやら。貴様はロベスピエールとダントンを和解させ、オーストリアの戦意を削《そ》ぐために王妃を釈放させた奇妙な周旋屋《しゅうせんや》だそうだな。王党派に肩入れしているのかと思いきや、その足で義勇兵としてトゥーロンに駆けつけるとは、奇特《きとく》なジャポン人じゃのう。軍事のほうは得意か？」

「海軍なら任せてほしいぜよ。ジャポンにて実戦経験ありぜよ。しかし陸軍は、苦手じゃき」

「では使い道がないのう。トゥーロンにフランス軍の船はない。水兵たちは船ごと全員イギリス側についておるのじゃ、とデュゴミエ将軍がぼやいた。

「なにしろ、フランス海軍は伝統的に弱くてのう。イギリス艦隊を見るだけで震えあがって船ごと『われらは王党派だ』と寝返りおった。陸軍は強いのだがな」

「ふ、船がない？　そりゃあ、困ったのう。じゃが、ここにナポレオンがおる！　ナポレオンの作戦通りに戦えば、必ずトゥーロンは奪回できるはずぜよ！」

ナポレオンの戦術は、竜馬やブーリエンヌへ宛てた手紙にも書いてきた通り。

港にイギリス艦隊が控《ひか》えている現状では、難攻不落《なんこうふらく》の要塞《ようさい》都市トゥーロンを直接落とすことは不可能と判断し、トゥーロンと湾を挟んだ向かい側に位置する岬にあるイギリス軍の砦・小ジブラルタル要塞を奪い、岬から海上のイギリス艦隊を砲撃してこれを湾外へ退却させるというものだった。

後の日露戦争の旅順《りよじゆん》攻略戦とほぼ同じ状況である。巨大要塞・旅順への直接攻撃はいたずらに死人を増やすばかりで勝機はないと見た児玉源太郎《こだまげんたろう》は、湾の向かいにある二百三高地《にひやくさんこうち》を奪取して、湾上のロシア艦隊を背後から砲撃。これによって旅順を攻略した。児玉源太郎もまた、ナポレオンの戦術戦略を研究し尽くしていたのだ。

「将軍。小ジブラルタルの要塞は、わが軍の拙劣《せつれつ》な攻撃のためにイギリス軍によって強化されております。現状では攻略は困難ですので、ただちに要塞を包囲する砲台を複数増築します。ひとつは名付けて『ジャコバン党万歳《ばんざい》砲台』！　偉大なるロベスピエール政権を讃《たた》える革命の砲台です！　はははははは」

ロベスピエールにあんまりゴマをすりすぎると後で痛い目に遭《あ》うぜよ、と竜馬がお調子者と化しているナポレオンを諌《いさ》めるが、ナポレオンは聞いていない。作戦に熱中しはじめると、こうなるのだ。今までの上官に無視されてきたのも仕方がない。だが、デュゴミエ将軍は「ほんものの軍人」だった。性格は少々奇矯だが、戦略眼は優れておる、とナポレオンの能力を正当に評価していた。

「もうひとつの砲台は、少々危険な場所に構築しますので、『恐れを知らない男どもの砲台』と名付けて命知らずの兵士たちを動員します。包囲網《もう》を完成させた後、時機を窺《うかが》って小ジブラルタルを奇襲《きしゆう》し奪います。奪取したらただちに海上のイギリス艦隊を砲撃し、トゥーロン港から撤退させます——イギリス艦隊による海上封鎖を解けば、孤立無援《こりつむえん》となったトゥーロンは自《おの》ずと陥落《かんらく》します」

　王妃が解放されたと知って、トゥーロンを占拠《せんきょ》している王党派のパリへの敵愾心《てきがいしん》も大幅に低下しておる、とデュゴミエ将軍が頷いた。

「今となっては王党派の彼らも、かえって港に居座っているイギリス艦隊が邪魔で、降伏《こうふく》したくともできんのじゃろう。彼らは、このままトゥーロンがイギリス領に組み込まれることを危《き》惧《ぐ》しておるともいう」

「はっ。将軍、われらフランス軍の敵はあくまでもイギリス艦隊です。イギリスさえ駆逐すれば、トゥーロンはフランス共和国のもとに戻ります。それで、南仏全域をイギリスから守り抜けます。イギリスは、自国では革命を遂行《すいこう》して立憲君主制に移行していながら、なぜかフランスの革命は認めないのです――要はフランスがなにをやっても戦争の口実にする国です。海戦では手も足も出ないのが、忌《い》ま忌《い》ましいところですよ」

「英仏の不仲は、百年戦争の昔から変わらんよ。しかし、貴様の作戦は見事なものだが、まだ不安材料はあるな……そう。イギリス艦隊はわれらが想像しているよりもはるかに強力じゃ。われらの小ジブラルタル攻撃をイギリス艦隊に気取《けど》られれば、海上から強烈な砲撃を喰《く》らうことになる」

「将軍。それを避けるため、本隊による小ジブラルタル攻撃と同時に、別働隊による陸上での陽動《ようどう》作戦を展開させます。奴らの目を小ジブラルタルから逸《そ》らすのです。かつ、決行時間は夜間とします。暗闇《くらやみ》の中での奇襲しかありますまい」

わかった。すべて君に委ねる、とデュゴミエ将軍がナポレオンの作戦を承認した。

「了解しました、将軍！　ははは！　ついに僕が歴史の表舞台に立つ時が来たよ、リョーマ！　おお、おお。待っていてください、愛《いと》しのマリー・アントワネットさま！　忠実なる愛の奴隷《どれい》と化したこの僕が、あなたに勝利をお届けいたしましょう！」

「ヘンな男じゃのう……さて、リョーマ。貴様は作戦決行の夜にイギリス艦隊に潜入し、撹乱《かくらん》工作を行うように。方法はなんでもいい。オランダの友好国ジャポンから反革命戦争にはせ参じたとかなんとか言って潜り込め。貴様は口がうまいそうじゃから、なにか手はあるじゃろう？」

「ちゃ、ちゃ、ちゃ。軍艦がないのはちくと厳しいのう。わしゃあ幕末でもフランス革命でも、無一《むいち》文《もん》のローニンとして走り回る運命なのかのう……将軍。軍艦の一隻《せき》くらい、なんとかならんかの？　一隻あれば、夜間奇襲でもなんでもやれるぜよ？」

「ないものはない。それにもうすぐ、オーギュスタン・ロベスピエールが視察に来る。王妃を釈放させた貴様が陣中《じんちゅう》でゴロゴロ寝ていたら、王党派の疑いがかかるぞ」

なんじゃと？　今さらどうしてわしが王党派の疑いを？　どうもわしゃあ、常《つね》に危ない橋を渡っちょるのう、どうして派閥《はばつ》と派閥を周旋するだけで敵が増えるがじゃ。竜馬は竜馬で、自分の自由すぎる行動がどれほど危険なのかいまいち呑《の》み込めない性格は変わらない。

「だいじょうぶだいじょうぶ。君は大船に乗ったつもりでゆっくりやっていてくれ、リョーマ。すべて僕が指揮するフランス陸軍が片付けるからさ！」

「いや。一応、手は尽くしてみるきに。イギリス艦隊がべらぼうに強いことは、わしゃあよく知っちょるぜよ。たぶん、おまんよりもな」

わしゃあ幕末ではイギリスと手を組んで幕府と戦争しちょったが、まあええ、構わん構わん、と竜馬の腰は軽い。

なんとしてもトゥーロンでナポレオンを勝たせなければならない。さもなくば、彼は歴史に埋もれてしまう。フランス革命も潰《つい》える。ロベスピエールとダントンが和解したパリの政局は「正史」よりも長く保《も》つはずだが、ナポレオン不在では革命戦争を勝ちきれないだろう。王妃を取り戻したオーストリアが多少手を抜いてくれても、他の国にとっては関係のないことなのだ。


デュゴミエ将軍がトゥーロンに赴任し、ナポレオンに本隊の指揮権が委ねられて以来、戦況は一変した。

小ジブラルタルを巡《めぐ》る激しい攻防戦が続き、そして機が熟した。

十二月十六日、深夜。

この日、雨天。

この夜、いよいよナポレオンは小ジブラルタルのミュルグラーヴ砦への夜間奇襲を決行するはずだった。しかし、突然の豪雨。満足に銃を用いることができない悪天候となった。

足下はぬかるみ、銃撃は不可能。目指す砦は小高い丘の上にある。

当然ながら、作戦を中断するべきだ、という声がフランス軍陣営からあがった。

限界が近づいたら立ったまま数分間熟睡して脳疲労を回復するという天性の特殊能力を駆使《くし》し、徹夜で作戦準備を続けていたナポレオンのもとに、続々と将兵たちが押し寄せて来た。

「ブオナパルテ少佐。こりゃあ砦の奇襲なんて無理だぜ。この雨じゃあ銃は撃てねえ。使える火器は大砲だけだ」

「天運が俺たちを見捨てたんだ。総攻撃は延期しましょうや」

「デュゴミエ将軍は、今までの大将とは違う。なんの実績もないあんたに軍の指揮を委ねたこと自体は、たぶん正しい。実際、あんたのおかげでフランス軍は押し返しているしな。だがよ、天候だけは別だ」

「あんたはコルシカ人だ。内心ではフランスを恨んでいると噂している兵士たちもいる。こんな土砂降《どしゃぶ》りの中で突撃を命じられても、士気はあがらねえよ」

「銃が撃てないいんじゃあ、イギリス軍の連中と銃剣で直接斬り合う羽目《はめ》になっちまう。俺たちに、死にに行けというのか？」

ナポレオンはがりがりに痩せた小男で、まだ若い。しかも、どこから見ても荒っぽい軍人というよりは繊細《せんさい》な文学青年である。隙を見ては懐《ふところ》に忍ばせてある『若きウェルテルの悩み』を取り出して泣きながら読み返したり、へらへら嗤《わら》いながら「王妃さまと僕」なる謎の恋愛小説を書いたりしている姿を何度も目撃されている。陣内で「作戦」を立てる能力はようやく認められたが、こんな妙ちくりんな青びょうたんが実戦で役に立つわけがねえ、俺たちの危険と苦労なんてわかりゃしねえ、最前線で一兵卒に混じってイギリス兵と戦う勇気なんぞあるわけねえ、と力自慢の将兵たちから舐《な》められていた。

その上、謎のコルシカ人だ。本来ならばイタリア人だったところを、フランスに文字通り「売り払われた」田舎島の出身だ。

ナポレオンは憤慨《ふんがい》した。僕はこれほどフランス軍人として働いているのに、今もなお出自を見下されている。幼年学校でもそうだった。僕の友達になってくれた同級生は、ブーリエンヌただ一人だった。

しかしその頼れるブーリエンヌは、リョーマに預けて前線から退《しりぞ》けてある。性別の違いを感じずに一緒に過ごせる親友のブーリエンヌとはいえ、やはり女性が戦場にいると心配でならなかったからだ。

今までのナポレオンだったら、酷く落ち込んで陣幕の中に引きこもるか、逆上して将兵たちに殴りかかっているか、どちらかだったろう。修羅場《しゅらば》から逃避して自分を守るか、現実を拒否して後先《あとさき》考えずに暴れるかだ。そして、彼を諫めるブーリエンヌもリョーマも今はいない。

だが、ナポレオンはどちらの道も選ばなかった。「王妃さまが僕を応援してくださっている」という想いが、劣等感の塊だったナポレオンに巨大な「自尊心」を与えていた。そうだとも。僕にはできる。リョーマはジャポンから来たローニンでありながら、革命裁判所の法廷に乗り込んでパリ市民たちを説得し、見事に王妃さまの無罪を勝ち取った。たかがコルシカ島生まれだからなんだというんだ。コルシカ人もフランス人も同じヨーロッパ人じゃないか。リョーマの親友ならば、これしきのことで狼狽えるな。

できる。僕にはできる。リョーマは言っていた。僕はいずれ英雄になる男だと。あの王妃さまが、僕に愛を捧げてくださったのだ。そうとも。僕が英雄になるのは、今だ。今夜だ。今夜、僕はヨーロッパの歴史に名を刻《きざ》む英雄として生まれ変わる！

ナポレオンは、将兵たちの前に立ちはだかると、拳《こぶし》を突き出して「演説」を開始していた。兵士たちの前での演説など、生まれてはじめてだった。みな、ナポレオンよりもはるかに身体《からだ》が大きい獣《けもの》のような連中である。だが、恐怖はない。

「間違っているぞ、諸君！『私』の名前は、ナポレオーネ・ブオナパルテではない。私はフランス軍人、ナポレオン・ボナパルトだ！　フランス軍に生まれも育ちも血筋も関係ない！　革命フランスでは、すべての人間が生まれながらにして平等なのではないか！　個人が自由に己《おのれ》の能力を発揮できる世界をもたらそう。それがルソーがわれわれに与えてくれた革命の精神ではなかったのか！　以後、私の軍人としての能力を論じることは認めても、私の生まれを云々《うんぬん》することは断じて許さん！」

周囲を震えあがらせる凄《すさ》まじい怒声《どせい》だった。ナポレオンは憤《いきどお》っている。しかし、その怒りをも凌駕《りょうが》する「自信」に満ちあふれている。化けた、と誰もが目を見張った。ナポレオンは確かに小柄だ。だが、その「瞳《ひとみ》」から放たれるライオンの如《ごと》き強烈な闘志は、今まで出会ってきたあらゆる軍人のそれを凌駕していた。この男、昼行灯《ひるあんどん》なんかじゃない。こっちが「本性」だったのか！

「確かにこの豪雨では銃は撃てない。だが逆に考えるのだ、諸君！　われらを阻《はば》んでいる小ジブラルタルの堅固な要塞側からも、銃撃は不可能なのだと！　しかも、海上のイギリス艦隊はわれらを艦砲射撃できはしない。私の親友にしてジャポンから来た革命の志士リョーマが、必ずや彼らを攪乱してくれるからだ！　故《ゆえ》に、今宵《こよい》ただちに白兵戦《はくへいせん》に持ち込めば押し勝てる。難攻不落の要塞を奪取できる。トゥーロンからイギリス艦隊を叩き出すことができる！　われらは天運に見放されたのではない、むしろ逆だ！　私たちは今宵、天運を掴《つか》み取ったのだ！　諸君は、銃剣やサーベルを手に白兵戦を戦う勇気のない口先だけの男たちだったのか？　違うだろう？　私には戦う勇気がある！　愛する者のためならば、私は喜んで戦場で死ねる！　今宵私は、諸君とともに一兵卒として小ジブラルタルへと突撃しよう！　勇気ある者、愛する人を護りたい者は、この私についてこい。ともに戦え！　明日の朝、諸君は伝説になれるぞ！」

この私の辞書に「不可能」という文字はない、とナポレオンは雄叫《おたけ》びをあげていた。

将兵たちがナポレオンを見る目は、この時、一変していた。

「う、うおおおおおお！　ボナパルト少佐あああああ！」

「あんたのことを本ばかり読んでいるチビだと侮《あなど》っていて、悪かった！　俺たちが間違っていた！」

「あんたは、男だ！　歴史に名を遺《のこ》す英雄になれるぞ！　アレクサンドロス大王やカエサルのような大英雄にな！」

「やりやしょう！　イギリス軍を追い払いやしょう！」

「ああ、そうだ！　ジャポン人だろうが、コルシカ人だろうが、フランス共和国の旗《はた》の下じゃあ関係ねえんだ！　俺ぁ、一生あんたについていく！　うおおおおおおお！」

雄叫びをあげてナポレオンに抱きつくジュノー軍曹《ぐんそう》。ナポレオンの忠実な部下にして弟分となり、「ボナパルト家の六人目の息子」と呼ばれることになる。

「泣ける演説ではないですか。一兵卒としてみんなと一緒に突撃するですって？　あなたみたいな大将ははじめてですよ。鳥肌が立ってしまいました……砲兵の指揮は、副官の私に任せてください。あなたを決して死なせはしませんよ」

長身で二枚目。貴族出身のマルモン中尉が白い歯を見せた。ナポレオンの片腕となって未来のフランス元帥《げんすい》になる男である。

「よし。ジュノー！　マルモン！　総員、配置につけ！　定刻通りに奇襲を開始するぞ！」

生涯これほどの情熱に燃えあがった経験はなかった。今や「恋と革命の闘士」となったナポレオンは、「奇襲するならば、敵要塞の火力が弱まっている今夜しかない。白兵戦で勝負をつけられる」と決断。織田信長《おだのぶなが》の「桶狭間《おけはざま》の戦い」と同様に、彼は天候を味方に付けた。そして、秘められていた「演説」の才能を開花させて将兵たちの心を摑み取ったのだ。

ついに、作戦決行の時が来た。

ナポレオン率《ひき》いる革命フランス陸軍が、小ジブラルタルの要塞へ奇襲を敢行《かんこう》する。

「命知らずの革命兵たちよ、突撃せよおおおおお！　私が先頭を走るっ！　みんな、私の屍《しかばね》を越えていけーっ！」

両軍の大砲の弾が激しく飛び交《か》う中、ナポレオンは指揮官でありながら果敢《かかん》にも軍の先頭に立って部下たちをぐんぐんと引っ張っていく。もう、士官学校時代さんざん馬鹿にされてきたコルシカ訛りなど気にもしていない。日頃の文学青年の彼とはまるで別人だった。ナポレオンはこの夜、勇猛果敢な革命の戦士として完全に覚醒《かくせい》したのだ。

「いいか、命知らずの野郎ども！　大砲の弾だけは避けつつ、全速で進め！　この雨で互いに銃撃はできない！　ひたすらに走り抜け！　かかれ、かかれ！　いざ行かん、革命のために！　自由のために！　王妃さま、あなたの忠実なる騎士の勇姿をご覧《らん》あれ！」

ナポレオン自身が、サーベルを構えて奇襲軍の先頭を走っていく。

そして「まさか？　こんな嵐の夜に奇襲？」と戸惑っているイギリス兵たちの中に突入し、斬って斬って斬りまくる。この小柄な男がまさかトゥーロン包囲戦の作戦を立てている指揮官だとは、誰も気づいていない。

「どうした？　この程度か？　リョーマの振るう日本刀に比べれば、お前たちなど赤子同然だぞ！」

部下たちは驚愕した。口だけではなかった。あの演説は、芝居《しばい》ではなかった。

ナポレオン・ボナパルト。この男は、ほんとうに自らの死をまったく恐れていない！

とんでもない馬鹿か、そうでなければほんものの英雄だ！

革命フランスは――王政のもとでは絶対に「舞台」を与えられなかった埋もれた英雄に、戦う機会を、才能を発揮する機会を与えたのだ。ナポレオンこそが、革命精神だ。この男こそが、革命フランスなのだ。最前線を駆けていたフランス軍の誰もが、そう確信した。

「ちょ、ちょっと待ってくれ、指揮官！　一騎駆けされちゃ困る！」

「あんたに先頭を走られて討《う》ち死にされたら、俺たち部下はみんな大恥《おおはじ》だ！」

「す、すげえ！　指揮官でありながら、イギリス兵ども相手にサーベルで斬り合っていやがる！」

「まるでアレクサンドロス大王だ！　身体はチビだが、なんて桁外れ《けたはず》の勇気だ！」

「うおおおお！　俺たちも、やるぜえええええ！」

「俺たちの指揮官を、ボナパルトを死なせるなああああ！」

この死闘の最中、ナポレオンは「マリー・アントワネットとの身分の差を超えて恋愛を成就させようと戦う純愛と革命の騎士」という理想の自分そのものになっていた。選ばれし英雄の恍惚《こうこつ》と陶酔《とうすい》、今、ナポレオンとともにあり。恐怖など、感じようもない。

本人は気づいていないが、戦闘中にいっさいの恐怖を感じずに頭の中に描いたイメージ通りの自分に――「英雄」になれる精神力は、選ばれた人間にしか与えられないほとんど神がかりの力である。いにしえの征服王アレクサンドロス大王も、そしてカエサルも、彼と同じ力を持っていたと思われる。ただし、宗教や神を信じないナポレオンが「英雄」になるためには、絶対に必要な条件があった。「愛する女性」という存在が。

今こそ、夢の世界を生きる文学青年ボナパルトと現実の戦争を戦う軍人ナポレオンとが完全に融合《ゆうごう》した瞬間だった。

だが、精神は支配できても、肉体のほうはなかなかイメージ通りには動いてくれない。なにしろ、ナポレオンは小柄でやせっぽちだ。個人としての戦闘力は低い。

「な、なんだ、この小男は？　命知らずにも程がある！　死ねえ！」

「うぐっ⁉　ふ、太股《ふともも》を、刺されただとっ？　私はここで死ぬのか？　革命の炎とともに燃え尽きるのか？　死ぬのならば、せめてトゥーロンの解放を成し遂げてから……おお、おお、愛しのマリー・アントワネット……！」

大量のイギリス兵の中に単身突進したナポレオンが、激戦の最中、銃剣で脚《あし》を刺されて転倒する。だが、痛みなど感じない。「てめぇええええ！　俺たちの大将になにしやがるううう！」と怒鳴りながらナポレオンを刺した敵兵を瞬殺《しゅんさつ》したジュノーの肩に担《かつ》がれて、再び立ち上がる。そして、「全軍前進だ！　私は決して退《ひ》かない！　この戦いに勝つのだ！　諸君、伝説を作るのだ！」と不屈《ふくつ》の闘志を剝《む》き出しにして叫ぶ。どうやらこの男が、指揮官らしい。ナポレオンを討とうと、さらに敵兵が殺到《さっとう》してくる。

「畜生《ちくしょう》めぇ！　ボナパルトを救ええええええ！」

「イギリス野郎どもを蹴散《けち》らせ！」

目を血走らせたフランス兵たちが、ナポレオンを救出しようと殺到する。

ほぼ同時刻。

地元の漁師から小舟を借りて「出たとこ勝負ぜよ。わしゃトゥーロンでは面《めん》が割れちょらん。またぞろジャポンの外交大使だと言い張るか、それとも……スイカ売りのふりをして乗り込んで甲板《かんぱん》で抜刀《ばっとう》するという薩摩《さつま》戦法をやるがか？　ええい、いい策が思い浮かばん」と騒ぎながら大急ぎでイギリス艦隊へと接近していた竜馬は、

「小ジブラルタルのほうは、激戦のようじゃ。いかんちや。イギリス水兵たちに気取られちょる！」

と慌《あわ》てていた。雨天に影響されることなく両軍が放つ大砲の轟音《ごうおん》が、思いのほか海上にまで響くのだ。

予定ではフランス陸軍の別働隊がトゥーロン周辺で暴れて、イギリス艦隊の注意を引きつけるはずだったのだが、どうやらこの別働隊がナポレオンの指示通りに動いていないらしい。

（まずいぜよ。イギリス艦隊が、小ジブラルタルの支援に回る！）

闇《やみ》の中、竜馬は艦隊の旗を見分けようと目を細める。

（わしの武器は、この三寸の舌《した》と、日本刀、そして高杉《たかすぎ》さんに使い方を教えてもろうたリボルバー銃だけじゃ。かつて高杉さんは幕府恭順《きょうじゅん》派が牛耳《ぎゅうじ》っちょった長州藩の軍艦を身ひとつでぶんどり、藩内革命を成し遂げて維新《いしん》討幕への道を切り開いたぜよ。いっちょう、その手をやってみるかのう……リボルバー銃を「無限連発銃」じゃと言い張るハッタリが実は真っ赤な嘘だとは、まだ誰にもバレちょらん）

懐から、リボルバー銃を取り出す。

その直後。

竜馬は「いかん」と小さな声をあげていた。その表情はほとんど泣きだしそうである。

「しもうた。裁判所でエベールの掌を撃った弾が、最後の一発だったがじゃ⁉　一発も撃てんのでは、イギリス水兵たちから船をぶんどるのは……さすがに無理じゃなあ。イギリスから来た彼らは、パリっ子とは違《ちご》うて、わしのことなど知らん」

イギリス国の旗を翻《ひるがえ》しちょる船はまずい。問答無用で捕らわれるきに。銃抜きで「説得」できる可能性がある船はフランス王党派の船だけじゃ。急いでフランス王党派の船に乗り込むぜよ。そして、どうにかして「王妃さまは釈放されてオーストリアへ帰国したきに。パリ政府はおまんらを許すぜよ、フランスに戻ってこいちゃ」と説得じゃ。いつものように、舌先三寸《したさきさんずん》で。その時適当に思いついた言葉でなんとかするぜよ。ダメだったらその時は死ぬまでじゃ。わしゃあ相変わらず、天下の詐欺《さぎ》師じゃのう。

ところが。

竜馬は、鳥目である。夜になると、ほとんど視界が利かない。

「は……旗が……見えんっ⁉ う、うおおおおおおっ？ しもうた！ 近江屋《おうみや》の時と同じになってしもうた⁉ わしゃ夜目が利かんのじゃった！ パリに来た際に頭や指の怪我《けが》は治っちょったが、生まれつきの鳥目はそのまんまとは？ 性懲《しょうこ》りもなく同じ失敗を繰り返すとは、わしゃまっこと阿呆《あほ》じゃ！ べこのかぁぜよ！」

案内役の船頭《せんどう》を連れてくればよかったのだが、漁師たちを死地に連れて行くのに忍びず、竜馬は単身で船を漕《こ》いできてしまったのだ。ブーリエンヌももちろん連れてきていない。なに、近い近い、簡単簡単、と高をくくっていたのがまずかった。

「……終わった……」

「だいじょうぶだよ、リョーマの兄貴！ 僕がついてきてあげたからねっ！」

ルイ・シャルルが、いきなり竜馬の前に「ぴょん」と小さな顔を出していた。

「って、ルイ・シャルル!? おまん、荷物の中に潜りこんじょったのかっ？ いかんちゃ！ 戦場は危ないぜよ、おまんに怪我されたら王妃さまに申し訳が立たんぜよ！」

「フランスの船は、あれだよ！ 僕には旗がちゃんと見えるよ。それに——僕を乗船させれば、あの軍艦をリョーマの船にできるよ！ 僕に作戦がある！ 『奥の手』が！」

「いやいやいやいや。水兵連中は気が立っちょる。どうするつもりぜよ？ 危ないがじゃ！」

「いいから！ 兄貴に貸しを作らないとねー！ これくらいじゃ、借りは返しきれないけど。僕だって、兄貴の役に立てるよ？」

「お、おまんはまだ子供ぜよ。危ない真似《まね》はさせられん。王妃さまにも申し訳が立たんきに」

「もう〜。兄貴！ 僕は子供だけれど、ただの子供じゃないよ！ 歴《れっき》としたリョーマの相棒なんだよ！ 兄貴が危ない時には、僕が兄貴を助けるって、ママの前で誓ったじゃないか。それとも、あの言葉は口先だけだと思っていたの？」

「……そうじゃったな、ルイ・シャルル。すまんのう。おまんはエベールにもシモンにも負けなかった強い子じゃ。ママのために戦い抜いた勇者ぜよ。どんな作戦があるがじゃ？ わしを助けてくれ！ ああ、でも、おなごに続いてとうとう子供にまで助けられるとは、乙女《おとめ》姉さんに合わせる顔がないぜよ、とほほ〜」

「ふふ。最初からそう言えばいいのに。兄貴は素直じゃないなあ〜♪」

ルイ・シャルルは、王妃と別れる時に、王家に伝わる首飾りを預かっていた。万が一の時に身分を示すために、とマリー・アントワネットが手渡していたものだ。

フランス王党派の軍艦に竜馬とともに乗り込んだルイ・シャルルは、「誰だ？」「子供？」「東洋人？」と首を捻《ひね》りながら甲板に集結してきた水兵たちを、すかさず一喝《いっかつ》した。百合《ゆり》の紋章《もんしょう》が入った、王家伝来の首飾りを掲《かか》げながら。

「王党派の水兵たち。朕《ちん》に銃剣を向けるとは、無礼であろう。朕が、フランス国王ルイ十七世である。これより、この船は朕の指揮下に入る。船長は、ジャポンのサムライ、リョーマだ。彼こそが、王妃より直々《じきじき》に任命された朕の護衛官であり、忠実な王家の騎士である」

あっ、と水兵たちが声をあげた。王党派にとって、ルイ・シャルルは今なお「フランス国王ルイ十七世」であった。つまりは、主君だ。噂通りだ。王家の紋章を持つ首飾り。あの金髪と碧眼《へきがん》、天使のような愛らしいお姿は間違いなく、ルイ十七世陛下！　と彼らは口々に叫んでいた。ジャポンのサムライが護衛官を務めている事態も奇妙だが、フランス王室は代々スイス傭《よう》兵《へい》を忠誠無比《むひ》な護衛役として従えていた。陛下の徳をもってすれば、ジャポンのサムライを騎士として従えることもありえる話だった。

（ではあの色黒の大男が、革命裁判所でダントンとともに見事な演説をぶって王妃たちを救ったというリョーマサカモトか⁉）

（そうだ。今のフランスに、ジャポン人は彼しかいないだろう。異国人だが、生粋の王党派だ）

しかし、タンプル塔から釈放された陛下は母親のマリー・アントワネットとともにオーストリアへ亡命したのではなかったのか。なぜ、陛下がトゥーロンにいるのか？

「朕は、フランスにおけるこれ以上の流血の惨事《さんじ》を避けるべく、大政を人民に奉還した。ここに革命政府と王家とは一体となった。諸君はフランス国民としてイギリス艦隊をトゥーロンより駆逐し、トゥーロンを開城させよ。トゥーロン市民にいっさいの罰はない。朕が保証する」

大政奉還？　どういうことだ？　と水兵たちは耳慣れない言葉にいよいよ戸惑った。道中、ルイ・シャルルが竜馬から聞いた「革命による流血を回避するための政治的手品」である。だが、大意は理解できた。革命政府と王党派の和解こそ、国王陛下の意思なのだ。王党派諸君よ、イギリス艦隊にフランス随一《ずいいち》の港湾都市を奪わせるな、と陛下は仰《おつしや》っているのだ。

「……ですが。お父上をギロチンで処刑されて、それでもなお、陛下は……」

「国王としてフランスを統治する道を捨てられるのですか？　王家に叛逆《はんぎやく》した国民を、赦《ゆる》すのですか？」

「そうだ。朕は、個人的な恩讐《おんしゆう》を捨て、大政を国民諸君に返上し、一個人ルイ・シャルルとして自由に生きる。フランスの内乱を終わらせ、自由と平等の国となす。それが亡き父上の望みでもあり、母上の望みでもある。今夜の海戦をもって、朕は王位を退く。革命派と王党派に分断されたフランスを、再びひとつにする。これが、朕の最初にして最後の命令である」

どえらい利発《りはつ》な子じゃ、この子はまことにルイ・シャルルか？　と竜馬は舌を巻いていた。そうじゃ。靴屋のシモンに隔離《かくり》されるまでは、先代の国王陛下と王妃さまたちが文字通りの英才教育をこの子に与え続けておったがじゃ。

船長らしき男が、感激に打ち震えながらルイ・シャルルの前にひれ伏していた。

「承知いたしました、陛下。これより、われらはフランス軍として戦い、イギリス艦隊をトゥーロンより撃退いたします。リョーマ殿。船長として指揮をお願いいたします」

「おお。昔取った杵柄《きねづか》ぜよ。そうじゃ。かつてわしは、高杉さんと一緒に下関《しものせき》で戦ったのう……諸君。フランス海軍は数も少なく、戦闘力も低い。正面からぶつかれば、イギリス艦隊のほうが圧倒的に強いぜよ。じゃが、この夜陰《やいん》に乗じていきなり奇襲すれば、あちらは『反乱が起きた』と思い込んで大混乱ぜよ。高杉さんが考案した夜間海上奇襲戦術を真似っこじゃ。なにもかも、懐《なつ》かしいちや……」

「リョーマ？　ほんとうに、海戦を戦ったことがあるんだね。鎖国《さこく》しているはずのジャポンにも海軍があったなんて。凄《すご》いね！」

「おお。わしが率いちょったのは、ジャポン国海軍ではなく、ローニンの海軍だったがの」

「それって、ふふ。海賊《かいぞく》だね！」

「違うぜよ、ルイ・シャルル。人聞きが悪いのう。海援隊《かいえんたい》じゃ、海援隊」

かつてわしは、「亀山社中《かめやましやちゆう》」――後の「海援隊」を率いて幕府軍と戦った。奇兵隊《きへいたい》を率いてともに戦った高杉さんも死んだ。長州征伐戦に勝利すべく幕府方の小倉城《こくら》を奪うために、海に陸にと奔走して、労咳《ろうがい》を病《や》んだ身体を壊して、死んでしもうた。

長州の名高い志士は、みな維新の半ばで死んだ。ただ一人、桂小五郎《かつらこごろう》さんだけが生き残っちょったが、わしが近江屋で倒れた後、桂さんはどうしているのかのう。中岡《なかおか》がせめて、生きちょってくれればのう。桂さん、わしがおらんようになって寂《さび》しがっとらんかのう。あの人はいったん落ち込むと、長らく陰々滅々《いんいんめつめつ》と落ち込む人じゃった。どうしても薩摩が許せん、薩摩との同盟なんてやっぱり嫌だと言いだして、なかなか西郷《さいごう》さんとの会談に入ってくれんで、あの手この手でなだめすかすのが厄介《やっかい》じゃった。文学青年のナポレオンのほうにちくとばかり似ちょったな、うふ。

「ナポレオン。ルイ・シャルルのおかげで、わしゃあ再び海援隊を得たぜよ。待っちょれ。必ず、おまんを勝たせるきに！　おまんが、世界を変えるがじゃ。おまんが生きた軌跡《きせき》が、日本の維新にまで繋《つな》がるがじゃ。このトゥーロンで死んだらいかんぜよ……！」

この夜、トゥーロンの海上に「海援隊」が蘇った。

突如《とつじょ》として味方のはずのフランス王党派軍艦の奇襲を受けたイギリス艦隊は、闇の中で大混乱を来《きた》した。ついには同士討ちをはじめる始末《しまつ》で、とても小ジブラルタル支援どころではなくなった。

陸戦で脚を負傷して苦戦中だったナポレオンにとって、海援隊の出現はまさに救世主とも言えるものとなった。

「少佐あああああ！　イギリス艦隊が大混乱していやすぜーっ！　リョーマがやってくれたんだあああ！　うおっしゃああああああ！　これで勝ったあああああ！」

ナポレオンを庇《かば》いながら小ジブラルタルの砦目指して丘を登り続けていたジュノーが、海上を指さしながら雄叫びをあげる。ジュノーも身体のあちこちに傷を負っていて、頭からはおびただしい血を流しているが、「兄貴分」として惚《ほ》れたナポレオンのためなら痛みなどまるで意に介《かい》さないらしい。

「やったのか⁉　リョーマが、やってくれたのか⁉　船も持っていなかったリョーマが、ほんとうにイギリス艦隊を海上夜間奇襲しているんだなっ？　ははっ……はははははっ！　凄い。凄いぞ、リョーマ！　君は、ほんものの革命の志士だ！　僕は君に敬意を表する！　ジャポンからはるばるフランスに来てくれた君に、最大限の感謝の言葉を……！」

「少佐。要塞を守る敵守備兵たちは、海上での混乱を見て恐慌《きょうこう》に陥っています。もはや海上からの支援は受けられないのですから。今ならば要塞へと突入できます。ナポレオン・ボナパルト殿。あなたは、革命フランスを率いていくべき人だ。あなたのもとならば、貴族も平民も外国人も、誰もが平等にその才能を発揮できる！　どうかこのオーギュスト・マルモンに、総突撃をお命じください」

「そうか。わかった、行けっマルモン！　小ジブラルタルを手にすれば、この戦いは私たちの勝利だ！　君はこれからも副官として私についてこい！　この革命をフランス一国で終わらせてはならない。封建制度に抑圧されている諸国の人々に自由と平等をもたらすのだ！　リョーマの祖国、極東のジャポンにまでだ！　ともに駆けようじゃないか、広大なこの世界を！　まだ死ぬんじゃないぞ！　私に無断で死ぬことは許さん！」

「はっ。有り難き幸せ！　そのお言葉、生涯忘れません！」

「ジュノー、私たちも要塞へ突入するぞ！　私の『脚』になってくれるな？」

「うおおおおおお！　了解でさああああああ！　このジュノーさまがいる限り、あんたは絶対に死なせねーぜ！」

突然の「海援隊」の出現、深夜の海上奇襲という前代未聞《ぜんだいみもん》の奇策《きさく》。

陸上で小ジブラルタルを奇襲していたナポレオンと竜馬のコンビネーションが、完璧《かんぺき》に決まった。互いに通信することはできずとも、ともに冒険を繰り広げてきた二人の心は繋がっていたと言っていい。だからこそ、すべてが絶妙のタイミングで「塡《は》まった」。

激戦の果てに、ナポレオンは、ついに勝った。

ジュノーやマルモンたち戦場の「仲間」とともに小ジブラルタルを占領し、イギリス艦隊をトゥーロンから駆逐したのだ。

彼は挫折塗《ざせつまみ》れだった人生ではじめて、「成功」を手にした。

小ジブラルタルを占領した戦友たちの歓呼《かんこ》を浴びながら、ナポレオンは海上の友人へ向けてワインを注がれたグラスを掲げていた。

（孤立癖《こりつへき》がある僕にも、やっと理解できた。戦争は一人でやるものじゃない。どれほど緻密《ちみつ》な作戦を立てようとも、僕一人の才覚だけでは決して勝てなかった。だが僕は、軍の中にかけがえのない友たちを得た。だから勝てたんだ。リョーマ、ありがとう――）

※

「いやあ。君のおかげで間一髪《かんいっぱつ》、戦死せずに済んだよ。僕は『トゥーロン奪回はすべてナポレオンの武功じゃよ』というデュゴミエ将軍の推薦《すいせん》で准将《じゅんしょう》に任命されたよ、リョーマ。コルシカ島から亡命してきた僕が、今や二十四歳の若さでフランス軍の将軍だ！　脚も切断せずに済んだしね。前線まで押しかけてきたブーリエンヌのかいがいしい治療のおかげさ、はっはっは！」

「こんなことになってるんじゃないかって予想がついたのよ。あなた、戦場で自ら先頭を突っ走っていたって、ボナパルト……む、無理しないでね？」

「まさか負傷するとは思わなかったよ。まあ、実戦に慣れていなかったからね。次からは怪我しないように先陣を切るよ。リョーマ、ところで結局その子は噂のルイ十七世なのかい？」

「僕は、ただのルイ・シャルルだよ。国王を騙《かた》って水兵たちから軍艦を横取りしただけだよ。

悪賢《わるがしこ》いリョーマの言う通りにね！」

「そういうことにしておいてくれんかの、ナポレオン。この子の正体が広まると、大変じゃき」

「リョーマは嘘が下手だなあ。あなたさまは、王太子さまなんですねえええええ！　王妃さまにそっくりの、美しいお方ですねえ～！　王太子さま。殿下。この僕が、殿下の将来のお父さんなんですよ～？　いずれ僕はフランスの革命政府のトップに立って、オーストリアとの和睦《わぼく》を果たし、正式に王妃に求婚いたします！　さあ、パパと呼んでごらん？　は、は、は……！」

「……リョーマ。ナポレオンって、聞いていた以上に変わった人だね？　ママを執拗につけ回したりしないかな？」

「せ、戦場におるので興奮しちょるんじゃ。日頃はもっと大人しくて理知的な男じゃき」

竜馬たちは今、解放されたトゥーロン郊外の森で、休暇《きゅうか》を取っていた。

ナポレオンの脚の傷口が塞《ふさ》がるまでの、ごく短期間の休暇である。

竜馬率いる即席「海援隊」の奇襲を受けたイギリス艦隊は、ナポレオンの小ジブラルタル攻略作戦を阻止《そし》することができず、トゥーロンから完全撤退した。

しかも、「ルイ十七世陛下が革命軍を率いるナポレオンと和解を果たし、王党派のトゥーロン市民に開城を呼びかけている」という噂が噂を呼び、トゥーロンを指導していた王党派のメンバー全員が、ナポレオンに投降《とうこう》した。

「革命政府からトゥーロン接収《せっしゅう》に向かっている派遣議員に街を明け渡せば、責任者は大量処刑される。しかし、ただちに現場指揮官のナポレオンに降伏すれば、ルイ十七世の名のもとに全員が助命される」

　という竜馬が考えた即席の法螺話《ほら》を、ルイ十七世本人に出会った元脱走水兵たちが、トゥーロンの街にいっせいに流したのだ。が、事実、この時トゥーロンへ向かっていた革命政府の幹部バラスは、トゥーロンに籠《こ》もっていた王党派の大量処刑を考えていたのだから、嘘から出た実《まこと》であった。公安委員会はそのような計画を立ててはいなかったが、現場で権力を振るう役人は得てして暴走し、殺す人数を増やすことで自分の手柄《てがら》をかさ上げしようとするものだ。幕末もフランス革命も、同じである。

　この「近い未来」についておおかた予想がついていた竜馬は、ナポレオンに「トゥーロンの王党派全員を救った。徳をもって無血開城を成し遂げた」という箔《はく》を付けたのである。

　武功のみならず、王党派と革命政府を繋ぐ絆《きずな》とも言うべき徳を、ナポレオンに持たせる。これで、ジャコバン派政府の命運にかかわらず、ナポレオンの「英雄」への道は完全に開かれたと言っていい。

「でも、あなたが海援隊隊士としてこき使っていた水兵たちが、どうやらルイ十七世がニセモノだったらしいって騒ぎはじめているのだけれど、だいじょうぶなのリョーマ？　あなたって、その場その場の乗りで突っ走って敵ばかり作るんだから。ジャポン人を快《こころよ》く思っていないフランス人だっているんだし。いい加減、暗殺されちゃうわよ」

ああ、忘れちょった、と竜馬は自分の頭を叩いた。

「構わん、構わん、まどもあぜる。これでナポレオンの代理人としての仕事は果たしたぜよ。もしもわしの身になにかあったら、その時はルイ・シャルルを頼むぜよ」

「だ、ダメよ、あなたになにかあったら困るんだから。ねえ？　リョーマは、これからどうするの？」

「リョーマには、正式にフランス海軍の将校になってもらうよ、ブーリエンヌ。なにしろ海軍を指揮できる軍人がほとんどいないからね、革命フランスには。僕が陸軍を率いて、リョーマが海軍を率いれば、イギリスにだって負けやしないさ！　デュゴミエ将軍にも、もう許可は取ってあるよ」

ジャポンではイギリスにさんざん世話になっちょったのに、わしゃあまっこと蝙蝠《こうもり》じゃのう、と竜馬は自分の変節感《へんせつかん》ぶりに苦笑する。

「ねえリョーマ。僕、喉《のど》が渇《かわ》いちゃった」

「小川で水を汲《く》んでくるかの。ルイ・シャルル、待っちょれ」

「いやいや、君はゆっくりしていてくれ。僕が汲んでくるよ、リョーマ。友情の印《しるし》だ！」

「ナポレオン。おまんは脚の傷が塞がるまで、じっとしちょらんといかんぜよ。革命戦争はまだこれからじゃき。南仏からイギリス艦隊は追い払ったが、戦争はこれからが本番ぜよ。おまんにはこれからイタリア戦線で指揮官として活躍してもらわんと困る」

　オーストリアと戦うことになるのかなあ、気が重いけれど、でも王妃さまならばわかってくれるよね！　僕が、彼女への愛のために戦っているということを！　僕ぁ全ヨーロッパに自由と平等の精神を輸出して、王妃さまに真の自由をもたらすんだ！　とナポレオンは戦う気まんまんである。僕ならば苦戦しているイタリア戦線においてフランス軍を完勝させてみせる、そしてイタリアに「自由と平等の精神に基《もと》づいた共和国」を樹立してみせる、と壮大な「全ヨーロッパ革命計画」を脳裏《のうり》に描きはじめている。

「ねえ、ボナパルト。勝手に頭の中でヨーロッパの地図を『自分流』に書き換えないでね？　弁護士志望者としては、なんだかあなたが心配だわ……ほんと、夢ばかり追いかけている子供みたいなんだもの」

「参ったな。いいかい、僕はもう歴としたフランス軍の『将軍』なんだよ？　母さんや妹たちみたいなことを言わないでくれ、ブーリエンヌ」

「しょうがないでしょ。もう、あなたとは家族同然の腐れ縁《えん》だし」

「いやあ。ブーリエンヌがあと十歳ほど歳《とし》を食っていて、子持ちだったらなあ〜。求婚するのになあ〜」

「はいはい。その、わけのわからない結婚条件を捨てなさい。殿方って、普通は年下の女性に奔《はし》るものでしょ？」

「どうして？　僕には理解できないや。僕の奥さんは、僕を母さんのように包み込んで甘やかしてくれる年上の女性でないと。子持ち限定なのは、子供を産んで育てている女性は、幼くて独身の女性よりもずっと『母性』が強いからさ！」

「今回の戦争で名も売れたし、あなた、これからパリの海千山千《うみせんやません》の女たちに凄く騙《だま》されそう。心配で放置できないわね、ほんとうに……あ、あなたの秘書係くらいなら、務めてあげるわよ？」

「ああ、いいね。君が秘書になってくれれば、安心して僕の財布《さいふ》や手紙類を預けられる。僕の伝記を書くことも許可するよ。僕はこれから歴史に名を遺す英雄になるから、きっと世界中で売れるよ？　もちろんジャポンでもね！」

　ナポレオンとブーリエンヌが待っている木陰《こかげ》から少し歩いた谷間に、目指す小川が流れていた。

　竜馬は、王妃のもとを離れて以来、ずっとくっついてくるルイ・シャルルを従えて、

（おりょう、すまんのう。わしゃあ、子持ちになってしもうた）

とぼやきながら、小川へと辿《たど》り着いていた。

「兄貴！　フランス海軍に入るの？　でも兄貴は僕の保護者だよね？　僕をどうするの？　海軍に連れて行ってくれる？」

「いやあ。わしゃあ、軍隊で上官に仕《つか》えるのは苦手じゃき。肩が凝《こ》るがじゃ。ロベスピエール

とダントンから予算を引き出して、ローニン傭兵海軍すなわち海援隊を正式に設立して、自由に動こうと思うがじゃ。むろん、わが友ナポレオンの支援が主な仕事じゃがの。ついでにトゥーロンを根城《ねじろ》にして地中海貿易もやって荒稼《あらかせ》ぎぜよ」

「さっすが、リョーマの兄貴だね！　やっぱり海賊として生きるんだねー！　じゃあ、僕は海賊見習いになるよ！　ママも、男を見る目があるなあ～！　素直にリョーマと再婚すればいいのに。帝室のお姫さまって不自由だよね！　それとも、リョーマを僕に譲《ゆず》ってくれたのかな～？」

「だから、わしにはおりょうという妻が……しかしもう、ジャポンには戻れんのう。この戦争を終わらせておまんを王妃さまにお返しできるまで、何年かかるかわからん。おまんにも育ての母親が必要じゃのう。わしと二人連れでは、淑女《しゅくじょ》にはなれんきに」

「えー？　僕はリョーマみたいなサムライ海賊になりたいから、二人旅でいいよー！」

わしゃ倭寇《わこう》か、と竜馬は頭を掻《か》いた。なんで髪の毛が縮《ちぢ》れてるの？　そういえば背中の毛はいったいなに？　とルイ・シャルルが五月蠅《うるさ》い。ずいぶん懐《なつ》かれてしもうた。やはりこの子には育ての母が要《い》るきに。ううむ。男装しちょるが中身は立派なレディーのまどもあぜるが適任かもしれんにゃあ。

だが。

そんな二人の前に、サーベルを構えた一人の暗殺者がふらりと姿を現していた。

女のような美貌《びぼう》。凍てつくような冷たい瞳。赤い唇《くちびる》。

革命の天使。国王ルイ十六世を死刑に追いやった、サン＝ジュストだった。

「ルイ・シャルル。あなたはもう、王家の人間ではありません。離れていてください。私は、リョーマサカモトさんに決闘を申し込むために、トゥーロンまで来たのですよ」

「そんな⁉　や、やめてよ！　パパに続いて、リョーマまで僕から奪わないでよ！」

「いいえ。我慢《がまん》ならないのです、私は。ロベスピエールさんに、個人的に幸福になってほしかったのは、私もリョーマさんと同じでした。エレオノールさんとの結婚を、心から祝福しているんですよ、私は。リョーマさんにも礼を言いたいところです。ですが、リョーマさん。あなたのせいで、ロベスピエールさんは弱くなった！　あのお方は、私の理想だった。革命を最終段階まで遂行してくれる人だった。でももう、ダントンと妥協《だきょう》してしまった今のあのお方は純粋な革命を遂行できない！　ロベスピエールさんならば、確固として王妃を処刑してくれると信じていました。それなのに、王妃を釈放してしまうだなんて！」

「……最終段階……？　自由、平等、友愛。革命の精神はなにも失われておらん、サン＝ジュスト。ロベスピエールは、絶対に腐敗せん高潔な男じゃ。奥さんを迎えて、理知に加えて人の情をも知った。破滅の運命を免《まぬが》れることができるかもしれんきに」

「リョーマさん。あなたが考えている革命は、名目上の平等が実現すればそこで充分なのでしょう。ですが、『貴族とブルジョアの土地と財産のすべてを、貧《まず》しい平民に平等に分配する』。

それが、ジャコバン派の革命政府が目指していた最終段階だったのですよ。エベールのような屑《くず》を生かしているのは、彼がブルジョアを憎んでいて、サンキュロットにブルジョアの資産を分け与えるというわれらの理想に賛同しているからです」

「ちゃ、ちゃ。なんちや？　個人の資産を全国民に均等《きんとう》に分け与える？　そがいなどでかい真似を、今すぐにやろうとしちょるのか、おまんらは？」

「そうです。最初は反革命分子から資産を没収しますが、究極は『私有財産の否定』です。権利の平等だけでは足りません！　完全な平等とは、経済格差の平等を含むものです。ここで革命政府が歩みを止めれば、結局この革命はブルジョアのための革命に堕《だ》してしまう！　王侯貴族の代わりにブルジョアがフランスの特権階級となるだけです！　違いますか？」

ジャポンの志士にも、そがいな大それた構想を抱いちょった者はおらん。こいつはなんちゅう純粋な男じゃ、まっこと「革命の天使」ぜよ、と竜馬はサン＝ジュストに感動しながらも、この純粋さが「王殺し」と「恐怖政治」を生みだしたがじゃ、とも思った。ロベスピエールはこの男を「人斬り」として飼っている限り、滅びの運命から逃れられんぜよ。

「人斬り半次郎《はんじろう》」こと中村《なかむら》半次郎を常に傍《かたわ》らにおいてかわいがっちょる西郷さんはだいじょうぶなのかのう、と竜馬は自分の身に危機が訪れていることも忘れて呟《つぶや》いていた。

「ロベスピエールさんは温厚な人ですから、私の意見は急進的すぎる、まずは時間をかけてゆっくりと法整備及び国民教育を進めていくべきだと言っています」

「わしも同意見ぜよ。人間の社会ちゅうものは、一朝一夕《いっちょういっせき》では変われん。過程を飛ばして結果だけを追い求めても無理じゃ、サン＝ジュストよ」

「いいえ。それでは生ぬるい。ダントンを介して王党派とロベスピエールさんが完全に手を組んでしまう前に。ロベスピエールさんが、あなたの情にほだされて揺らいでしまう前に。私は、ただちに『私有財産権』を法によって廃止したい！　革命暦で言えば、この法案を風月《ヴァントーズ》には可決したい！　『風月法』を制定したいのです！　革命戦争が終わる前に！　もう、時間がないのです！」

「……そうか。サン＝ジュスト。おまんが、スタール夫人を脅《おど》してわしの暗殺を命じたんじゃな。タンプル塔にわしが潜入したことをエベールに密告したのも、おまんじゃな。最初から、わしを消そうとしちょったわけか」

「ええ、そうです。コンシェルジュリー監獄の近くで遭遇《そうぐう》したあの夜、あなたが王妃一家にちょっかいをかけていることに気づいた私は、あなたは必ずやロベスピエールさんを堕落《だらく》させる男だと見抜き、あなたを密《ひそ》かにマークしていました。ええ、私がスタール夫人の男女関係を摑んで彼女を脅し、あなたを暗殺するように命じました。あなたの陰謀《いんぼう》をエベールに密告したのも私です。革命政府には、フーシェという実に便利な男がいましてね……どんな情報でも、彼が張り巡らせた諜報網《ちょうほうもう》に引っかかるのですよ」

竜馬は、「……兄貴……」と震えているルイ・シャルルに「危ないから、離れちょれ」と命じると、懐からリボルバー銃を取り出し、サン＝ジュストへと銃口を向けていた。

「タンプル塔から脱出する際にも用いた、無限連発銃ぜよ。おまんも、銃を取れ。銃を相手にサーベルでは不利じゃろ？」

「もう、弾はないはずです、リョーマさん。無限に連発できる銃など、この世界にはない。弾があれば、トゥーロン海戦で一発でも放っていたはずです。ですが記録調書によれば、あなたはトゥーロンで発砲していません。あなたはもうその銃を撃てないから、やむを得ず幼いルイ十七世に水兵たちを説得させた。他に事態を打開する手段がなかったからです。違いますか？」

「……頭が切れるのう、サン＝ジュスト。おおむねその通りじゃ。そこまでわかっていて、なぜ銃を撃たん？」

「そうですね。銃を撃てばあなたを簡単に殺せますが、ロベスピエールさんに家族の幸福を与えてくれた今のあなたには、借りがあります。革命の天使サン＝ジュストとしてはあなたを殺さねばなりませんが、個人としては、あなたに感謝している。その借りを返します——故に、絡《から》め手は用いません。私のサーベルと、あなたの日本刀。どちらが優れているか、勝負しましょう。これは、男同士の決闘です。私はこういう顔をしていますが、中身は誰よりも男ですから」

「騎士道精神を貫いてくれるのはありがたいが、要は暗殺じゃろ。ロベスピエールや公安委員会の許可は得ちょるのか？」

「いいえ。これは、私闘。暗殺です。今までも、こうして何人もの政敵を襲撃《しゅうげき》して殺しました、ロベスピエールさんのために。私はもう、この手を血に塗《まみ》れさせてきました。長く生きるつもりはない。ブルジョアの私有財産権を法で廃止できれば、いつ死んでもいい。ですが、ロベスピエールさんには、革命を遂行できるただ一人の高潔な政治家として生き続けてもらわねばなりません。私は、ブルジョアや王党派の憎しみを一身に背負って死にたいのです」

「……それほどわしを警戒《けいかい》していながら、わしがロベスピエールの下宿先に逃げ込んだ時、追いかけてこなかったのはなぜじゃ？　あの時ならば、わしを合法的に逮捕できたぜよ」

「あそこはロベスピエールさんの『家』。神聖な空間ですから。あの人とエレオノールさんとの恋を、邪魔したくなかった。あの日、あなたが訪れたあの夜しか、二人が結ばれる機会はなかった。タンプル塔を追われたあなたはてっきり、ダントンの館《やかた》に逃げ込むと思っていました。それで、ダントンをも逮捕できる。私はダントン邸の付近を張っていました。ダントンが館を出てきてロベスピエールさんの下宿に向かう姿を見て、私はあなたに見事に裏をかかれたと気づいたのです――あなたはまったく困った人です。リョーマさん。あなたを殺さなければ、私の生涯の夢である『風月法』は可決できない。だが、あなたを殺せば、ロベスピエールさんの恩人を手にかけることになる」

ルイ・シャルルが「……そんな。ダメだよ。やめて。二人とも……兄貴……」と震えながら、互いを一撃で殺せる至近《しきん》距離に入った竜馬とサン＝ジュストの姿を見つめている。

竜馬の指が、刀《かたな》の柄《つか》にかかる。

北辰一刀流免許皆伝《ほくしんいっとうりゅうめんきょかいでん》、坂本竜馬が抜刀《ばっとう》してサン＝ジュストの胴を逆袈裟《ぎゃくけさ》に切り上げるのが先か。

「革命の天使」、美しい暗殺者サン＝ジュストのサーベルが竜馬の眉間《みけん》を割るのが先か。

勝負は、一撃で決まる。

「王妃さまを救うという代理人としての使命は果たした。それにわしゃあ、どうにもおまんを憎めん。ここで死んでやっても構わんが、ルイ・シャルルを王妃さまから託されたきに、まだ死ねんのう。わしがここで倒れれば、ナポレオンも破滅してしまうきに。もう、友を哀《かな》しいかたちで失うのはご免《めん》ぜよ」

「……私も、ナポレオンを軍人として高く評価していましたから、彼があなたとつるんでいることを知っていながら泳がせていました。処刑したくとも、彼を殺したら替えはいませんからね。とはいえ、ナポレオンは王妃救出劇とトゥーロン奪回を両立させてしまうような途方もない夢想家です。いずれロベスピエールさんの独裁の妨《さまた》げになります。これ以上は、好きにさせてはおけませんよ。彼を排除するためにも……リョーマさん。やはり、あなたを斬らねばなりませんね」

いかん。余計なお喋《しゃべ》りをして、この手強《てごわ》い暗殺者の迷いを吹っ切らせてしもうた、と竜馬は舌打ちしたくなった。我ながら、口が軽い。いちど殺されてもまだ治っちょらん。

「サン＝ジュスト。ひとつだけ、最後におまんに問うぜよ。『万人の経済的平等』。こがいなでかい理想を平和裡《り》に実現するには、何百年かかるかわからん。今すぐに強引に実現させようとすれば、大変な混乱と争いが生まれるぜよ。私有財産を認めんちゅう性急な世直しは、王政廃止どころではないきに。大勢の人間が抵抗する。今よりも激しい争いが起こる。おまんは、『風月法』に反対する人間たちをどうするがじゃ？」

「――真の平等を世界にもたらすためです。戦い、なお抵抗する者は、みな殺します。哀しいことですが、『革命』とは『暴力』です、リョーマさん。話し合いや議会政治だけでは、世界は変えられません」

「それでも、ブルジョアがなおも抵抗し続けたら？」

「それでも、理想を実現するまで。永久に、私たちは暴力革命闘争を続けます」

サン＝ジュストはやはり「人斬り」じゃ、と竜馬は哀しげにため息をついた。いずれ「暴力革命」肯定論は理論化されて世界中に輸出されていくのだが、この時代にはまだ、革命フランスにおいてその萌芽《ほうが》が芽生《めば》えたばかりである。

「……ようわかった。おまんは、己の理想のために、世界に血と暴力の種《たね》を蒔《ま》き続ける男じゃ。おまんにも譲れぬ正義があるのじゃろう。やむにやまれぬ想いがあるのじゃろう。じゃが、おまんのやり方は『人斬り』ぜよ。現実と理想が折り合わんなら、邪魔な人間を殺してしまえば理想が実現すると思いこんじょる。わしゃ、ジャポンでおまんのような人斬りの志士を大勢見てきたぜよ。そがいなことをしてもキリがないがじゃ。おまんに殺されてはやらん。もう、迷わんぜよ」

「いいえ。あなたはまだ迷っています、リョーマさん。生来、あなたは人斬りを好まない方なのでしょうね。理想のためならば誰であろうが殺せるという信念が、あなたにはない。私は、国王すら殺した男なのですよ？　この一騎打ち、私が勝ちます」

　この男を止めるには、斬り殺す以外に道はないがか。わしも、人斬りになってしまうがか。以蔵《いぞう》さん、わしゃあどうすればいいがか。

「──貰《もら》いました！　リョーマさん！　あなたの負けです！」

　しもうた。「突き」か！　一瞬の躊躇《ちゆうちよ》が命取りぜよ。一本取られる！　サン＝ジュストに「先《せん》の先《せん》」を奪われた！　と竜馬が気づいたこの時。

「兄貴！　こんどは僕が兄貴を護るよ！　サン＝ジュスト！　お前にパパを殺された恨みを水に流しても、お前は僕から兄貴まで奪おうと！　こんどこそ、絶対に止めてやる！」

　ルイ・シャルルが、サン＝ジュストの脚にしがみつこうと、勇気を奮《ふる》い起こして突進していた。

「……ルイ・シャルルううううっ！　いかんぜよおおおっ！」

「むっ⁉　男同士の決闘の邪魔をしないでください！　王位を捨てたあなたにはもう、フランス革命に関与する資格はないのですよ！」

「それでも！　僕はリョーマの相棒なんだ！　リョーマは死なせない！　斬るなら僕を斬れっ！」

サン＝ジュストは怒鳴りながら素早く横へと飛び、ルイ・シャルルの体当たりを華麗《かれい》に躱《かわ》しつつ、再び竜馬との距離を一気に詰める。竜馬の身体と視線はこの時ルイ・シャルルへと向けられていて、疾風《しっぷう》のような速度で横へと回り込んだサン＝ジュストは「死角」に入っている。

（リョーマさん。やはり甘い。ルイ・シャルルに気を取られて、隙だらけですよ。これで、勝負ありです）

だが。

「だいじょうぶぜよ。ルイ・シャルル。おまんのおかげぜよ」

渾身《こんしん》のタックルを避《よ》けられて転がり、大地に伏していたルイ・シャルルは見た。

腰を落として抜刀の体勢に入っていた竜馬が、ずっと細めていた目を大きく見開いた。

「——死んでいただきます、リョーマさん」

サン＝ジュストが構えたサーベルは、やはり一撃必殺の「突き」技《わざ》を繰り出してきた。

真横から、脳を狙《ねら》ってきた。見事な太刀筋《たちすじ》だった。何人もの政敵を斬ってきた、人斬りの剣だ。

（速い。こいつは剣士としても化け物じゃ。人斬りを躊躇してきたわしよりもはるかに強い！　じゃが——すでに「突き」が来ると、わかっちょった！）

どん。

サン＝ジュストのサーベルが、腰を捻《ひね》って正面へと向き直った竜馬の眉間を割るよりも早く。

竜馬が仕掛けた居合抜《いあいぬ》きの逆袈裟が、サン＝ジュストの胴を打ち抜いていた。

サン＝ジュストは苦笑しながらその場に崩《くず》れ、そして突っ伏す。

「……まさかの峰打《みねう》ち……ですか……どこまでも、甘い人だ……あなたは……」

「おまんがルイ・シャルルを斬ろうとサーベルを動かせば、その瞬間にわしはおまんを斬っちょったが、それはないと信じちょった。が、ルイ・シャルルの突進を避けずに即座にわしに突きを放っちょれば、おまんの勝ちじゃった。ルイ・シャルルの手がおまんの脚に届くよりも、おまんのサーベルがわしの額《ひたい》を割るほうが早かったがじゃ。甘いのは、ルイ・シャルルを避けて『先の先』の有利を捨てたおまんのほうぜよ、サン＝ジュスト」

「……ああ、そうでしたか……もしも私が、この子を避けて体勢を変えていなければ……いつもの通り、正面から突きを入れていれば……ふふ。なぜ、避けたのでしょうね。あるいはあなたを絶対に護りたいというルイ・シャルルの気概《きがい》に圧されていたのでしょうか、私としたことが……」

正面からの勝負ならば、間違いなくおまんの勝ちじゃった、と竜馬は呟いていた。

竜馬は、ルイ・シャルルが突進する直前にサン＝ジュストの太刀筋を見切っていた。位置を変えても、必ず「突き」で来ると。絡め手を用いている時は姿を現さず尻尾《しっぽ》を掴ませないが、

いざ自らの手で「暗殺」を実行すると決断した時のサン＝ジュストは、必ず相手の「正面」から堂々と突きを放つ男だと。

故に、側面からの突きはサン＝ジュストにとって「変則」であり「不得手」。わずかに精度と速度が狂った。

しかも、側面から突きを入れてきたサン＝ジュストに対して竜馬が抜刀する際、サン＝ジュストに正対するために竜馬は腰の回転運動を加えていた。この腰の動きが、竜馬の抜刀速度を加速させていたのだ。

「おまんは、『風月法』を可決させたいがじゃろ。ならば、やってみればいいぜよ。その結果、おまんもロベスピエールも死ぬのだとしても。その覚悟があるのならば」

「……ふふ……どうなる、でしょうね……やっとご自分の家族を持つことができたロベスピエールさんを、死なせたくは……ない……私は……公《おおやけ》の理想と個人の感情との間で揺れる私自身を、恐れていたのですね……あなたの、せいですよ……リョーマさん」

「ならば、ダントンを殺すな。それで、ロベスピエールは生きられる」

「……ダントンを……」

「あいつを殺せば、革命は凍てつく。それと、タイユランも殺すな。スタール夫人がお気の毒ぜよ。あれほどの知性と教養の持ち主を、暗殺の道具に用いてはならん」

「……ああ。タレイラン、ですね……ふふ、わかりましたよ……スタール夫人を用いたのは、あなたの女癖《おんなぐせ》の悪さを逆手《さかて》に取っての人選でしたが……あなたには、完敗です」

しばらく眠っちょれ、骨は折れちょらん、と竜馬は目を閉じて気を失ったサン＝ジュストに声をかけ、刀を鞘《さや》へ収めていた。

（兄貴が生きている？）と了解したルイ・シャルルが起き上がり跳《と》びはねて、竜馬の腰に抱きついてくる。

「あああ兄貴、すっげえええ！　強《つえ》ええええええ！　あのサン＝ジュストを一撃で倒しちゃったよ⁉」

「ルイ・シャルル。おまんがサン＝ジュストを横へ飛ばせてくれたおかげじゃ。お互いに危なかったぜよ。もう、二度とこがいな真似はするなよ？　わしゃあ肝《きも》が冷えたぜよ〜！」

「だってー。実はさー、兄貴が強いって話は口先だけかなーって思ってたんだよ、僕！　サン＝ジュストの脚に組みつけなかった瞬間に、ああ兄貴が死んじゃう、って一瞬絶望しちゃったよ〜」

「フランス人は、日本刀の居合術を知らんきに。サン＝ジュストはスパイを使って居合術の存在は摑んじょったじゃろうが、実際に自分の目で見て経験したことがないきに。対するわしは、凄まじい速度で捨て身の『突き』技を放ってくる剣士を知っちょった。その分だけ有利だったがじゃ」

「でも、僕の援護があったからこそ有利な位置取りができて、それで勝てたんだよね？　もっと褒めてよ〜」

「……まあ、おまんのおかげでサン＝ジュストとの斬り殺し合いにならずに済んだがの。あまり褒めると、面倒なことに……」

「おまんに惚れた、嫁にするぜよ、とか言いなよ兄貴？　ほらほら、遠慮しなくていいからさ〜！　これで僕はリョーマを二度も助けたんだよ？　僕も、ママやお姉ちゃんたちをリョーマに助けられたから、まだまだお相子《あいこ》じゃないけどさ。いよいよ生涯の相棒だよね、僕たち！　七年後をお楽しみにね！」

「……それ、それ。わしゃ確かに気丈《きじょう》で強いおなごが好きじゃが、おまんは子供じゃき！　あんまり手放しで感謝すると、七年後に苦労しそうぜよ」

もう〜兄貴は照れ屋《て》さんだなあ〜とルイ・シャルルが笑う。

「わしゃあ、おまんの加勢のおかげで命拾いしたが、他にも勝因はあったぜよ。わしは、かつてサン＝ジュスト以上に速い『突き』技をジャポンで見たことがあったがじゃ。その時の経験が生きたぜよ。なにしろ、わしより強いサムライは、ジャポンにはぎょうさんおるぜよ」

「ほんとにい？」

「おう。ほんとうじゃ。『突き』といえば、新選組《しんせんぐみ》一番組隊長の、天然理心流《てんねんりしんりゅう》沖田総司《おきたそうじ》。それはもう電光石火《でんこうせっか》の凄まじい太刀筋でのう。見た目には一本の突きに見えるが、実は三本の突きを瞬時に重ねて突いて来よる。あいつに見つかった時は、わしゃ『とても敵《かな》わん』と京の小道をひたすら逃げまくったがじゃ」

「えー？　ジャポン最強のサムライから逃げまくってたの～？　なにそれ～？」

「あっははは！　おまんが助けてくれなんだら、相打ち以外にサン＝ジュストを倒す術《すべ》はなかったから、わしゃサン＝ジュストからも逃げちょったきに！　神道無念流《しんどうむねんりゅう》の達人《たつじん》じゃった長州の桂さんも猛者《もさ》じゃったな。蝗《いなご》のようにぴょんぴょん跳びはねて、すばしっこくてのう。太刀筋がまるで見えんかった。若い頃、土佐《とさ》の殿さまの前の御前試合で見事にやられたぜよ。真剣勝負じゃったら、わしゃあ生きちょらんかったの」

「なんだあ、がっかりだなあ兄貴には。で、オキタさんとカツラさんは、どっちが強かったの？」

「知らん。桂さんは、真剣を抜いたことがないきに。剣士に襲《おそ》われた時には、ひたすら逃げて逃げて逃げまくっちょった。サムライの格好を捨てて、按摩《あんま》や乞食《こじき》になりきってまでの。途中で維新回天《かいてん》の仕事もすっかり忘れて、どこぞの商家の婿《むこ》になりきっちょった時には、みんなさすがに怒ったもんじゃ。サムライだらけのジャポンで生き延びる秘訣は、とにかく日本刀を抜いて戦わんこと、ひたすら逃げることじゃ！　あっはっは！」

ほーんとがっかりだなー、とルイ・シャルルは嬉しそうに竜馬の腰に抱きついたまま、ナポレオンとともにブーリエンヌのもとへと歩いていく。

「そういえば、水はどうしたがじゃ？」

「緊張してるうちに、どうでもよくなっちゃったよ。おしっこ漏《も》らしそうになっちゃった」

「漏らすなよ、漏らすなよ？　かあ〜。やっぱりわしゃあ、子育ては苦手じゃき！」

「も〜。相棒を子供扱いしないでよ、七年後にはママそっくりの超美人だからさ〜」


だが。


「やあ遅かったじゃないか。なにをやっていたんだい？　それよりリョーマ。僕の新作恋愛小説を添削《てんさく》してくれないかい？　トゥーロンで閃《ひらめ》いたんだよ、新しい物語の筋をね！　主人公の若き将軍がイギリス軍に勝てば、お互いに愛を誓った囚われの王妃を解放できる。負ければ、王妃は処刑されてしまう……そんな極限状態の戦場に、今まさに、究極の愛を賭《か》けた戦いが！ゲーテとシェイクスピアを融合《ゆうごう》した最高の小説を僕は閃いたよ！」

「……リョーマ。王妃がオーストリアへ帰ってしまったせいで、ボナパルトがまた恋愛小説家になりたいって言いだして。やっぱり軍人仕事よりこっちのほうが自分の天職だって。誰か、年上で子持ちで性格のいい未亡人はいないかしら？　どーして幼なじみの私は恋愛対象外なのよ、この変人！　私も、あなたは恋愛対象の男だと思えないけれど！」

「なにを言っているんだい？　そもそもブーリエンヌの想い人はリョーマじゃないか」

「おっ……？　おも、おも、おもっ……？　ぼ、ぼ、ボナパルト！　あなたって人は……！」

「あっはっは。まあ、恋愛だけが男女の仲じゃないいきに。気が置けない男女の友達ちゅうのも、ええもんじゃ。しかし子持ち未亡人限定とは、ナポレオンは婚期を逃がしそうじゃのう」

「この革命騒ぎのせいでパリには大勢の未亡人が溢れているから、候補者は見つかるでしょうけど。自分じゃまともに服も着られないようなだらしない人だから」

「僕、こんどはお腹空《なかす》いてきたなー！」

木陰で休んでいたナポレオンたちのもとに、竜馬とルイ・シャルルが戻り、お互いに声をかけ合ったその時。

竜馬に、異変が起きた。

いきなり天空に白く輝く「穴」が開いて、竜馬の身体を宙へと引き上げはじめたのだ。

あれは、パリでリョーマが「降りてきた」時に開いた「穴」と同じだ？　とナポレオンが「穴」を興味深げに見上げる。

「リョーマ？　あなた、そういえば、いきなりパリに現れたのよね……もしかして、船で海からフランスに来たのではなく……？」

「そうだよ。やっと信じてくれたかい、ブーリエンヌ！　君はこの『穴』を通って、ジャポンからパリに来たんだね、リョーマ？　君はいったい、何者なんだ？　ほんとうにこの時代の人間なのかい。その懐の連発銃は、もしかして未来の武器なんじゃないのかい？」

「いや、どうやって来たのかは知らん。なにも覚えちょらん！　近江屋で脳を切られて、がくっ、と倒れた次の瞬間にはパリにおって……か、身体が、『穴』へとす、吸い込まれちょる？

な、なんじゃあ、これはあああああっ⁉　ま、ま、待つぜよ。まさか……ナポレオンと契約した代理人の仕事が完了した時点で……わしゃあ、時間切れに？」

　フランス革命の歴史に、わしはさんざんちょっかいをかけた。それで消されるんじゃろうか。それとも、すべては近江屋でついに世界へ飛び出す夢が叶《かな》わず息絶えていくわしが見ちょった「幻《まぼろし》」じゃったのか？　いやいや、これは夢ではないぜよ。どこからどう見てもまっことの世界じゃ。

　いかん。身体が高々と浮き上がっちょる。もう、保《も》たん。連れて行かれる。いったい、どこへ？

「待て待て！　わしゃあ、もう少しフランスに留まりたいがじゃあああ！　もう時間がないらしいぜよ、いずれ打ち明けようと思うちょったが、今伝えるしかないがじゃ！　聞いてくれ、ナポレオン！　そうじゃ。わしゃ、未来から来た！　おまんは、この革命戦争を勝利に導き、混乱した革命政府を掌握《しょうあく》していずれフランス帝国の初代皇帝になるぜよ！」

「……君は初対面の時にも、そう言っていたね。僕がフランスの皇帝になると。君が未来人だということは……ほんとうのことなんだね、リョーマ……？」

「ほんとうじゃ！　じゃが、陸戦では無敵のおまんも、イギリス海軍にはどうしても勝てん。しかも皇帝に上り詰めたおまんは、次第《しだい》に冷静な判断力を失っていくがじゃ！　最後はロシア遠征に敗《やぶ》れて島流しとなり、家族から引き離されて孤独に死んでいく運命じゃ！　わしが、わしが海援隊を率いておまんとともに戦えれば、そがいなことにはならんはずじゃった！　それなのに……！」

「ロシア遠征？　敗北？　島流し？　それが、僕の運命なのかい？　なんという悲劇だ⁉」

「おまんは絶海の孤島、セントヘレナ島で死ぬぜよ！　それが、わしら未来の日本の志士が知っちょる英雄ナポレオンの生涯ぜよ！　こがいに突然別れることになるならば、もっと早《はよ》う教えるべきじゃった！　すまんのう、ナポレオン！」

「待ってくれリョーマ。きっと君は、『次の時代』に送られようとしているんだ。フランス革命の最中で心が折れてくじけていた僕を助けてくれたのと同じように、次の時代でも君は誰かの代理人として歴史的な使命を果たすんだ！　僕も、連れて行ってくれ！　君とともに、世界を旅したい！」

「無理じゃ。どこへ連れて行かれるのか、さっぱりわからん！　それに、おまんが消えればフランス革命は台無しになるぜよ！　革命戦争を勝ち抜き、フランスの混迷を収拾し、『ふれいへいど』の精神を全ヨーロッパに普及させる偉業は、おまんにしかできんがじゃ。ナポレオン・ボナパルト！　しかし――ここで革命から降りれば、軍を除隊すれば、セントヘレナ島へ流される運命から逃れられるかもしれん！」

「いや、それはない、リョーマ！　誰かがフランス革命を継続し完成させなければ、旧態依《きゅうたいい》然《ぜん》の封建社会が永遠に続く！　その事業を成し遂げる人間がこの僕だと言うのならば、僕は逃げないよ！」

「そうか！　ならばわしは、必ずどうにかして戻ってくる。わしが生きて奔走し続ければ、いずれ『穴』は再びフランスに繋がるはずぜよ。海援隊を率いて、わしはおまんを助けに来る。だから、それまで――どうか。まどもあぜる。ブーリエンヌ。ナポレオンを、頼むきに！」

「……私をあなたの二人目の奥さんにして、一緒に連れて行って、と言いたいところだけれど……そんな運命を背負ってしまっているボナパルトを放りだしては、いけないものね。待っているわ、リョーマ。必ず、戻って来て。約束よ……？　私……それまで結婚せずに、リョーマの帰還《きかん》を待っているから。女性にここまで言わせるだなんて。ほんとうに、鈍《にぶ》い人……」

「すまん。すまん。まどもあぜる。わかった。おりょうにはいつか土下座《どげざ》する！　まどもあぜるをわしの奥さんにするきに！　ともかく、生き延びる。わしゃあまだ死なん。おまんらのもとに戻るまでは――」

「リョーマ！　わかったよ！　僕は革命フランスを導いて、全世界に『フレイヘイド』を伝える英雄として生きる！　君たち未来のジャポンの志士が憧れてくれた、英雄ナポレオンになるよ！　僕は誓う！　僕は、『史実』の僕よりもはるかに偉大な僕になる！　絶対に、リョーマ、君を失望させせない！　革命に倒れていった人々の死、そしてジャポンの志士たちの死を、無駄にはしない！　だから――だから、いつか必ず戻って来てくれ！　僕が過ちを犯しそうになったら、君が殴ってでも僕を止めてくれ、リョーマ！　僕の生涯の親友よ！」

「ははははっ！　よう言うた！　今のおまんは、痺《しび》れるほどに格好いいのう！　それでこそ、わしや西郷さんが憧れ続けた英雄ナポレオンぜよ！　わしを友と呼んでくれて感謝しちょる！　約束じゃ。また会おう、コルシカの、そしてフランスの志士。わが友、ナポレオン・ボナパルト――！」

竜馬の身体が、天空の「穴」へと呑《の》み込まれていく中。

彼の脚に、なにかがしがみついていた。

幼いルイ・シャルルだった。

「待ってくれよ、兄貴～！　ママとの約束も守ってくれないと困るよ～！　僕の相棒なんだから、ちゃんと僕を旅に連れて行ってよ～！　置いていかないでよ～！」

「ちょ。待つぜよ、ルイ・シャルル。わしが生きて次の時代に出られるという保証は……わしゃあ、ジャポンでいちど死んどるんじゃ！　このまま現世から消えるかも知れんきに！　もしもこれが『地獄送り』じゃったら、王妃さまにおまんを返せんようになる！」

「いいから、捨てないで、兄貴！　僕を連れて行って！　観《み》たいんだ、世界を！　兄貴だってジャポンからはるばるフランスに来たのに、また独《ひと》りぼっちになって知らない世界へ飛ばされていくなんて寂しいよね？　次の世界でも、そのまた次の世界でも、同じことになるかもしれないよね？　だから、旅が続く間、僕がずっと一緒にいてあげるよ！」

「おう、ありがたいことを言うてくれるにゃあ。じゃがのう、ルイ・シャルル。わしは、おまんをお母さまに再会させにゃあならんぜよ？」

「いつか戻れるよ、リョーマなら！　僕はほんとうはタンプル塔で死ぬはずだったんでしょう？　だったら、しばらくフランスを留守にしても問題ないよ！」

「……参ったにゃあ～。今から振り払って地面に落としたら、大怪我させそうじゃ……仕方ないのう……行き先が地獄でも、文句を言いなや？」

「うん！　だいじょうぶだよ！　僕にはわかるよ、兄貴は死なないよ！　僕が、兄貴を助けてあげる！　兄貴を求めている時代が、世界が、まだまだたくさんあるよ！」


……

……

……


ナポレオンとブーリエンヌは、「穴」が閉ざされた後の青空を、じっと眺《なが》めていた。

「僕の伝記を書くことになっても、リョーマの話は書かないほうがいいね、ブーリエンヌ。後世の読者に、伝記のすべてが作り話だと思われてしまう」

「……そうね。ほんとうに、ヘンな人。いつかフランスに戻って来てくれるのかしら？」

「来るさ。なぜなら、彼はまだすべての契約を果たしたわけじゃない。僕との約束もあるし、君の求婚の申し出も受けたし、それに王妃さまとルイ・シャルルを再会させなきゃならないんだ。三つも、やり残した仕事がある。もしもほんとうに、リョーマが『歴史の代理人』として世界を奔走するために生かされている人間なのだとしたら、って言っていたわね。『穴』はいつか必ず開くよ」

「……リョーマは、自分はジャポンでいちど死んだ、って言っていたわね。そして、彼は肉体を持って復活して、肉体を持ったまま昇天していった……天使のように愛らしい子供を連れて。これじゃ、まるで聖書の引き写しじゃない。ええ。そうね。誰にも語らないほうがいいわね」

「ああ。坂本竜馬教徒異端《いたん》として、裁判にかけられる。でも……ほんとうに僕が将来フランスの皇帝になるだなんて」

「ありえない話ではないわ、ボナパルト。古代ローマは領土を拡張する毎《ごと》に、王政、共和制、帝政へと進んでいったでしょう？　権力基盤が脆弱《ぜいじゃく》なジャコバン派が指導している今の共和国政府では、全ヨーロッパを敵に回した革命戦争を勝ち抜けない。いずれフランスの人民が、強力な一人の英雄による帝政を求めるのかもしれないわ」

僕はそれじゃあ、ほんとうにカエサルになるのか？　とナポレオンは頭を掻いた。暗殺されそうで気が進まないなあ。

「ルソーの精神を受け継いでコルシカに共和国を打ち立てようとしてきたこの僕が皇帝になるだなんて、皮肉な話だなあ。ああ、でも、そうだよ。僕がフランスの皇帝になれば、ハプスブルク家と同格だ！　晴れてマリー・アントワネットさまと結婚できるじゃないか！　それだ！　その手があったかあああ～っ！　よおおおし、革命フランス軍を率いて反革命連合軍に勝って勝って勝ちまくるぞ、僕は頑張るぞおおおお！」

革命も世界も、恋愛とひと繋がり。むしろ恋愛こそが最上位にして人生の目的。ナポレオンのブレなさは筋金入《すじがね》りだ。ブーリエンヌは苦笑していた。

「でも、ロシア遠征に行くなんてさあ……あんな寒い土地へ？　極寒《ごっかん》のロシアに攻め込んで勝てるとは思えないよ。これだけの奇蹟《きせき》を見せられても、ちょっと信じられないなあ……王妃さまのご命令なら、どこへでも遠征するけどさ？」

「あなたが軍人をやめて作家になってしまったら、フランス革命は頓挫《とんざ》して、ジャポンの維新も起こらない。リョーマが生きてきた歴史が消滅しちゃうでしょう。彼は、ジャポンと奥さんを恋しがっていたもの。必ず、いつかはジャポンに帰してあげたい」

「……そうだね。故郷は、誰にとっても懐かしいものさ。亡命してみて、つくづくそう思うよ。ましてや世界を駆ける彼にとっては、そうだろうなあ」

「ねえ、ボナパルト？　パリで、新しい仕事を探しましょう。作家仕事じゃなくて、軍の仕事のほうよ？」

「リョーマが勧《すす》めてくれたイタリア遠征がいいな。オーストリアの圧政からイタリアを解放する若き革命の将軍。これだよ。一気にマリー・アントワネットさまとの距離が近づくよ！　ただし、僕自身が総司令官じゃなきゃ嫌だ。もう、二度と無能な上官に干《ほ》されたくはないね！それじゃあリョーマとルイ・シャルルの旅立ちを祝って、僕のギター独演会をはじめようか！」

もしかして皇帝になってもこの人はいつまでも子供のままなのかしら？　ああもう、頭が痛い……早く戻ってきなさいよねリョーマ、とブーリエンヌは思った。

あとがき

作者です。長らく歴史キャラ女体化《にょたいか》ものばかり書いてきたので、一度くらいは『スティール・ボール・ラン』のようなバディものが書きたい！　と担当編集さんにお願いしまして、坂本龍馬《さかもとりょうま》（作中ではなぜか「竜馬」ですが）×ナポレオンのバディものを書かせていただきました。ヒロイン必須《ひっす》のライトノベルでは禁じ手のジャンルなのですが、コミカライズ版のほうも是非《ぜひ》読んでいただければ。

前作の『ユリシーズ』では「歴史は変えられない」という設定にしてしまったため、書いているうちに作者が「誰がこんな設定にしたんだーッ！」と頭を抱えるという自業自得な羽目《はめ》に陥《おちい》り、「やっぱり歴史は改編するッ！　たとえフランスの歴史であろうともッ！」とリハビリのつもりで今作を書くことになりました。

ですが、日本史ならともかく、昔のフランスの歴史に現代の日本人が介入《かいにゅう》してなんとかできるとはとても思えません。それじゃあいったい誰だったら、フランスの歴史を変えられるのか。そんな規格外の日本人がいるだろうか。いた。一人だけいた。そう、幕末史上に燦然《さんぜん》と輝く口八丁手八丁《くちはっちょうてはっちょう》の謎の国際ペテン師（褒《ほ》め言葉）、坂本龍馬だ――！

龍馬が干渉《かんしょう》する歴史は、フランス革命です。吉田松陰《よしだしょういん》や西郷隆盛《さいごうたかもり》たち幕末の志士が憧《あこが》れた自由と革命の英雄ナポレオンがいます。ところが龍馬が召喚《しょうかん》された「恐怖政治」開始時のパリでは、ナポレオンはまだ覚醒《かくせい》していない独身男で、故郷のコルシカ島から追い出されたどん底状況。フランスは全ヨーロッパを相手に革命戦争真っ最中で、死刑執行人サンソンがストンストンとギロチンの刃を落としています。ナポレオンが立ち上がらないとフランス革命は潰《つぶ》れ、明治維新《めいじいしん》もなくなる。龍馬は、マザコンで半ニートで恋愛小説家志望で恋人もいないダメ人間のナポレオンの尻《しり》を叩《たた》かねばならなくなります。でも、そもそもフランスへの忠誠心も愛国心もないコルシカ人のナポレオンを、どうやって？

若き日のナポレオンのキャラクターのヒントになったのは、集英社新書『ナポレオンを創った女たち』（安達正勝《あだちまさかつ》先生著）です。後年の「英雄」ナポレオンのイメージからは程遠い、ゲーテの読み過ぎで愛する女性がいないとまるでやる気が出ない、繊細《せんさい》でマザコンで我《わ》が儘《まま》で神経質で妻の浮気は絶対に耐えられない、そんな幕末の志士が知ったら腰が砕《くだ》けるダメ男。が、いったん恋の炎に火が付いたらイタリア遠征だろうがなんだろうがやってしまう激しい情熱と天才の持ち主です。龍馬は最初「これがナポレオン？」と当惑《とうわく》しますが、手間《てま》がかかるけれども人間臭いナポレオンに次第《しだい》に惚《ほ》れ込んでいきます。

混迷に陥っているパリ革命政府の三巨頭プラスα《アルファ》、「地上最強の童貞」ロベスピエール、豪傑ダントン、ゲス野郎のエベール、そして「革命はいつもインテリがはじめるが、夢みたいな目標を持ってやるからいつも過激なことしかやらない」と説教されそうなサン＝ジュストのキャラクターのイメージは、いつも読ませていただいております佐藤賢一《さとうけんいち》先生の『小説フランス革命』と、アンジェイ・ワイダ監督の映画『ダントン』がベースになっています。

龍馬が呼ばれた時のパリは、ちょうど「恐怖政治」がスタートしたばかりで、国王を処刑してタガが外れ、粛清《しゅくせい》の勢いが止まらなくなった文字通りの暗黒時代。夫を処刑された王妃マリー・アントワネットと、王太子ルイ・シャルルの二人もまた、歴史が正史通りに進行すれば死ぬ運命にあるわけです。特にルイ・シャルルについては調べれば調べるほど、ジャンヌ・ダルク裁判を思いおこさせる、あるいはそれ以上の胸糞《むなくそ》案件でして、今回だけは絶対になにがなんでも歴史を改変しなければ気が済まない！　しかしナポレオンは王妃処刑当時、南仏のトゥーロン戦線で戦わねばならない。ですが、そこに龍馬が来てくれたッ！　龍馬さんならば俺たちにできないことを平然とやってのける、そこに痺《しび》れる憧《あこが》れるッ！　倒幕を果たしながらも、薩長《さっちょう》の怒りを買ってでも王政復古をやり通して将軍徳川慶喜《とくがわよしのぶ》を救おうとした龍馬ですから、王妃と王太子の処刑など耐えられるわけがありません。ともかく己《おのれ》の命を顧《かえり》みずに周旋《しゅうせん》、周旋、また周旋です。こんな男が今の時代にいてくれたらなぁ……と思わずにはいられません。どの時代に転生してもなんとかしてくれそうです。

というわけで担当編集さん、イラストレーターさん、コミカライズ版に関《かか》わってくださっている皆さん、読者さんたちに感謝を。

春日みかげ

この作品の感想をお寄せください。

あて先　〒101-8050　東京都千代田区一ツ橋2-5-10
集英社　ダッシュエックス文庫編集部　気付
春日みかげ先生　森沢晴行先生

ダッシュエックス文庫

竜馬がくる

春日みかげ

2020年6月30日　第1刷発行

★定価はカバーに表示してあります

発行者　北畠輝幸
発行所　株式会社　集英社
〒101-8050　東京都千代田区一ツ橋2-5-10
03(3230)6229(編集)
03(3230)6393(販売/書店専用) 03(3230)6080(読者係)
印刷所　株式会社美松堂/中央精版印刷株式会社

ISBN978-4-08-631369-8 C0193

ダッシュエックス文庫

自重しない元勇者の強くて楽しいニューゲーム
新木 伸
イラスト／卵の黄身

自重しない元勇者の強くて楽しいニューゲーム2
新木 伸
イラスト／卵の黄身

自重しない元勇者の強くて楽しいニューゲーム3
新木 伸
イラスト／卵の黄身

自重しない元勇者の強くて楽しいニューゲーム4
新木 伸
イラスト／卵の黄身

かつて自分が救った平和な世界に転生し、レベル1から再出発！　賢者のメイド、奴隷少女、盗賊蜘蛛娘を従え自重しない冒険開始！

人生2周目を気ままに過ごす元勇者のオリオン。山賊を蹴散らし、旅先で出会った女の子を次々〝俺の女〟に…さらにはお姫様まで!?

突然現れた美女を俺の女に！　その正体は…。大賢者の里帰りに同行し、謎だらけの素性が明らかに!?　絶好調、元勇者の2周目旅!!

今度の舞台は海！　美人海賊に巨大生物、人魚に嵐…危険がいっぱいの航海でも、出会った女は全部俺のものにしていく！　第4弾。